suhrkamp taschenbuch 1555

Marianne Gruber, geboren 1944, lebt in Wien. Ihr Roman *Die gläserne Kugel* liegt als suhrkamp taschenbuch 997 vor.
Marie Savari, die Heldin dieses Romans, kommt als Flüchtling aus einem namenlosen Land im Norden in eine ungenannte Stadt, getrennt von ihrem Mann, der sich geweigert hat, die Uniform geheimnisvoller Fremder anzuziehen.
Sie wird von dem »Amt« angeheuert, einer mysteriösen staatlichen Stelle, die mit Polizei und Staatssicherheitsdienst rivalisiert, aber ihnen irgendwie übergeordnet ist, sozusagen die oberste Verkörperung der Staatsgewalt. Das Amt weiß zwar viel, ist aber nicht befugt, alles zu wissen, selbst wenn es dazu imstande wäre: »Der Staat ist von einer Wesenheit, die das Vorstellungsvermögen des einfachen Bürgers übersteigt.« In dieser anonymen Welt von Verfolgung, geheimnisvoller Politmorde, Militärpräsenz und düster im Hintergrund vorhandenen, aber geleugneten Lagern, einem Labyrinth von Bespitzelung und Verfolgung, verstrickt sich die Heldin immer tiefer. In dieser Welt ist eine Haltung wie: »Ein Mann kann nur sich selbst gehören, sonst niemandem«, a priori verdächtig, wenn nicht hochverräterisch.

Marianne Gruber
Zwischenstation

Roman

Phantastische Bibliothek
Band 216

Suhrkamp

Redaktion und Beratung: Franz Rottensteiner
Umschlagillustration: Tom Breuer

suhrkamp taschenbuch 1555
Erste Auflage 1988

Lizenzausgabe mit freundlicher Genehmigung des
Verlags der Österreichischen Staatsdruckerei
Suhrkamp Taschenbuch Verlag

Satz: Gutfreund, Darmstadt
Druck: Nomos Verlagsgesellschaft, Baden-Baden
Printed in Germany
Umschlag nach Entwürfen von
Willy Fleckhaus und Rolf Staudt

1 2 3 4 5 6 - 93 92 91 90 89 88

Wie atmet man hier? Was für eine Organisation ist dafür notwendig? Ich meine, wenn alle zur gleichen Zeit Atem schöpfen und ihn zur gleichen Zeit ausstoßen. Zieht es deshalb in den Straßen?

– Es atmet doch jeder zu einem anderen Zeitpunkt. Und der eine atmet rascher, der andere langsamer. Im allgemeinen ist das Atmen kein Problem. Erst, wenn man daran zu denken beginnt . . .

Das Amt

Das Amt war in einem unscheinbaren Haus nahe dem Zentrum der Altstadt untergebracht, wirkte vernachlässigt, fast baufällig, und Marie zögerte lang, es zu betreten. Sie ging am Tor vorbei, die Gasse entlang, umrundete den gesamten Häuserblock, in dem das Amtshaus eingezwängt lag, stand unschlüssig vor dem doppelflügeligen Eingang, musterte das verblassende Schild darüber und drehte dann nochmals eine Runde. Der Morgen war regnerisch, und wenn man den Kopf hob, blickte man in die scheinbare Leere eines wolkenverhangenen Himmels. Nirgends bewegte sich etwas, auch nicht hinter den Fenstern der gegenüberliegenden Häuser, die unbewohnt und verwahrlost aussahen. Nur der Lärm aus den angrenzenden Straßen ließ erkennen, daß dies eine bewohnte Stadt war, wo Menschen lebten und allem Anschein nach ihren Geschäften nachgingen. Hier jedoch war die Stadt tot.

Marie ging bis zur Kreuzung der nächsten, breiteren Straße weiter. Sie war früh von zu Hause aufgebrochen, in der Annahme, daß sie Mühe haben werde, mit dem Weg zurechtzukommen, aber sie hatte ihn zu ihrer Überraschung ohne Schwierigkeiten gefunden, indem sie einfach nach Osten gegangen war, geradewegs nach Osten. Lang schaute sie in den zunehmenden Morgenverkehr, bis die Furcht vor dem Amt plötzlich von einer anderen Furcht abgelöst wurde. So unschlüssig, wie sie herumstand, mußte sie bald auffallen. Mit einem energischen Ruck drehte sie sich um und ging zurück.

Im Flur des Amtshauses roch es nach abgestandener Luft, der Verputz war bis in Hüfthöhe feucht, aufgeworfen, abgeblättert. Wegweiser gab es keinen, auch keinen Portier. Eine blasse, ältliche Frau wusch den Gang auf. Marie blieb stehen. Auf dem feuchten Boden zeichneten sich ihre Fußspuren ab.

Ist hier niemand, fragte sie.

Die Frau schüttelte den Kopf.

Und wer gibt Auskunft?

Niemand. Die, die hierherkommen, wissen Bescheid. Entweder es findet sich, oder es findet sich nicht.

Unschlüssig machte Marie einen Schritt vorwärts. Die Verständigung, daß man ihrem Ansuchen um Arbeit stattgegeben habe, war ihr völlig überraschend am vergangenen Abend telefonisch zuge-

gangen. Der Hausmeister, der als einziger Telefon besaß, hatte sie ihr überbracht, ein mürrischer, furchterregender Kerl, der tagsüber in der halbverglasten Portiersloge saß, um die Hausparteien zu kontrollieren, und der kein Hehl daraus gemacht hatte, wie sehr es ihn verwunderte, ausgerechnet in Marie die zukünftige Angestellte eines Amtes zu sehen. Er hatte Adresse und Uhrzeit der Vorstellung überbracht, aber sonst nichts weiter sagen können; eine seltsame Vorgangsweise, die keine Rückfragen erlaubte, wo genau und bei wem sie sich einzufinden habe.
Dies ist doch Amtshausgasse elf, fragte Marie, nur um irgend etwas zu sagen.
Die Bedienerin hob kurz den Kopf und murrte: Es steht draußen am Tor angeschrieben, dann wandte sie sich wieder dem Fußboden zu.
Marie drückte sich scheu an ihr vorbei in Richtung Stiegenaufgang. Immerhin, so viel hatte sie während der vier Wochen ihres Aufenthaltes in der Stadt begriffen: daß es sinnlos war, Fragen zu stellen. Hier wußte anscheinend jeder, worum es ging. Es gab ganz offensichtlich Vereinbarungen, die allen bekannt waren und nach denen zu fragen kein gutes Licht auf den Frager warf.
Der Gang im ersten Stock war in gleißendes Licht getaucht. Eine Lichtschranke sperrte ihn nach wenigen Metern ab. Marie deckte die Selenzellen links vom Stiegenaufgang mit ihrer Hand ab. Sofort öffnete sich eine Türe. Der Kopf eines braunhaarigen Mannes mittleren Alters wurde sichtbar. Er blickte irritiert auf Maries Hand, dann in ihr Gesicht.
Frau Savari?
Marie nickte.
Ach ja, Sie kommen aus dem Norden, das hätte ich fast vergessen. Er wies auf die Lichtschranke. Dort lernt man das?
Marie hob überrascht den Kopf. Im Norden lernt man überhaupt nichts, außer leise zu sein.
Das ist gut, das ist ausgezeichnet. Wenn Sie sich Mühe geben, können Sie einen Gewinn für unsere Arbeit bedeuten. Kommen Sie. Er öffnete die Tür vollends. Ich bin Ihr Vorgesetzter. Mein Name tut nichts zur Sache. Wenn Sie mich aus irgendwelchen Gründen ansprechen müssen, sagen Sie einfach: Herr Brigadeführer, das genügt. Im allgemeinen werden Sie jedoch keine Veranlassung haben, mich anzusprechen. Die Angestellten des Amtes werden von ihren Vorgesetzten gerufen.

Marie nickte stumm und betrat das Büro. Es war fensterlos, auf eine nichtssagende Weise eingerichtet, weder freundlich noch unfreundlich, weiße Wände, dunkle Regale, in denen dicke Aktenbündel lagen, alles peinlich sauber in dem grellen Licht, das von einer länglichen, schmucklosen Deckenbeleuchtung kam. In der Mitte des Raumes stand ein schwarz lackierter Schreibtisch. Hinter ihm nahm der Brigadeführer Platz.
Wir haben Sie beobachten lassen, sagte er. Sie machen das recht geschickt. Man glaubt tatsächlich, Sie sehen sich Schaufenster an und studieren Preise. In Wahrheit beobachten Sie die Spiegelbilder der Vorübergehenden. Sie haben unseren Mann entdeckt?
Marie schüttelte den Kopf. Ich erinnere mich lediglich an eine Frau in einem karierten Mantel. Sie hatte ihren Regenschirm aufgespannt, obwohl es noch nicht regnete.
Der Brigadeführer nickte zufrieden. Ausgezeichnet. Wir haben selbstverständlich überlegt, wo Sie diese Geschicklichkeit erworben haben könnten, vor allem: bei welcher Gelegenheit, aber Sie kommen ja aus dem Norden.
Ich bin nicht sehr geschickt, entgegnete Marie, obwohl ich mich immer bemüht habe.
Ach, was. Sie haben ein Gesicht, das kaum Eindruck hinterläßt, Sie bewegen sich unauffällig, leben zurückgezogen, wie man mir versicherte, vor allem: Sie sind fremd in der Stadt. Niemand kennt Sie, und Sie kennen niemanden, was Ihr Test bewies. Nebenbei – ein ganz hervorragendes Ergebnis. Unauffälligkeit ist in jedem Fall Pflicht. Man muß die Gegenseite in Sicherheit wiegen. Niemand darf erfahren. Eines Tages dann schlagen wir zu. Der Staat ordnet, gibt Geld, und plötzlich kommt eine Handvoll Verrückter und will uns um die Früchte unserer Arbeit bringen. Aber wir wissen uns zu wehren.
Marie blickte einer Fliege nach, die den Schirm der Deckenbeleuchtung umkreiste und sich danach auf der Wand über den Aktenschränken niederließ.
Ja, sagte sie. Sie töten am hellichten Tag. Ich habe sie selbst gesehen.
Wie meinen Sie?
Gartengasse vier, antwortete Marie. Die Täter täuschten vor, Bauarbeiter zu sein. Zurück blieben zwei Tote, die Adresse für eine Wohnung – wir haben sie tatsächlich bezogen – und ein Anruf. Man ließ uns ausrichten, daß wir schweigen sollten, ohne näher

darauf einzugehen, worüber.
Die Fliege summte nun um den Kopf des Brigadeführers, und er schlug mit der Hand nach ihr, verfehlte sie jedoch.
Gartengasse, wiederholte er gedehnt, ja. Sie gaben sie im Fragebogen als Ihre alte Adresse an. Und?
Man wollte mich glauben machen, daß es sich um einen Herzschlag handelte. Zwanzigjährige Burschen und beide zur gleichen Zeit!
Das meinte ich nicht. Kannten Sie die Burschen näher? Im Protokoll erwähnten Sie keine Namen.
Sie nannten keine.
Und Ihre Freunde, John und Therese Malbot?
Marie verschränkte die Hände ineinander. Diese beiden Jungen kamen einfach zur Tür herein. Wir hatten vier Wochen vorher das Abbruchhaus in der gleichen Weise zu unserem Quartier gemacht, ohne irgend jemanden um Erlaubnis zu fragen, also sagten wir nichts, weil wir froh waren, daß man uns nichts fragte. Wir sind Flüchtlinge ohne Pässe, ohne Aufenthaltsgenehmigung, und im Norden hieß es, daß man Leute wie uns entweder in ein Lager stecken oder zurückschicken würde.
Pah, alles Lügen. Vergessen Sie das. Es gibt kein Lager. Das ist Feindpropaganda. Der Brigadeführer lehnte sich in den Sessel zurück und musterte Marie. Ist es möglich, daß Ihr Mann die Burschen gekannt hat?
Roland? Roland war zu diesem Zeitpunkt nicht mehr bei uns. Am dritten oder vierten Tag, nachdem wir die Stadt erreicht hatten, brachte er die Kinder in einem Heim unter, damit wenigstens Isabelle und Pierre ordentlich versorgt würden. Er selbst wollte Arbeit in der Stadt suchen. Wir haben ihn danach nicht wiedergesehen.
Er könnte die beiden zu Ihnen geschickt haben.
Aber. Marie suchte verzweifelt nach einem Blickpunkt, wo das Licht weniger grell schien. Dies war offensichtlich ein Verhör, wenn auch in freundlichem Ton vorgetragen, aber darum um nichts weniger gefährlich. Zu allem Überfluß begriff sie nicht, was man nun von ihr wollte. Sie hatte alles, was sie wußte, zu Protokoll gegeben.
Wenn Roland die Burschen geschickt hätte, sagte sie leise, dann hätten die beiden sicher irgendeine Erwähnung gemacht. Wir warteten ja auf Nachricht. So aber kamen sie zur Tür herein und be-

nahmen sich wie die Herren der Stadt. Herren waren sie wohl auch.
So. Wie das?
Sie verlangten Essen, ließen sich von uns bedienen und flüsterten, wenn sie miteinander sprachen. Wir hielten sie für Agenten oder etwas Ähnliches. Es war nicht klar, aber es war uns gleichgültig. Wir wollten lediglich niemandem ungefällig sein und nicht auffallen. Zum Schluß, als die Bauarbeiter kamen, die dann mit den Abbrucharbeiten begannen, gaben uns die beiden Burschen Geld als Entschädigung für die bereitgestellten Nahrungsmittel. Wir hatten in den Kellern der anderen verlassenen Häuser Konserven und Kartoffeln gefunden und an uns genommen. Dann, als wir schon auf der Straße waren, sah ich, wie *viel* Geld man uns gegeben hatte. Es war zu viel. Wir bekamen Angst, daß man uns für Diebe halten würde. Also ging ich zurück, um einen Teil des Geldes rückzuerstatten. Als ich unser altes Quartier betrat, waren die Burschen tot. Sie lagen auf ihren Gesichtern und rührten sich nicht. Der Vorarbeiter entdeckte mich, wollte auf einmal meinen Namen wissen, der ihn vorher nicht interessiert hatte, und sperrte mich danach in einen Abstellraum. Nach einer Weile ließ er mich holen und sagte, daß alles gut wäre, wenn Tote auf ihren Gesichtern lägen, bedeutete das nichts.
Merkwürdig, nicht wahr?
Ich weiß nicht.
Ich meine, daß Ihr Mann sich nicht mehr gemeldet hat.
Marie wußte nicht, was sie darauf antworten sollte. Die Notiz ohne Anrede und Unterschrift, wenige Stunden, nachdem sie die neue Wohnung bezogen hatten, war wahrscheinlich von Roland geschickt worden. Es war seine Handschrift, sowohl die Adresse wie auch die Angabe, wo sie sich um Arbeit bewerben konnte. Andererseits: daß er so rasch erfahren hatte, wo sie wohnten. Und dann kein persönliches Wort. Das war merkwürdig, und Therese nannte es eine Schande, aber Marie wollte nicht, daß andere so über Roland redeten.
In diesem Augenblick läutete das Telefon, der Brigadeführer hob ab, meldete sich und sagte lange Zeit nichts anderes als hie und da ja oder nein. Schließlich sagte er: Ich sehe da keine Schwierigkeiten, legte auf, griff nach einem Akt und begann Eintragungen vorzunehmen. Er schien Maries Anwesenheit völlig vergessen zu haben, und sie war froh darüber, daß das Verhör so unerwartet

unterbrochen worden war. Sie blickte auf die Wand hinter dem Schreibtisch des Brigadeführers, die weiß und leer war bis auf das Stadtwappen: zwei schwarze Schwäne mit aufgerissenen, roten Schnäbeln und ineinander verschlungenen Hälsen auf weißem Grund, das Ganze rot eingerahmt.
Die Kinder haben Sie schon zu sich geholt, fragte der Brigadeführer unvermutet.
Marie bejahte.
Gab es Probleme bei der Abholung aus dem Kinderheim?
Nein. Ich hatte den Eindruck, daß man in einer gewissen Hinsicht sehr froh war, sie loszuwerden. Man verwies uns auf den Kindergarten der Hausgemeinschaft in der Hauptstraße 67, und als wir sagten, daß wir dort wohnten, waren alle sehr unfreundlich.
Der Brigadeführer legte die Feder aus der Hand. Sie beobachten tatsächlich sehr genau. Und vermutlich nicht einmal mit Absicht. Es ist einfach so, nicht wahr? Genauigkeit und eine gewisse Beobachtungsgabe für das Verrückt-worden-Sein einer fest umrissenen Ordnung, das ist es, was Sie nötig haben. Aber auch, fügte er in verändertem Tonfall hinzu, Verschwiegenheit. Er sah sie durchdringend an, und Marie duckte sich unter seinem Blick.
Ich erwähnte die Vorfälle in der Gartengasse nur deshalb, sagte sie schnell, weil man mir gestern einschärfte, dem Amt nichts zu verschweigen.
Es ist gut. Das Amt weiß. Hier, nehmen Sie. Er reichte Marie einen Stadtplan über den Schreibtisch. Zum Studium. Aber schließen Sie alles, was Sie von Amts wegen erhalten, gut ein, wenn Sie nach Hause kommen. Niemand ist befugt, das zu sehen, selbst der Polizei gegenüber sind Sie zum Schweigen verpflichtet. Diese Pläne stehen nur den Beamten dieses Amtes zur Verfügung.
Marie nahm die Pläne und bestätigte deren Empfang mit ihrer Unterschrift.
Ihr Arbeitsvertrag.
Marie unterschrieb auch ihn.
Ab nun sind die Richtlinien, die das Amt ausgibt, der Maßstab für ihr zukünftiges Leben. Was dem Amt nützt, nützt auch Ihnen. Vergessen Sie das nie, was immer Sie tun. Sie melden sich jeweils am Ende Ihres Arbeitstages bei mir und berichten. Halten Sie in Zukunft nicht mehr Ihre Hand über die Lichtschranke, und wenn Sie sich auf der Straße befinden, benützen Sie zeitweise auch die linke Seite. So können Sie den Entgegenkommenden besser ins Gesicht

sehen. Oft erkennt man Täter am Blick. Wer Ihnen zu sehr in die Augen sieht, ist verdächtig. Wer das in keiner Weise wagt, ist erst recht zu beachten. Vermeiden Sie darüber hinaus im Umgang mit den Leuten jede Vertraulichkeit. Es gibt für Sie keinen Grund, persönliche Fragen zu beantworten. Bleiben Sie fremd. Ihr Dienst auf der Straße endet um 18 Uhr. Um 18 Uhr fünfzehn haben Sie sich pünktlich hier einzufinden, richten Sie also Ihre Route danach ein. Noch Fragen?

Ja, sagte Marie. Welche Tätigkeit?

Aber das ist wohl klar. Es geht um die Beschädiger öffentlichen Eigentums, um die, die amtliche Aufrufe entstellen. Und dann um jene, die ihre eigenen Plakate anbringen wollen. Sie sollen diese Menschen beobachten, sich deren Aussehen einprägen und eine genaue Beschreibung der Person abliefern, den Rest erledigen wir. Daß wir auf der Straße Rechtsordnung haben, auch beim Gehen, wissen Sie hoffentlich. Noch etwas?

Marie verneinte.

Ein Wink, die Tür öffnete sich. Ein weiterer Wink, und Marie trat auf den Gang hinaus.

Die Frau im Parterre war verschwunden. Beim Hinausgehen entdeckte Marie eine Kamera, die das Tor zur Straße hin absicherte und jeden aufnahm, der den Korridor betrat. Fröstelnd zog sie ihren Mantel an sich. Es hatte merklich abgekühlt und zu nieseln begonnen. Hinter einem undurchdringlichen Schleier aus feinen Wassertropfen lag die Stadt verborgen, die sie nun kennenzulernen hatte, und Marie ging den Weg zurück, den sie am Morgen gekommen war. Außer dem weiten Platz vor der Kathedrale, neben der sie seit zwei Tagen wohnte, den öffentlichen Toiletten dort, der Gasse, wo das Kinderheim lag, und dem Supermarkt, in dem sie gestern eingekauft hatte, gab es für sie in dieser großen Stadt keine Orientierungspunkte, das Amt ausgenommen.

Sie bog nach Westen ab und fand sich bald in der Hauptstraße, nahe dem Supermarkt. Gegenüber war eine Schnellimbißstube. »Charly's Imbißstube« stand über dem Eingang. Dort trank sie im Stehen eine Tasse Tee, rechnete nach, wieviel Geld ihr verblieb, wenn sie den Kindern irgendeine Süßigkeit und für sich ein belegtes Brötchen kaufte. Vor dem Supermarkt verglich sie dann die Preise mit denen eines nahen Greißlers, entschied schließlich, daß sie nicht genug Geld hatte und ging lustlos weiter. Der Regen, die Kälte, trostlos alles, und im Grunde hatte sie auch noch dankbar

zu sein. Sie verließ die Hauptstraße, wanderte durch ein Gewirr von Gäßchen, bis sie sich unversehens dort, wo sie noch vor zwei Tagen gewohnt hatte, befand.
Die Abbrucharbeiten waren weit fortgeschritten, mit Ausnahme der beiden Eckhäuser war alles niedergerissen worden. Schutthaufen reihten sich aneinander, es sah ziemlich wüst aus. Marie trat an den Rand der Grube, mit deren Ausheben die Abbrucharbeiten begonnen worden waren und über die nun an Stelle des schwankenden Steges eine feste Holzbrücke führte, um nach ihr bekannten Gesichtern zu suchen.
Da dürfen Sie nicht stehen, rief ihr ein Mann zu.
Ich suche den Vorarbeiter, brüllte Marie gegen den Lärm der Maschinen zurück.
Warum? Gehören sie zu den angrenzenden Bewohnern? Wollen Sie sich über den Lärm beschweren? Es hat deswegen schon einige Klagen gegeben. Die Maschinen sind laut, aber wir setzen sie nicht unnötig ein, und nachts ist es hier still.
Es geht nicht um den Lärm, schrie Marie. Der Vorarbeiter könnte vielleicht eine Nachricht für mich weitergeben.
Nur vielleicht? An wen?
Marie zögerte. An Roland Savari.
Den Namen kenne ich nicht.
Der Vorarbeiter kennt ihn.
Ein Mann in einem auffallend sauberen Arbeitsanzug näherte sich.
Bitte?
Ich suche den Vorarbeiter.
Ja? Er trat dicht an Marie heran und musterte sie abweisend. Der Vorarbeiter bin ich.
Sie? Ich habe ein anderes Gesicht in Erinnerung. Vielleicht war der Mann, den ich meine, aber auch nicht Vorarbeiter. Sie beschrieb ihn.
Einen solchen Menschen gibt es hier nicht. Und den Namen Roland Savari höre ich zum ersten Mal.
Ich meine den Mann, der vor zwei Tagen die Toten in der Blumenhandlung entdeckt hat. Wir haben dort gewohnt.
Jetzt wurde der Vorarbeiter zornig. Was sagen Sie, Sie haben hier vor zwei Tagen gewohnt? Diese Häuser stehen seit Monaten leer. Und dann noch Tote! Uns mit solchen Geschichten die Zeit zu stehlen. Machen Sie, daß Sie weiterkommen. Es schleicht immer irgendwelches Gesindel herum, das die Trümmer und die Werk-

zeugschuppen plündern will, aber eine derartige Unverschämtheit ist mir noch nicht untergekommen. Hier gibt es nichts zu finden. In dieser Stadt haben Diebe und Bettler nichts zu suchen. Sollten wir Sie noch einmal hier sehen, werden wir die Polizei rufen.
Marie zuckte zusammen. Nicht die Polizei, das war gegen die Vorschrift. Ein Irrtum, murmelte sie, entschuldigen Sie, ein Versehen.
Die umstehenden Männer, die das Gespräch verfolgt hatten, klatschten in die Hände und begannen Marie wie ein Huhn zu scheuchen. Gsch, gsch, rief einer, ein Erdklumpen traf Marie, und sie begann zu laufen. Sie lief so lange weiter, bis sie nicht einmal mehr den Lärm der Baustelle hörte, dann erst blieb sie stehen.
Die Gegend, in der sie sich fand, war ihr fremd. Eine breite Straße ohne Geschäfte, leer und still. An einer Bushaltestelle lehnte ein Zeitungsjunge.
Suchen Sie etwas, fragte er.
Die Hauptstraße, antwortete Marie. In welcher Richtung liegt sie?
He, Sie befinden sich in ihr. Zeitung gefällig?
Marie suchte in ihrer Manteltasche nach Geld. Haben Sie auch eine von gestern und von vorgestern?
Der Junge nickte und verlangte den doppelten Preis.
Marie wollte schon bezahlen, nahm aber dann den Geldschein wieder zurück. Kennen Sie einen gewissen Roland Savari, fragte sie plötzlich.
Ich kenne viele Leute, warum?
Sie könnten ihm etwas ausrichten.
Der Zeitungsjunge nahm Marie den Geldschein aus der Hand und verlangte einen zweiten.
Kennen Sie ihn überhaupt.
Vielleicht ja, vielleicht nein. Vielleicht lerne ich ihn noch kennen. Ich könnte es versuchen und Ihnen dann berichten, falls Sie mir sagen wollen, wo Sie zu finden sind.
Hauptstraße 67, sagte Marie schnell und nahm die Zeitungen an sich. Er ist mein Mann. Ich suche ihn.
Auf der gegenüberliegenden Straßenseite war ein Mensch aufgetaucht, der Marie ungeniert musterte. Das Amt schickte also seine Überwacher, das war einerseits ungünstig, denn es zeigte, daß man ihr nicht glaubte. Andererseits war es günstig, denn es bewies ihrer Meinung nach, daß man völlig sicher war, sie jederzeit unter Kon-

trolle halten zu können, indem man sie ängstigte. Sie steckte die Zeitungen ein, vergrub die Hände in den Manteltaschen und ging direkt auf ihren Bewacher zu, der so verblüfft war, daß er hastig davoneilte, während Marie in die entgegengesetzte Richtung ging.

Zwei Quergassen weiter gelangte sie zur Straße der Nation, zu den Villenvierteln, die dort begannen, und zu einer großen Parkanlage. Marie schlenderte über Kieswege, an einem Spielplatz vorbei und setzte sich schließlich auf eine hellgestrichene Bank. Der Nieselregen hatte aufgehört, die Sonne brach viel zu heiß durch und trocknete die Nässe auf. Es mußte Mittag sein. Marie schlug die Zeitungen auf und suchte nach Meldungen über die beiden Toten, aber sie fand nichts, weder im Lokalteil noch im allgemeinen. Also doch ein Herzschlag? Von allen Erklärungen war diese die angenehmste. Sie enthob sie aller Befürchtungen und befreite Roland von jenem Verdacht, den sie unsicher gegen ihn hegte. Das Wetter, die Föhnlage der Stadt, irgendein Erschrecken. Und trotzdem vermochte sie diesem Frieden nicht zu trauen. Warum hatte man die gesamte Belegschaft der Arbeiter in der Gartengasse innerhalb zweier Tage ausgewechselt, und woher kannte der Mann, den sie noch immer für den Anführer von Mördern hielt, Rolands Namen? Sein Name war der Grund gewesen, sie gehen zu lassen; der Schlüssel zu einer Liste von Adressen, wo Arbeit zu finden war: für John als Hilfsgärtner in einem der Stadtgärten, als Pfleger der schwarzen Schwäne, für Therese als Aufwartefrau in den öffentlichen Toiletten auf dem Platz vor der Kathedrale und für sie selbst nun eben diese Arbeit, durch die Stadt zu gehen, immerzu zu gehen. – Was hatte Roland mit all dem zu schaffen, und warum meldete er sich nicht. Achtundzwanzig Jahre ihres Lebens war die Grenze eines kleinen Dorfes im Norden gleichbedeutend mit der Grenze der Welt gewesen, und nun sollte sie mit einem Mal diese Stadt begreifen, deren Gesetz, innerhalb dessen der Tod sein eigenes Gewicht hatte.

Marie schaute auf den flimmernden Kies. Es waren elende Bilder, die ihr durch den Kopf gingen, elende Gedanken, und man konnte sie drehen und wenden, es gab keine gute Lösung. Roland, Roland. Alles, woran sie dachte, begann mit ihm und kehrte zu ihm zurück. Sie hatte zwei Leben gelebt: eines ohne ihn und eines an seiner Seite. Die ersten Ehejahre. Der Versuch, zu begreifen. Der Glaube daran, daß Vertrautheit Heilung bedeutete. Und jetzt?

Wenn sie die Augen schloß, konnte sie sich gerade noch sein Gesicht vorstellen, nichts sonst. Weder, was er erwartete, noch irgendeinen seiner Wünsche. Und das Schlimme war, daß sie, ob sie sich damit zurechtfand oder nicht, aufstehen mußte und weitergehen, und daß die gleichen unsinnigen Dinge auf sie warteten, ob sie sie begriff oder nicht. Sie entfaltete den Stadtplan und suchte nach weiteren Grünanlagen. Eine erstreckte sich im Nordosten der Stadt, eine andere im Westen, Hinweise auf schwarze Schwäne gab es keine. Es begann wieder zu nieseln. Marie stand auf und ging langsam weiter. Bis zum Abend hatte sie die Hauptstraße dreimal abgewandert.
Den Zeitungsjungen traf sie nicht mehr.

Haben Sie sich zurechtgefunden, fragte der Brigadeführer, als Marie pünktlich um 18 Uhr fünfzehn sein Büro betrat.
Marie streckte sich müde. Es ist nicht leicht, sich zurechtzufinden. Offensichtlich soll ich mich auf Bedeutungsvolles konzentrieren, alles Nebensächliche beiseite lassen. Ist es am Anfang diese Unterscheidung, die die Schwierigkeiten ausmacht?
Der Brigadeführer suchte nach irgendeinem Akt. Im Gegensatz zum Morgen, als der Schreibtisch leer und blank gewesen war, lagen nun haufenweise Akten dort, ungeordnete Berge von Schriftstücken und, wie es Marie schien, sogar Abfall, der im Papierkorb keinen Platz mehr gefunden hatte. Was war mit dem Zeitungsjungen, fragte der Brigadeführer unvermittelt.
Er hatte Zeitungen von gestern und von vorgestern.
Tatsächlich? Schreiben Sie das auf. Dort ist Ihr Arbeitsplatz. Er wies auf eine Tischplatte, die aus der Regalwand neben der Tür herausgeklappt war. Sie werden Ihre Berichte hier verfassen. Zu Hause finden Sie neben den Kindern kaum die nötige Ruhe, nicht wahr?
Und zu Hause, dachte Marie, bin ich nicht so leicht unter Kontrolle zu halten.
Übrigens – woher kamen Sie, ehe Sie auf den Zeitungsjungen trafen?
Marie zögerte mit einer Antwort. Ich hatte mich verlaufen, sagte sie endlich mit gesenktem Kopf. Ich bin ungeschickt im Lesen von Landkarten. Ich habe niemals in einer Siedlung gelebt, die mehr Menschen beherbergte, als ein einzelner kennenlernen kann.
Der Brigadeführer nickte und drückte sie auf dem Sessel vor der

Schreibplatte nieder. Schreiben Sie schon, sagte er. Schreiben Sie alles auf.
Er blieb hinter ihr stehen, die Hand auf ihrer Schulter, und Marie fühlte, wie er über seine Hand in einer Weise von ihr Besitz ergriff, daß sie rot wurde und die Hitze vom Hals über die Wangen in den Kopf aufsteigen fühlte.
Man geht und weiß nicht wohin, man kommt an und weiß nicht wo, schrieb sie mitten unter die Aufzeichnungen ihres Weges in die Gartengasse, und danach fühlte sie sich etwas erleichtert.
Der Brigadeführer, der die ganze Zeit über mitgelesen hatte, Wort für Wort, unterbrach sie, indem er ihre Hand festhielt. Für den Anfang werden Sie genauer werden müssen, sagte er. Später allerdings erwartet Sie eine andere Schwierigkeit: den allzu tiefen Einblick zu vermeiden, wenn Sie verstehen, was ich meine. Sätze wie diesen, den Sie eben geschrieben haben, können Sie nicht meinen. Wir sind nicht befugt, alles zu wissen, selbst, wenn wir dazu imstande wären. Der Staat ist von einer Wesenheit, die das Vorstellungsvermögen des einfachen Bürgers übersteigt. Verstehen Sie? Wir sind nicht berechtigt, unser Streben nach anderem auszurichten, als einfache, gute Bürger zu sein.
Er ließ Maries Hand los und bedeutete ihr mit einem Kopfnicken in Richtung Protokoll, mit den Aufzeichnungen fortzufahren.
Der Bericht über den Zeitungsjungen ist ungenau. Sie haben länger mit ihm gesprochen.
Er verlangte für die alten Zeitungen den doppelten Preis.
Und?
Ich wollte zuerst bezahlen, dann nicht, überlegte es mir aber schließlich. Ich wollte wissen, was in den Zeitungen steht, die er doppelt so teuer verkaufte, als wären sie kostbarer als die danach folgenden.
Ist Ihnen bekannt, daß eine Prämie an Sie ausbezahlt wird, falls es auf Grund eines Ihrer Berichte zu einer Verhaftung kommt? Sie wollen doch aus diesem häßlichen Haus ausziehen, in dem Sie derzeit wohnen?
Marie drehte sich um. Der Hausmeister hält alles recht ordentlich beisammen.
Tut er das? Das freut mich zu hören. Und Ihr Mann? Hat er sich schon bei Ihnen gemeldet?
Ich bin nicht sicher. Ich glaube, er schickte die Adresse des Amtes. Es schien seine Handschrift zu sein.

Er schickte die Adresse des Amtes? Der Brigadeführer ruckte verblüfft mit seinem Kopf nach vorn. Auf welchem Weg?
Der Brief kam mit der Post, wenige Stunden, nachdem wir die neue Wohnung bezogen hatten.
Es war nicht der Hausmeister, der Sie an uns verwiesen hat?
Marie verneinte.
Der Brigadeführer verließ den Platz hinter ihr und begann auf und ab zu gehen.
Können Sie den Postboten beschreiben?
Marie dachte nach, dann verneinte sie. Wir waren an diesem Tag völlig durcheinander. Ich hatte die Toten gesehen, John und Therese wollten mir nicht glauben, sie meinten, daß ich phantasierte, und bestanden darauf, daß ich über dieses Ereignis nicht mehr sprechen dürfte. Sie beriefen sich dabei auf jenen seltsamen Telefonanruf, der mich wiederum darin bestärkte, daß ich recht hatte. Gerade dann kam der Mann. Er trug die Uniform eines Postboten und war sehr unhöflich.
Lassen wir das. Der Brigadeführer überreichte Marie einen Aktenordner und wies sie an, sich die Nummer, die daraufstand, einzuprägen. Danach entließ er Marie ziemlich abrupt, und sie beeilte sich fortzukommen.

Es war inzwischen stockdunkel geworden. In den Seitengassen der Stadt brannte keine Straßenbeleuchtung. Sparmaßnahmen der Stadtverwaltung.
Es regnete nun wieder in Strömen, und die spärlichen Lichtreflexe aus den Fenstern verschwammen hinter der Regenglut. Marie hatte lang schon das Gefühl, die Richtung verloren zu haben und sich in einem fremden Stadtteil zu befinden. Umso überraschter war sie, als sie plötzlich auf dem weiten Platz vor der Kathedrale stand, deren Vorderfront beinah taghell erleuchtet war. Sie ging schnell auf die Toreinfahrt ihres Hauses zu und tastete sich dort, von der Dunkelheit drinnen jäh überfallen, mit den Händen die Mauer entlang zum Stiegenaufgang im Hof. Metall schlug auf Metall. Das Geräusch kam von den Mistkübeln, und Marie drehte sich um. Ein Lichtkegel, der knapp über dem Boden abbrach, als käme er aus dem Nichts, wanderte über das Kopfsteinpflaster bis zu ihren Beinen und von da an aufwärts.
Schau an, unsere neue Mieterin, sagte eine rauhe Stimme. Sie werden dem Amt doch nicht Meldung erstatten? Ich tue nichts Un-

rechtes. Ich sammel bloß Abfall ein. Die Leute werfen allerlei weg, manchmal gute Dinge, die ein armer Teufel brauchen kann.
Marie deckte ihre Augen mit der Hand ab. Richten Sie die Taschenlampe von meinem Gesicht weg, sagte sie. Bitte. Das Licht tut in den Augen weh.
Ich heiße Milena Ruck, sagte die Frau im Dunkeln. Falls Sie doch Meldung erstatten wollen. Und damit Sie nicht den Hausmeister bemühen müssen: Ich wohne gleich hier bei den Mistkübeln. Wenn die Leute sie schlecht schließen, stinkt es bis in meine Küche.
Marie nickte. Entschuldigen Sie sich nicht. Wir haben selbst lang so gelebt. Im Norden.
Man sollte die Hausparteien anhalten, die Deckel sorgfältig zu schließen. Sie kommen aus dem Norden? Milli machte eine Pause. Dann besuchen Sie mich einmal. Sie heißen Savari, nicht wahr? – Wenn Sie bei mir Tee trinken wollen, müssen Sie ihn allerdings selbst mitbringen. Die alte Milli lebt nämlich von der Luft.
Und vom Schnaps, ertönte die Stimme des Hausmeisters. Sie, fragte er erstaunt, als er Marie erkannte. Der Haustorschlüssel war für Herrn Malbot gedacht. Was Frauen betrifft, ist es besser, sie verließen ihre Wohnungen nicht mehr nach Einbruch der Dunkelheit. Herr Malbot wird mir sicher zustimmen. Wir dulden hier keine . . .
Das Haustor stand noch offen, unterbrach ihn Marie. Darüber hinaus komme ich von der Arbeit.
So spät? Die Ämter beschäftigen Frauen nicht mehr nach Einbruch der Dunkelheit.
Und unser Herr Hausmeister weiß das, sagte Milli. Er weiß genau Bescheid, wenn es um die Ämter geht. Man könnte beinah meinen, er selbst ist Angestellter eines Amtes.
Ein Spitzel der Ämter, dachte Marie, das würde zu ihm passen. Im Lichtkegel von Millis Taschenlampe wirkte sein Gesicht mit dem böse verlegenen Ausdruck komisch.
Ich werde Herrn Malbot befragen, sagte er schnell.
Tun Sie das, antwortete Marie scharf, oder unterlassen Sie es, ganz nach Belieben. Sie spürte plötzlich, wie müde sie war. Grußlos ging sie zur Treppe. Hinter ihrem Rücken hörte sie, daß Milli den Deckel eines Mistkübels heftig zufallen ließ, und das Gezeter des Hausmeisters. Bis zur Wohnung im vierten Stock zählte sie 98 Stufen.

Am nächsten Morgen regnete es immer noch. Hustend und völlig durchnäßt meldete sich Marie zum Dienst. Es war ein paar Minuten vor acht, und sie fühlte sich elend.
Der Brigadeführer betrachtete sie mißbilligend. Was haben Sie sich dabei gedacht, so hierher zu kommen, schnauzte er sie an. In dieser Verfassung sind Sie zu nichts zu brauchen, es ist unglaublich. Wie stellen Sie sich Ihre Arbeit vor, wenn Sie derart durchnäßt durch die Straßen gehen? Jeder wird Sie anstarren. Wie kommen Sie dazu, ohne Regenschutz das Haus zu verlassen?
Marie war an der Tür stehengeblieben. Ich besitze keinen, sagte sie leise. Wir haben auf der Flucht unser gesamtes Gepäck verloren.
Angeblich gibt es Geschäfte in der Stadt, die Regenschirme verkaufen, nicht wahr?
Marie senkte den Kopf. Ich habe kein Geld.
Und das, was Sie von den beiden Burschen in der Gartengasse erhalten haben? Sie erzählten mir gestern, es wäre so viel gewesen, daß Sie zuerst meinten, Sie müßten einen Teil davon zurückgeben, um nicht schamlos zu erscheinen.
Die Miete war im voraus zu bezahlen, ebenso der Kindergarten. Den Rest haben wir für Lebensmittel ausgegeben.
Der Brigadeführer stand hinter seinem Schreibtisch auf. So. Und warum erfahre ich nicht davon? Der Staat gibt Geld, er sorgt sich, aber er kann von sich aus nicht alles erfassen. Der gute Bürger informiert.
Marie starrte auf die Pfützen, die sich um ihre Schuhe gebildet hatten. So war sie tatsächlich zu nichts zu brauchen. Aber was hätte sie tun können. Den Brigadeführer bitten? Jemanden anderen? In dieser großen, weiten Stadt gab es niemanden außer John und Therese, an den sie sich hätte um Hilfe wenden können, und die Vorstellung war schrecklich, aber vermutlich zählte das nicht. Wenn man überleben wollte, mußte man mit solchen Problemen fertig werden.
Wahrscheinlich wirft er mich jetzt hinaus, dachte sie. Fehler mochte man vielleicht verzeihen, Ungeschicklichkeit sicher nicht.
Also, dann gehen Sie schon, sagte der Brigadeführer unvermutet. Im Depot wird sich finden, was Sie zur Ausübung Ihres Dienstes brauchen. Das Haus ist groß.
Der Herr Brigadeführer entläßt mich nicht?
An Stelle einer Antwort musterte er sie ungeniert. Marie spürte die nassen Kleider auf ihrer Haut kleben und daß sie die Formen ihres

Körpers nachzeichneten. Wie niederträchtig ein Körper sein konnte. Und wie sehr er einen Menschen auslieferte. Sie fröstelte und nieste.
Der Herr Brigadeführer wird nicht einmal eine Verwarnung in Ihren Personalakt eintragen. Der Herr Brigadeführer hat nämlich für manches Verständnis, man muß sich ihm nur anvertrauen. Bei diesen Worten lächelte er, und Marie dachte, daß nichts sein Gesicht so häßlich erscheinen ließ wie dieser Versuch zur Freundlichkeit, diese als dünner Strich bis zu den Ohren gezogenen Lippen und die nun entblößten, spitzen Zähne.
Er trat auf sie zu und faßte sie, ehe sie zurückweichen konnte, am Ellbogen. Der Herr Brigadeführer wird Ihnen persönlich den Weg weisen, sagte er und zog Marie auf den Gang hinaus, ohne ihre Antwort abzuwarten.
Das Depot lag im Keller, und der Weg dorthin war durch mehrere Lichtschranken abgesichert. Vor jeder zog der Brigadeführer einen Schlüssel hervor, den er an einer Kette trug, die am Hosenbund befestigt war, und steckte ihn in eine kaum sichtbare Öffnung neben den Lichtzellen.
Schlösser kann man aufbrechen, sagte er auf Maries fragenden Blick. Solche Schranken sind schwerer zu umgehen. Sie machen sich keine Vorstellung von dem Gesindel, das sich noch immer in der Stadt herumtreibt. Nicht einmal die Aussiedlungen in die Flußauen haben wesentliche Erleichterungen gebracht. Nun schleicht diese Bande nachts in die Stadt zurück und stiehlt, was sich forttragen läßt. Nicht einmal die Ämter sind vor ihr sicher.
Dann gibt es doch ein Lager, fragte Marie erschrocken.
Wo denken Sie hin. Jeder dieser Menschen könnte sich von dem Augenblick an in der Stadt niederlassen, da er eine Arbeitserlaubnis vorzuweisen vermag.
Der Brigadeführer wies mit einer Handbewegung hinter die letzte Lichtschranke. Der Depotraum lag vor ihnen, eine unterirdische Halle von nicht abschätzbarem Ausmaß.
Wie groß das Amt ist, sagte Marie. Und es ändert bei jeder Begegnung sein Aussehen. Gestern erschien es mir von der Straße aus eher klein. Hier herinnen ist alles anders. Man geht einen Gang entlang und denkt, nun ist er zu Ende, dahinter aber öffnet sich der nächste Gang. Ist man an dessen Ende gelangt, ist es wiederum nicht das Ende.
Ja, ja, sehen Sie sich nur um. Der Brigadeführer begann in Regalen

auf der linken Seite zu stöbern, während er Marie nach rechts verwies.
Es war wie im Norden. Ein streng bewachter Lagerraum, in dem aufbewahrt wurde, was Menschen nötig hatten, bloß, man bekam es nicht.
Im Norden gab es auch all diese Dinge, rief sie laut, allerdings nicht für uns. Man mußte die Uniform der Fremden tragen, damit man anspruchsberechtigt war.
Und warum waren Sie nicht anspruchsberechtigt? Ich meine: Warum trug Ihr Mann keine Uniform?
Wir mußten dafür alles verpfänden, antwortete Marie. Ein Mensch kann sich aber nur selbst gehören, sonst niemandem.
Hat das Ihr Mann gesagt?
Marie nickte.
Er muß entweder ein Narr sein oder ein Verbrecher. Oder beides?
Roland hat nie Unrechtes getan.
Das war nicht gegen Sie gesagt. Der Brigadeführer kam mit einem Bündel Wäsche und anderer Bekleidung auf Marie zu. Sie müssen sich nicht verteidigen, indem Sie *ihn* verteidigen. Gut, er ist Ihr Mann. Andererseits: Ist er das? Hat er Sie nicht verlassen? In einem mochte er allerdings recht haben. Verpfänden ist selbstverständlich Unsinn. Was dem Staat und seinen Vertretern nicht aus freien Stücken dargeboten wird, ist von geringem Wert.
Er drückte Marie das Bündel in die Arme und führte sie durch die Halle, bis sie die gegenüberliegende Wand erreichten. Schwarz lakkierte Türen, eine neben der anderen in der hellen Mauer eingelassen, verwiesen auf weitere, geheime Bezirke des Gebäudes.
Die Beamten wohnen hier, sagte der Brigadeführer. Da ein Beamter auch nach Dienstschluß ein Beamter bleibt, viele seiner Verpflichtungen ihn nie verlassen, erwies es sich als vorteilhafter, ihn ständig im Dienst zu belassen. Der Dienst verlangt ununterbrochene Konzentration. Wir dürfen nicht aus der Übung kommen. Er öffnete eine Türe. Hier wohne ich. Ziehen Sie sich um.
Marie wartete darauf, daß er sich entweder entfernte oder die Türe schloß, was sie selbst nicht zu tun wagte, aber der Brigadeführer blieb an der Schwelle stehen und blickte sie unverwandt an. Schließlich suchte sie nach einer Nische, wo sie sich unbeobachtet entkleiden konnte. Der Blick des Brigadeführers folgte dem ihren, kehrte zu ihr zurück und glitt über ihren Körper, über die Brüste,

die Schenkel entlang. Ein langer Weg. Roland war ihn gegangen und später die Sehnsucht nach ihm.
Wie war das damals, fragte der Brigadeführer.
Marie errötete.
Wir waren arm und elend, sagte sie, und wir dachten, daß wir sterben müßten.
Aber Sie sind am Leben geblieben.
Roland ließ sich zum Schluß doch noch mit den Fremden ein. Während der Monate, da er Uniform trug, litten wir keine Not – zumindest keine körperliche. Wir wurden während seiner Abwesenheit gut versorgt. Die meisten Einsätze führten ihn noch weiter nach Norden.
Sie waren damals lang allein.
Ja, antwortete Marie, aber nicht so wie jetzt.
Ihr Mann wird irgendwann wieder auftauchen. Eine Frau wie Sie verläßt man nicht.
Eine Frau wie mich?
Nun machen Sie schon. Der Brigadeführer trat auf Marie zu und zerrte an ihrer Bluse. Sehen Sie zu, daß Sie aus diesem nassen Zeug kommen. Gesundheit liegt durchaus im Interesse des Amtes. Oder wollen Sie lieber zuerst duschen? – Zweite Tür rechts.
Duschen, ja. Marie verließ eilig das Zimmer und verschwand im Duschraum. Sie stellte das Wasser so heiß ein, daß sie sich fast die Haut verbrannte. Die Wärme war angenehm und beruhigte sie. Nach einer Weile hatte sie nur das Wasser und die Wärme im Kopf und die Stadt völlig vergessen. Wenn man die Augen schloß und nicht allzu viel nachdachte, war alles großartig einfach, zumindest ganz angenehm, wenn schon nicht großartig einfach. Man konnte Hilfe finden, so man sie brauchte, immerhin, das war etwas, und wenn man keine großen Ansprüche stellte, ging es. Sie rieb sich ab und wickelte sich in eines der Badetücher, die auf einem Hocker neben der Tür gestapelt lagen.
Vor der Dusche stand der Brigadeführer und musterte sie prüfend.
Sie sehen verändert aus, sagte er. Tatsächlich verändert. Er versuchte nach Marie zu greifen, und sie zuckte zurück.
Tatsächlich verändert, wiederholte er.
Aus, dachte Marie. Die Falle war zugeschnappt.
Der Brigadeführer zog das Badetuch von ihrem Körper und packte sie an beiden Handgelenken. Eine Hand drückte er auf ihre Brüste,

die andere zwischen seine Schenkel.
Lassen Sie sehen, sagte er. Es verstößt gegen keine Vorschrift. Er machte eine Pause. Sie waren lang allein, wie Sie sagten.
Schweigen.
Auch eine Frau hat Bedürfnisse, und es ist nicht gut, sich lang bitten zu lassen.
Marie wand sich aus dem Klammergriff und bückte sich nach dem zu Boden gefallenen Badetuch.
Es kann für Sie nur von Vorteil sein, wenn sie mich zufriedenstellen. Und das wollen Sie doch, oder?
Was?
Der Brigadeführer drängte sie in sein Zimmer und wies auf das Bett in seinem Zimmer. Es war groß, weiß, nahm gut die Hälfte des Raumes ein.
In Maries Kopf war nichts, nur die Kinder und Roland. Sie wartete, ob der Brigadeführer seinen Worten noch etwas hinzufügen wollte, aber er blieb stehen, wo er stand, und schaute sie unverwandt an. Langsam ging Marie auf das Bett zu, legte sich ausgebreitet darauf und schloß die Augen.
Später wies sie der Brigadeführer an, die Gegenstände, die sie ausgesucht hatte, in einen Karton zu legen. Einiges fügte er noch hinzu, so ein Radiogerät, Toilettenartikel, die Mäntel für die Kinder legte er in sein Zimmer. Bei Gelegenheit mitzunehmen, und Marie fragte sich, wie diese Gelegenheit aussehen würde. Dann verließen sie schweigend das Depot. Auf dem Weg nach oben begegneten ihnen ein Mann und eine Frau, ein hübsches, rothaariges Ding mit hochmütigen Augen.
Der Herr Oberbrigadeführer, flüsterte der Brigadeführer und verneigte sich tief. Prägen Sie sich sein Gesicht ein, auch das seiner Begleiterin. Es wäre äußerst peinlich, begrüßten Sie beide bei entsprechender Gelegenheit nicht mit dem erforderlichen Respekt.
Gehen sie auch, wollte Marie fragen, aber die Miene ihres Begleiters hieß sie schweigen.
Im Büro angekommen, wies der Brigadeführer sie an, den nötigen Abstand einzuhalten. Er stellte sie in fünf Schritten Entfernung vor dem Schreibtisch auf, zog zu ihren Füßen einen Kreidestrich und sagte: Nun, da sie sich in den offiziellen Amtsräumen befanden, sei dieser Strich eine unumstößliche Grenze. Ohne ausdrückliche Aufforderung zum Nähertreten sei ihr unter keinen wie immer gearteten Umständen erlaubt, sie zu überschreiten.

Marie nickte unmerklich. Der Abstand zwischen ihr und dem Brigadeführer dämpfte etwas ihre heillose Angst, und vielleicht bewahrte er einen davor, an den Verbrechen der anderen teilzunehmen.
Laut sagte sie: Jawohl, Herr Brigadeführer.

Den Rest des Tages verbrachte Marie im Bett. Der Brigadeführer hatte sie nach Hause entlassen. Die Kinder waren im Kindergarten, John und Therese an ihrem Arbeitsplatz. Es regnete noch immer. Marie starrte zum Fenster hinaus. So beschmutzt worden zu sein. Sie tastete mit der linken Hand unter der Decke die Stelle zwischen ihren Schenkeln ab. Ein Mann konnte sich mit einem Messer helfen, und wenn er nicht wollte oder zu müde war, war es eben nichts, da mochte ein anderer versuchen, was ihm einfiel, es war nichts, aber so ausgehöhlt wie ein umgekipptes Faß, und es ließ sich nicht ändern . . .
Von draußen kam Lärm, Mittagspause. Die Glocken der angrenzenden Kathedrale begannen zu läuten, und Marie dachte: Wer uns so gemacht hat und sich dessen nicht schämt. – Vergiß es. Vor die Welt treten und lachen, einfach lachen. Konnte sein, daß das half. Ja, bestimmt. Und dann wegdrehen und mit den Schultern zucken wie die Männer zu Hause, wenn sie sich Sonntag abends im Wirtshaus betrunken hatten und man ihnen ausrichtete, daß ihre Frauen nach ihnen schickten. Es gab nur zwei Sorten von Menschen: die, die fortgingen, und die, die warteten und dabei immer verzweifelter wurden. Die, die fortgingen, hatten immer alle Möglichkeiten auf ihrer Seite, und die, die warteten, hatten nie welche. Roland. Jetzt war er also fort, und sie wartete.
Therese, die vor John Dienstschluß hatte, fand Marie hoch fiebernd und ohne Bewußtsein vor. Knapp danach kam der Hausmeister und brachte die Kinder.
Wie, rief er, als ihn Therese nach der Adresse eines Arztes fragte, eben erst einen so würdigen Posten gefunden und schon erkrankt? Das kann für Sie alle böse Folgen haben, böse Folgen.
Dann entdeckte er den Karton und die Abschrift der Listen mit dem Amtsstempel und wurde leiser.
Ein Radiogerät wurde Ihnen bereitgestellt? Hatten Sie denn nicht eines? Ja, ja, in einem Amt muß man angestellt sein. Andere Leute haben kein solches Gerät, dient man aber einem Amt, darf man deren zwei besitzen.

Er drehte und wendete den Apparat solang hin und her, bis ihn Therese aus seinen Händen nahm und in den Karton zurücklegte.
Da liegt eine Kranke ohne Bewußtsein, und Sie reden über Dinge, die allesamt wertlos sind, wenn . . . Wir brauchen Ihre Hilfe.
Aha, rief der Hausmeister, wenn man keinen Rat weiß, ist der Hausmeister plötzlich gut genug. Man behandelt ihn schlecht, erklärt weder noch grüßt man, wie Frau Savari gestern abends, aber dann plötzlich braucht man ihn doch. Der Arzt wird nicht kommen. Sie haben keine Krankenversicherung, und haben Sie Geld? He? Ein Amt ist kein Freibrief. Es garantiert viel, aber nicht alles, und der Hausmeister ist auch jemand.
Was ist denn? John trat ein. Er war völlig durchnäßt und schlechter Laune. Fehlt ein Stempel auf unseren Papieren? Haben wir irgend etwas vergessen?
Therese deutete auf Marie. So liegt sie da, seit ich heimgekommen bin. Der Hausmeister will den Radioapparat. Er weigert sich, uns die Adresse eines Arztes zu sagen, ehe er ihn nicht bekommen hat.
Das ist eine Unterstellung, schrie der Hausmeister, eine schamlose Unterstellung.
Wollen Sie, bitte, nicht leiser sein? Da liegt eine Kranke.
So leicht stirbt es sich schon nicht, brüllte der Hausmeister. Er wurde immer lauter. Was Sie sagen, muß ich mir nicht gefallen lassen. So spricht niemand mit mir, so nicht. Das können ruhig alle hören. Das ganze Haus kann es hören.
John wollte ihn beruhigen und ihm die Hand begütigend auf die Schulter legen, aber der Hausmeister mißverstand die Bewegung. Er duckte sich und sprang mit rotem Kopf zur Tür hinaus. Im Stiegenhaus brüllte er Mörder und Totschläger, läutete ein paar Hausparteien aus den Wohnungen, rief etwas von Polizei holen und delogieren, das Wort Gesindel fiel, bis sich Millis heisere Stimme im Parterre einmischte und das Amt erwähnte, danach war es ruhig.
Das habe ich nicht beabsichtigt, sagte John ratlos. Ich wollte ihn beruhigen. Wahrscheinlich hätte ich ihm zum Schluß den verdammten Apparat gegeben.
Therese holte die Kinder unter dem Tisch hervor, wohin sie sich geflüchtet hatten, und schneuzte mit verkniffenen Lippen Pierres Nase. Er hätte so oder so keinen Arzt geholt. Kümmer dich du um

die Kinder, ich mache Marie einen Wickel. Wir müssen sehen, daß wir allein zurechtkommen.
Mama krank, fragte Isabelle.
John nickte. Komm, mein Häschen, wir gehen in die Küche und kochen etwas Feines. Kommst du?
Isabelle kam und hielt sich an einem Zipfel von Johns Sakko fest. Und du, Pierre? Aber Pierre schüttelte stumm den Kopf und setzte sich zu Maries Füßen aufs Bett. Dort blieb er ohne Essen, schaute Therese zu, die Marie einen Wickel machte, bis er einnickte. John trug ihn ins andere Zimmer und legte ihn zur schlafenden Isabelle.
Er versteht schon zu viel, sagte Therese, und zu wenig. Das ist schlimm. Sie saß neben Marie, die anfing, sich unruhig hin und her zu wälzen. John setzte sich zum Tisch, stützte die Arme auf und starrte auf seine Hände.
Das liegt mir nicht, sagte er.
Was?
Dasitzen und warten. Aber was kann man tun?
Schlafen gehen, antwortete Therese. Geh schlafen. Du mußt ausgeruht sein. Bei mir spielt das weniger eine Rolle.
Und morgen?
An morgen denken wir, wenn es Morgen geworden ist, entgegnete Therese bestimmt. Fang nicht wie Roland an. Er, mit seinen phantastischen Ideen. Wie hat er uns die Zukunft beschrieben, und jetzt sind wir hier, und er ist fort, und nicht einmal von ihm wissen wir, ob er glücklich geworden ist.
Roland hat nie von Glück gesprochen.
Aber von vernünftig leben können. Ist das nicht Glück? Geh schlafen.
Es kommt mir vor, als ließe ich euch beide im Stich.
Da kannst nichts tun.
Bestimmt nicht?
Bestimmt nicht, sagte Therese. Geh schlafen.
Später fühlte sie, daß Maries Stirn kühler wurde. Das Fieber sank offensichtlich. Gegen Morgen schliefen beide, Marie mit dem Gesicht zur Wand, Therese über sie gebeugt, die Hände noch immer auf Maries Stirn. So fand sie John, als er aufstand. Leise ging er zur Toilette auf dem Gang. Im Briefschlitz steckte eine Zeitung, das Licht draußen war diesig, aber es regnete nicht mehr. John stellte Teewasser auf, die Kinder erwachten und kamen zu ihm in die

Küche, die Frauen wurden wach. Marie stand wortlos auf und zog sich an.
Sag bloß, du gehst heute in den Dienst, sagte Therese.
Was sollte ich sonst tun, fragte Marie.
Wir dachten, wir könnten dich krank melden.
Das ist nicht erlaubt. Marie setzte sich zum Tisch und blieb teilnahmslos, bis sie die Zeitung entdeckte, die John zum Frühstück las. Sie nahm sie und fragte, wer sie gebracht habe, ob etwas ausgerichtet worden sei, untersuchte sie, fand aber nichts.
Eine ganz normale Zeitung. Der »Öffentliche Anzeiger«. Ich dachte, sie gehört zu deinem Dienst, sagte John. Sie steckte im Briefschlitz, als ich heute in der Früh hinausging. Er deutete in Richtung Toilette. Vielleicht ist es ein Werbeexemplar, damit wir sie später abonnieren.
Als ob wir für so was Geld hätten. Therese nahm die Zeitung schnell an sich. Der Hausmeister läutete an der Tür, um die Kinder abzuholen.
Nun, sehen Sie, rief er bei Maries Anblick. Alles wieder in Ordnung. Wenn ich nun tatsächlich einen Arzt gerufen hätte. Es hätte Sie bloß Geld gekostet und den Doktor verärgert. Er nahm links und rechts ein Kind. Schön artig sein, sagte er, immer schön artig sein.

Im Amt fand Marie das Dienstzimmer leer vor. Die Aktenberge des Vortages waren aufgeräumt, und alles sah so aus, wie sie es beim ersten Mal vorgefunden hatte. Sie setzte sich an ihren Schreibtisch und wartete. Es war ein seltsames Gefühl, so dazusitzen, völlig unnötig, und Dinge anzusehen, die die Bürger der Stadt niemals zu Gesicht bekamen, denn in diesem Amt gab es keinen Parteienverkehr. Wo die Leute hingingen, wenn sie Beobachtungen melden wollten – wozu sie ständig durch Plakate und Radioaufrufe aufgefordert wurden –, war Marie unklar. Hierher jedenfalls kam niemand. Hier gab es nur Zimmer, Akten und Beamte.
Und das Stadtwappen, dachte Marie. Das Telefon läutete. Es war der Apparat auf dem Schreibtisch des Brigadeführers, und er läutete elfmal. Wenig später läutete der Apparat auf Maries Schreibtisch. Sie zählte bis sieben, dann hob sie ab.
Hallo, meldete sie sich zögernd.
Na endlich. Es war der Brigadeführer. Sie kommen spät.
Ich sitze schon eine Weile hier und warte.

Wenn Sie mich im Dienstzimmer nicht vorfinden, suchen Sie mich gefälligst in meinem Zimmer im Keller auf, sagte er grob.
Das wußte ich nicht, entgegnete Marie. Ich . . .
So. Darf man von den Angestellten des Amtes nicht erwarten, daß sie die Nähe ihres Vorgesetzten suchen, wenn sie sich ohne Beschäftigung wissen, unterbrach er sie. Wofür werden Sie bezahlt?
Marie versuchte sich zu entschuldigen. Der Herr Brigadeführer möge Nachsicht üben, sie komme schließlich aus dem Norden, wo immer alles verboten gewesen sei, was nicht ausdrücklich erlaubt worden war. Nicht einmal das Telefon abzuheben hätte sie mit gutem Gewissen gewagt, aber sie könne die verlorene Zeit einbringen.
Es ist gut. Die Stimme des Brigadeführers klang nun freundlicher. Kommen Sie schon.
Die Lichtschranken, dachte Marie, aber da war die Verbindung bereits unterbrochen. Sie trat auf den Gang und ging so lang nach rechts, bis er eine Biegung machte. Dort war der Abgang in den Keller. Die Sperre stand offen, ebenso die nächste und die übernächste. Die rothaarige Frau, der Marie am Vortag begegnet war, kam ihr entgegen und musterte sie geringschätzig. Möbelpacker trugen Kisten an ihr vorbei. Die Frau dirigierte sie mit Handbewegungen und Kopfnicken. Marie grüßte ehrerbietig, drückte sich an die Wand und betrat den Depotraum. Auch dort waren Arbeiter damit beschäftigt, Kisten hinauszuschaffen. Sie versuchte ihnen auszuweichen, verlief sich zwischen den Regalen und mußte schließlich einen der Männer bitten, ihr zu zeigen, wie sie zu den Privaträumen der Beamten komme.
Das Amt erscheint jeden Tag größer, entschuldigte sie sich, als sie endlich vor dem Brigadeführer stand.
Sie sehen jeden Tag mehr davon. Allerdings vergrößern wir ständig. Unsere Arbeit nimmt zu, die Beamtenschaft wächst.
Man könnte meinen, die ganze Stadt findet hier Platz.
In einer gewissen Hinsicht ist das unser Ziel, wenn Sie damit meinen, daß die Obsorge und Fürsorge des Staates alles einschließt und nichts und niemand außerhalb steht. Er sah sie wieder mit diesem Blick an, den sie nicht ertrug, und wies sie in sein Zimmer.
Marie rührte sich nicht.
Nun, was ist, fragte er.
Sie wollten mir Anweisungen geben.

Anweisungen? Der Brigadeführer lachte. Keine schlechte Idee. Lassen Sie sich in dieser Hinsicht ebenfalls Anweisungen geben?
Marie starrte auf das unaufgeräumte Bett. Ist das jeden Tag so?
Jeden Tag, da überschätzen Sie mein Interesse. Nicht jeden Tag, nicht alle Zeit.
Aber es gehört dazu.
Es gehört dazu, solang ich möchte, daß es dazugehört.
Es gehörte dazu, wie die Kinder zu ihr gehörten, die eines Tages fortgehen würden, wie Roland zu ihr gehört hatte, der nicht mehr da war. Sie nickte unmerklich, betrat das Zimmer, knöpfte ihre Bluse auf und schlüpfte langsam aus dem Rock. Als sie die Strümpfe von den Beinen rollen wollte, vorsichtig darauf achtend, daß sich keine Laufmasche bildete, warf sie der Brigadeführer aufs Bett. Er war sofort in ihr.
Nicht so zaghaft, sagte er, nicht so zaghaft. Wir sind doch Menschen aus Fleisch und Blut.
Gegen Mittag entließ er sie mit den Regenmänteln für die Kinder und dem Bescheid, daß sie so lang vom Außendienst freigestellt sei, bis sich die Verkühlung gebessert habe. Lediglich am Vormittag habe sie sich einzufinden, um Schreibarbeiten zu erledigen und sich mit dem Amt näher vertraut zu machen.
Er braucht einen Vorwand, dachte Marie. Fluchtartig verließ sie das Amtsgebäude und schlug erst in der Nähe der Kathedrale ein ruhigeres Gehtempo ein. Vor Charly's Imbißstube fing sie wieder zu husten an. Sie lehnte sich erschöpft neben den Eingang. Eine Passantin blieb stehen und fragte, ob sie helfen könne. Marie bekam nicht genug Luft, um nein zu sagen, und schüttelte nur stumm den Kopf. Nicht auffallen. Sie zwang sich weiterzugehen. In der Küche wusch sie sich, bis die Haut rot und aufgeweicht war und brannte. Wenn sie nun von diesem Menschen schwanger war? Sie versuchte sich vorzustellen, was sie dann tun würde. Vielleicht war es sogar ehrenhaft, von einem Beamten schwanger zu werden. Und Roland, Roland? Der Karton des Brigadeführers stand noch immer unausgepackt auf der Kommode, und Marie legte die Regenmäntel der Kinder dazu.
Sie hatte jetzt wieder das große, weiße Bett vor Augen und das Gesicht des Brigadeführers, der sie gezwungen hatte, ihn anzusehen, die ganze Zeit über anzusehen, so daß sie an nichts anderes denken konnte als an ihn. Als er endlich die Augen über ihr schloß, glaubte sie, daß es nun bald vorbei sein würde, aber nach einer

Weile hatte alles von vorn angefangen. Der Mann und sie und das Bett. Marie packte den Karton und kippte ihn um.
Man muß sehen, was man hat, wenn man etwas hat, wozu man imstande ist, damit man erklären kann, wofür man getan hat, was man getan hat, wenn man einmal . . . Mein Gott, dachte sie, wenn es jemals noch dazu kam, etwas erklären zu müssen. Sie begann den auf dem Boden verstreuten Inhalt des Kartons zu ordnen. Die Kleider für die Kinder schichtete sie zu einem Stoß auf, rundherum ordnete sie die anderen Gegenstände in einem Dreieck an – Parfüm und Gesichtswasser, Radioapparat, Besteck. Schließlich setzte sie sich, nackt, wie sie noch immer war, mit geöffneten Schenkeln auf den Fußboden, so daß die Schenkel das Dreieck nachformten, legte an dessen Spitze ein Küchenmesser und betrachtete sich.
Therese stand plötzlich im Zimmer. Ich habe dich nach Hause kommen gesehen und meinen Dienst getauscht. Ich dachte, so wie du über die Straße getaumelt bist, brauchst du vielleicht Hilfe. Sie brach ab. Was tust du? Was tust du so nackt? Willst du dir den Tod holen? Und das alles bei offenem Fenster?
Marie hatte einen Schuh gepackt und begann auf sich einzuschlagen. Kinder bedeuten Segen, sagt man, schrie sie, mag aber sein, daß sie nur eine unverzeihliche Ungeschicklichkeit sind, und außerdem hat alles seinen Preis.
Therese blickte ratlos auf die Tobende, setzte wiederholt zum Sprechen an, begütigende, leise Worte, aber nichts schien Marie zu erreichen. Schließlich stürzte sich Therese auf sie, entwand ihr den Schuh und schleuderte ihn unter den Tisch. Marie fiel keuchend vornüber mit dem Gesicht auf die Klinge des Messers.
Wenn ich einen Schnitt von der Nasenwurzel über die Lippen bis zum Kinn ziehe, bin ich dann häßlich genug, fragte sie.
Ist es wahr, was man erzählt? Die Frauen im Amt . . . Du schläfst mit ihm?
Gestern, heute, sicher noch die kommende Woche. Jeden Morgen.
Therese schleifte Marie zum Bett. Sie verlangen für alles einen Preis. Überall. Es ist egal, wo man lebt, der Preis muß bezahlt werden.
Roland, sagte Marie. Verstehst du? Ich denke an Roland. Ich muß die ganze Zeit über an ihn denken. Man kann sich wegwerfen. Man kann sich verkaufen, wenn man es tun will und glaubt, daß man es tun muß. Man kann verrückt sein und sich umbringen las-

sen wollen, aber ich tu nichts aus einem dieser Gründe.
Roland hat nichts zu sagen. Der Herr Ingenieur, der vorgegeben hat, er wüßte, wie man das Leben meistert. Das, was er gemacht hat, ist schlimmer als Lüge oder Betrug. Wäre er nicht fortgegangen. Und noch dazu ohne ein Wort. Einfach so, und du mußt es hinnehmen. Nun muß er hinnehmen, wie und mit wessen Hilfe du das durchstehst. Außerdem bin ich völlig sicher, daß er auch . . .
Ist das nicht gleichgültig? Der Brigadeführer hat gefragt, ob wir uns John teilen. Und wenn er nicht im Büro ist, erwartet er mich im Keller, und dort erwartet er, daß ich . . .
Du darfst nicht wieder schwanger werden, obwohl ich keinen Unterschied sehe, ob zwei oder drei Kinder.
Ich darf nicht? Marie schaute Therese entsetzt an. Ich will nicht!
Ja. Nicht von diesem Mann. Aber John darf nichts wissen. Er würde es nicht verstehen. In seinen Augen gehörst du Roland – wie irgendwas. Für ihn bedeutet eine Eheschließung das verbriefte Recht auf Ausschließlichkeit. Ehebruch ist nicht eine Sache der Moral oder der Unmoral, er hat nicht stattzufinden.
Begehe ich Ehebruch? Begehe *ich* Ehebruch?
Um Thereses Mundwinkel bildete sich ein harter Zug. Nein, aber laß uns nicht so reden. Ehebruch begehen die Herren da draußen, wenn sie uns allein lassen.
Marie schaute zum Fenster hinaus, in den schmalen Ausschnitt des Himmels, der blau und golden war. Seit wann denkst du so?
Weil ich nie darüber gesprochen habe? Reden hilft nicht. Wir wollen überleben, also werden wir es versuchen.
Marie schälte sich aus der Decke, in die Therese sie gewickelt hatte, und kleidete sich an. Ich bin froh, daß du gekommen bist, sagte sie.
Wir schaffen es schon. Therese legte einen Arm um Maries Schultern. Gemeinsam schauten sie in den Himmel, der ruhig war und voll von diesem Licht, das man endlos anschauen konnte.
So schönes Wetter plötzlich, sagte Therese. Ich gebe dem Hausmeister Bescheid, daß du die Kinder selbst abholst. Er soll glauben, daß er es uns nicht recht macht, das wird ihn gefälliger sein lassen in Zukunft.
Gerade, als sie sich zum Gehen wandte, hörten sie ein Geräusch an der Eingangstür. Marie öffnete sie. Es war niemand zu sehen, aber aus dem Stiegenhaus tönten eilige Schritte, und auf dem Fußab-

streifer lag eine Zeitung. Verwundert hob sie Marie auf. Es waren die »Barackennachrichten« vom Lager jenseits des Flusses. Sie hatten über das Lager ein paar Male reden gehört. In der Stadt gab es eine Menge Gerüchte darüber, obwohl niemand etwas Genaues wußte. Irgendwo jenseits des Flusses existierte ein abgeschlossener Bezirk, dessen Bewohner man für die Diebstähle in der Stadt verantwortlich machte. Die Ämter dementierten von Zeit zu Zeit. Trotzdem hielt sich das Gerücht hartnäckig. Sogar im Norden war darüber gesprochen worden, der Vorarbeiter in der Gartengasse hatte es erwähnt, auch der Hausmeister.
Laß die Zeitung, sagte Therese, die nähergetreten war.
Die Barackennachrichten. Marie hielt sie ihr entgegen. Es ist also kein Gerücht.
Kaum. Sonst wäre der Besitz wohl nicht verboten.
Aber wer, um Himmels willen, legt uns das vor die Tür, und weshalb?
Vielleicht wieder dieser Junge, der schon einmal da war, als du Fieber hattest. Therese nahm die Zeitung und faltete sie mehrmals, bis sie sich nicht mehr biegen ließ. Er wollte dich sprechen, aber wir sagten ihm, daß wir dich nicht wecken können. Nachdem er gegangen war, sah John, daß auf der Kleiderablage ein Exemplar wie dieses da lag.
Und wo ist die Zeitung jetzt?
Verbrannt. Sofort verbrannt.
Verbrannt? Ohne sie mich sehen zu lassen?
John hat sie durchgesehen.
So wie er Zeitung liest.
Beruhige dich doch. Was ist denn an diesem Stück Papier so wichtig für dich? Es war voll politischer Parolen und Aufrufen zum Widerstand. Stell dir vor, man würde so etwas bei uns entdecken. Nicht auszudenken.
Laß mich die da durchsehen, sagte Marie. Irgendeinen Grund muß es dafür geben, daß man uns die Zeitschrift vor die Tür legt.

Zögernd reichte sie ihr Therese. Es war nichts Auffälliges zu finden außer einer Todesanzeige auf der letzten Seite. Irgend jemand hatte sie rot eingerahmt. Marie las sie aufmerksam. Statt der Namen der Toten war eine Personenbeschreibung angegeben, die ziemlich genau auf die beiden Burschen aus der Gartengasse paßte.
Lies das, sagte Marie.

Therese drehte sich weg. Ich will nicht. Ich will nicht wissen, was da steht. Komm, laß uns das verbrennen. Der Besitz solcher Schriften ist verboten. Es gibt Dinge, denen man sich einfach beugen muß. Als wir hier einzogen, sagte man uns, wir bekämen eine Jahrhundertchance, aber nur, wenn wir keine Schwierigkeiten bereiteten.
So, sagte Marie abwesend. Sie ging ins Zimmer, zum Tisch, dann zum Fenster, schließlich wieder ins Vorzimmer. – Wenn wir keine Schwierigkeiten bereiten. Das heißt, nichts fragen, nicht wahr?
Marie, wir müssen diese Zeit jetzt einfach überstehen. Später einmal. Irgendwann, ich weiß nicht, wann, werden wir vielleicht . . .
Ja, vielleicht war alles ganz einfach. Man schwieg und lebte. Bloß, wozu lebte man dann? Sie hatte einen Zeitungsjungen nach Roland gefragt, sie kannte einen einzigen, und ausgerechnet so ein Bursche brachte die Barackennachrichten. – Was sollte die unterstrichene Todesanzeige. Ihre Bedeutung konnten nur die Mörder kennen – oder? Dieser Zeitungsjunge. Ausgerechnet ihn mußte sie treffen. War das noch Zufall? Oder hieß das, daß die Mörder von Anfang an in ihrer Nähe gewesen waren, ununterbrochen auf der Lauer. Überall. Und die Todesanzeige hatte man ihr gesandt, um sie wissen zu lassen: Wir sind da. Wir haben dich unter Kontrolle. Wir kennen jeden deiner Schritte, sei leise, sonst . . .
Ja, verbrenn sie, sagte Marie und gab Therese die Zeitschrift. Verbrenn sie.

Oberst Gellert

Die Bombe explodierte gerade in dem Augenblick, in dem Marie aus dem Supermarkt trat, eine Quergasse von ihrem Wohnhaus entfernt und genau vor Charly's Imbißstube. Ein ohrenbetäubender Knall ertönte, gleichzeitig flogen Steine durch die Luft, Ziegel, Metallstücke, Karosserieteile von in der Nähe abgestellten Autos, Bremsen kreischten, und dann war es plötzlich still. Eine Staubwolke lag über der Straße und verdeckte vorerst gnädig die Katastrophe.
Der Polizist, der weiter unten an der Kreuzung zur Straße der Nation postiert war, blickte hastig auf seine Armbanduhr, steckte die Trillerpfeife in den Mund und begann zu laufen. Wie auf ein verabredetes Zeichen brachen die Schreie hervor und übertönten die Pfiffe. Der Staub senkte sich nieder. Von Charly's Imbißstube fehlte die gesamte Vorderfront, ein riesiges Loch gab den Blick auf die Verwüstungen im Lokal bis zur gegenüberliegenden Wand hin frei, selbst die Hintertüre war von der Druckwelle aus den Angeln gerissen worden. Auch an den umliegenden Häusern waren bis zu den Dächern hinauf Spuren des Attentats zu sehen. Geborstene Glasscheiben, aus den Mauern gerissene Fensterstöcke und brüllende Menschen, die mit den Oberkörpern halb auf die Straße hingen.
Marie saß auf dem Gehsteig und fühlte zuerst nichts. Die Handtasche war in hohem Bogen weggeflogen, auch der Einkaufskorb. Äpfel und Zucker, vermischt mit Blut, klebten auf dem Boden zwischen einem umgestürzten Kinderwagen und einem Stoffbündel, das einmal Milli gewesen war.
Der Polizist kam, bückte sich und zog Marie in die Höhe.
Alles in Ordnung, fragte er.
Marie nickte und wankte auf Milli zu. Das Baby unter dem Kinderwagen begann zu schreien, und Marie begriff im gleichen Augenblick, warum sich Milli nicht auf ihren Arm stützen konnte. Ein Teil ihres Gesichtes fehlte. Auf der rechten Seite klaffte ein Loch in ihrem Schädel, das ein Ziegel oder ein Metallstück gerissen hatte. Im Aufrichten fühlte Marie dann plötzlich Schmerzen im linken Bein. Sie setzte sich wieder nieder, sah Blut und zog den linken Schuh aus, schälte den Strumpf vorsichtig vom verletzten Bein und band es oberhalb des Knies ab. Noch immer begriff sie

nichts. Mechanisch sammelte sie den Inhalt ihrer Handtasche ein und suchte nach dem Einkaufskorb. Ein zehn- bis zwölfjähriger Junge wollte ihr zuvorkommen, als sie nach ihrer Geldbörse griff.
Das ist meine, sagte sie und packte ihn am Arm.
Meine, schrie der Junge und entwand sich ihrem Griff.
Folgetonhörner erklangen gleichzeitig aus mehreren Richtungen. Polizei. Rettung. Marie setzte dem Jungen nach. Ein Überfallskommando der Stadtpolizei hielt unmittelbar neben ihr. Die Besatzung sprang ab, noch ehe der Wagen stand. Stahlhelme. Knüppel.
Das waren die vom Lager, rief ein Mann, dort rennt einer von diesen Dreckskerlen, und deutete auf den davonhetzenden Jungen. Die Umstehenden starrten alle wie auf Kommando in die gleiche Richtung. Das waren die vom Lager, wiederholte einer keuchend vor Wut. Ehe die Straße abgesperrt war, rollte eine Männerlawine hinter dem Jungen her. Er warf die Geldbörse von sich, in der Hoffnung, der Fund würde die Jagd nach ihm für einen Augenblick unterbrechen.
Marie bückte sich und schaute ihm nach. Jetzt begriff sie. Der Knall. Das Splittern. Das Blut. Sie hatte die Kinder mitnehmen wollen, aber Pierre wollte sein Spiel nicht unterbrechen. Und Milli, die kurz auf Besuch gekommen war, sagte: Laß ihn doch. Ich begleite dich. Der Zeitungsjunge, dem sie vor gut einer Woche begegnet war, kam ihr mit einem Stoß Zeitungen unter dem Arm entgegen und legte das Papierbündel in einen Hausflur. Wer wollte jetzt eine Zeitung? Die ersten Rettungsfahrzeuge trafen ein. Im gleichen Augenblick hatte die Meute den Jungen eingeholt, danach war nichts mehr von ihm zu sehen, und Marie fühlte eine grauenhafte Übelkeit hochsteigen. Die Verletzten schrien jetzt nicht mehr so laut, sie wimmerten. Wind kam auf und wirbelte Sand und Staub hoch. Der Wind hob auch die ersten Blätter des Zeitungsstoßes auf und wehte sie aus dem Haustor über den Gehsteig. Ein Blatt blieb auf Milli liegen.
Das Bein hatte zu schmerzen aufgehört. Es fühlte sich taub an, und Marie setzte sich neben Milli auf den Gehsteig. Neben ihr wurde ein Verletzter weggebracht, Polizisten fingen an, persönliche Daten möglicher Zeugen aufzunehmen. Die überhasteten Bewegungen der Sanitäter, Rufe, alles sehr fern, alles, ohne nach innen zu kommen.

Jemand deutete im Vorbeilaufen auf Milli. Tot, fragte er.
Marie nickte abwesend.
Sie stand da, sagte sie, wo die Kinder gestanden wären, wenn . . .
Und nun kein Fusel mehr, Milli, keine Lumpen, morgen stehst du dafür in der Zeitung, in so einer, ich lese dir vor.
Marie nahm das Blatt, das auf Millis Gesicht lag. Es war keine Zeitung, es war ein Aufruf. Eine Organisation, die sich IAS nannte, übernahm darin die Verantwortung für dieses und ein weiteres Bombenattentat und rief die Bevölkerung zum Widerstand gegen die Ämter auf.
Milli, das war kein Versehen, sagte Marie tonlos, das war Absicht.
Es war völlig unglaublich. Sie hatte an eine Gasexplosion gedacht oder an irgend etwas anderes, sie hatte eigentlich an gar nichts gedacht, ganz sicher nicht an Absicht. Vor ihr, in Richtung Kathedrale, sah sie den Kolporteur langsam davongehen und um eine Ecke biegen.
Plötzlich hatte sie wieder ihre Stimme. Mörder, brüllte sie, Mörder. Sie sprang auf, zerfetzte das Flugblatt und begann, noch immer schreiend, dem Jungen nachzulaufen.

Als John die Abendnachrichten einschaltete, war Marie bereits seit gut zwei Stunden von zu Hause fort. Sie hatte Obst und Zucker einkaufen wollen. Dann war die Detonation ertönt, später der Sirenenton von Einsatzfahrzeugen, und John und Therese waren immer unruhiger geworden. Der Kinder wegen hatten sie das Chaos nur vom Fenster aus beobachtet, die Absperrung der Straße, den Abtransport der Verwundeten und zum Schluß der Toten, aber die Entfernung war zu groß, um Genaueres erkennen zu können. Nun hatte die Polizei die Durchfahrt der Straße wieder freigegeben, bloß, Marie war noch immer nicht zu Hause.
Acht Tote, 47 Verletzte, zum Teil in kritischem Zustand, hörte John den Radiosprecher sagen. Von Charlys Gästen war keiner heil davongekommen, selbst Passanten auf der gegenüberliegenden Straßenseite waren betroffen worden. Noch kannte man nicht die Identität aller Opfer. Die Bevölkerung wurde zur Mitarbeit aufgerufen. Danach verlas der Sprecher die Liste der identifizierten Todesopfer.
. . . Milena Ruck, 67 Jahre alt, wohnhaft . . .
Milli ist tot, sagte John. Sie war doch mit Marie einkaufen.
Die Liste der Verletzten folgte, die Adresse der Spitäler, in die sie

eingeliefert worden waren. Therese schrieb hastig mit. Man hatte Flugblätter sichergestellt. Eine Bewegung, die für Freiheit eintrat, übernahm die Verantwortung für zwei Attentate. Mit der Suche nach der zweiten Bombe war sofort begonnen worden, das Viertel um die Kathedrale galt als besonders gefährdet, die Bewohner wurden aufgefordert, der Polizei jede Auffälligkeit, jede Veränderung sofort zu melden. Die Fahndung nach den Attentätern und deren Hintermännern lief bereits auf vollen Touren, auch nach dem Flugzettelverteiler wurde gefahndet.

Marie kannte ihn. Sie verfolgte ihn seit einer Stunde quer durch die Stadt. Er ließ sich Zeit, ging zu Fuß, schlenderte langsam durch die Gassen. Nach Dienstschluß, nach dem Verebben der Verkehrsspitze hätte sich ein Schaffner oder ein U-Bahnpassagier seiner vielleicht erinnert, auch ein eigenes Fahrzeug wäre angesichts möglicher Straßensperren sehr rasch zur Falle geworden. Aber zu Fuß, dachte Marie, wer schaut schon einem Spaziergänger nach, noch dazu, wenn er immer rechts geht.

Sie hinkte an »Tante Jovankas Tabakladen« vorüber, und der Name fiel ihr zum ersten Mal auf. Lang schon hatten sie die Hauptstraße verlassen und waren über Umwege in die Straße der Nation gelangt. Der Weg führte zum Hafen und zur Brücke, die die Stadt mit dem jenseitigen Ufer des Flusses und dem Lager dort verband. Knapp vor der Brücke bog der Zeitungsmann nach Süden und schlenderte an der Anlegestelle für Passagierdampfer vorbei. Weiter flußabwärts hatten Fischerboote festgemacht, danach folgten Werkzeugschuppen und Lagerhallen. In deren Schatten tauchte er unter.

Marie blickte ihm von der hellerleuchteten Seite der Uferstraße aus nach, bis er verschwand. Nun war er ihr doch entkommen. Dann donnerte ein Sattelschlepper mit überhöhter Geschwindigkeit an ihr vorbei. Marie lief auf ihn zu, ließ sich hinter ihm zu Boden fallen, sprang auf und humpelte gebückt über die Straße. Das letzte Stück zu den Schuppen kroch sie, aber nun nicht mehr aus Vorsicht. Die Beine versagten endgültig ihren Dienst. Von irgendwoher hörte sie eine tiefe Männerstimme mit fremdem Akzent, die jemandem befahl, die Filme zu Willem zu tragen.

Bin neugierig, wer darauf zu sehen ist, sagte die Stimme. So ein Feuerwerk holt die Spitzel und die Ratten aus den Löchern.

Marie duckte sich tief in den Schatten des Schuppens. Sie haben das Attentat auch noch gefilmt, dachte sie, und: Hier dürfen sie mich nicht finden. Die Stimme rückte in die Ferne, ging in ein Flüstern über. Nicht hier, dachte Marie, ich muß von da wegkommen, dann dachte sie nichts mehr.

John nahm Therese die Liste mit den Telefonnummern der Spitäler aus der Hand. Der Hausmeister, sagte er. Jetzt muß uns diese Kreatur helfen, ob er will oder nicht.
Therese nickte, griff nach einem Taschentuch und eilte ihm nach. Der Hausmeister stand in der offenen Tür seiner Wohnung und gab sie sofort frei, als er John sah.
Frau Ruck ist tot.
Ja. Und wir haben Grund zu gauben, daß auch Frau Savari zu den Opfern zählt, antwortete John.
Der Hausmeister blickte ihn von unten an. Ich weiß, wir haben es eben gehört.
Was?
Wissen Sie es nicht? Eben wurde durchgegeben, daß sich eventuelle Angehörige einer Marie Savari melden sollen und ihre Beschreibung bekanntgeben. Eine Handtasche mit ihrem Ausweis ist vor dem Supermarkt gefunden worden.
Und?
Der Hausmeister zuckte zurück. Er wies auf die Schlange der Wartenden vor dem Telefon. Da Frau Savari Angestellte eines Amtes ist, haben Sie Vorrang bei der Suche nach ihr.
Er wählte die erste Nummer von Theresens Liste und reichte John den Hörer.
Maries Beschreibung paßte auf keine der eingelieferten Frauen. John fragte nach anderen Personen, deren Namen man ihm zurief, und gab Personenbeschreibungen weiter. Zwei Männer fanden Hinweise auf ihre Frauen und verließen die Wohnung des Hausmeisters. Die nächste Nummer. Sie war besetzt wie die übernächste. Offensichtlich telefonierte die halbe Stadt mit den Krankenhäusern. John trat von einem Fuß auf den anderen, während er auf ein Freizeichen wartete. Der Hausmeister stellte das Radio lauter. Für den Fall, daß weitere Nachrichten kommen, sagte er.
Im Rundfunk wurde ernste Musik gesendet. Endlich eine Verbindung mit einem Krankenhaus. Der Verbleib einer weiteren Hauspartei wurde festgestellt. Maries Beschreibung paßte auch hier auf keine neu eingelieferte Patientin. Die nächste Nummer. Neuerlich Meldungen im Radio. Man hatte ein weiteres Todesopfer identifi-

ziert, eine Frau verließ aufschluchzend den Platz neben dem Telefon, der Tote war ihr Mann. Sprengstoffsachverständige hatten die Art der Bombe und deren unmittelbaren Explosionsort ermittelt. Der Sprengkörper war im Laderaum eines weißen Lieferwagens einer Wäscherei verborgen und mittels Zeitzünder zur Explosion gebracht worden. Nach Meinung der Polizei war der Ort der Katastrophe demzufolge nicht von vornherein festgelegt worden, denn die Routen der Wagen wichen im Lauf einer Woche oft erheblich voneinander ab.
Nur der Zeitpunkt wäre gleich geblieben, dachte John. Und im Grunde war es egal, wo im Zentrum so eine Bombe losging, gegen Ladenschluß war überall gleich viel los.
Politische Kommentare. Erneut Aufrufe an die Bevölkerung. Gegen Mitternacht hatte John alle Krankenhäuser durch, in die Opfer des Attentats eingeliefert worden waren. Er und Therese waren nun schon über eine Stunde mit dem Hausmeister allein. Alle anderen hatten vom Verbleib ihrer Angehörigen erfahren, nur auf Marie fand sich kein Hinweis. Erschöpft und enttäuscht ließ John den Hörer sinken.
Es bleibt noch immer die Möglichkeit, daß meine Beschreibung ungenügend war, wenn nicht . . .
– ist Marie unter den Toten, vollendete Therese den Satz und schlug sich augenblicklich mit der Hand auf den Mund. Sie starrten einander an.
Warum, fragte John. Das ergibt doch überhaupt keinen Sinn. Warum denn?
Nun, für die Freiheit, sagte der Hausmeister lauernd. So stand es zumindest auf den Flugzetteln laut Radiobericht.
Scheiß Freiheit. John schlug mit der Hand auf die Tischplatte. Wer will denn so eine Freiheit? Da geht einer über die Straße, und plötzlich – bums – gibt es ihn nicht mehr. Wie kommt man dazu?
Isabelles verstörtes Weinen hallte durchs Stiegenhaus.
Die Kinder! Therese rannte aus der Wohnung.
Sie sind nicht für Revolution, fragte der Hausmeister.
John schaute ihn mit zusammengekniffenen Augen an. Hat man das von uns erwartet? Erwartet man, daß wir für Revolution sind? Großer Gott, Mann. Da. Er legte einen Geldschein neben das Telefon. Für Ihre Mühe und als Unkostenersatz.
Aber nicht der Rede wert, das ist völlig unnötig. Der Hausmeister steckte den Geldschein schnell ein. Wirklich unnötig. Ich bin von

Amts wegen verpflichtet, Ihnen das Telefon zur Verfügung zu stellen, der Anruf . . .
John drehte sich ohne Antwort um und ging. Oben in der Wohnung lag Therese mit den Kindern im Bett, eines links, eines rechts, drückte sie an sich und wartete darauf, daß sie endlich das rhythmische Atmen des Schlafes hörte. John beugte sich über Isabelles verweintes Gesicht, räusperte sich und ging ins andere Zimmer.
Später kam Therese. Die Kinder schlafen jetzt, sagte sie. Was nun?
John hob den Kopf, und sie sah, daß er feuchte Augen hatte. Morgen müssen wir Marie identifizieren.
Und dann?
Es ist ja nicht sicher, sagte John.
Es sollte ein Rettungsanker sein, aber Therese spürte, daß sie beide nicht daran glauben konnten.

Der nächste Morgen war kühl und diesig, aber John wußte, daß dies gutes Wetter bedeutete. Therese hatte erst ab Mittag Dienst und beschloß, die Kinder nicht dem Hausmeister zu übergeben und zu Hause zu warten, bis John von der Polizei zurückkam. Er nahm Maries Meldezettel an sich und rief in der Gärtnerei an, daß er wahrscheinlich nicht zur Arbeit kommen könne, sich zumindest verspäten würde, Genaues könne er noch nicht sagen.
Entweder treten Sie Ihren Dienst pünktlich an, entgegnete der Obergärtner barsch, oder Sie brauchen überhaupt nicht mehr zu erscheinen. John antwortete, daß er ein Opfer des Bombenattentates identifizieren müsse und erwähnte nebenbei, daß es sich um eine Angestellte eines Amtes handelte.
Die Stimme des Obergärtners wurde etwas freundlicher. Name, Adresse.
Marie Savari, sagte John, sie wohnt bei uns. Wir wurden gestern durch eine Radiomeldung aufgefordert . . .
Ja, unterbrach ihn der Obergärtner, das könnte stimmen. Gehen Sie, aber lassen Sie sich Ihren jeweiligen Aufenthalt auf der Polizei, im Spital, wohin man Sie eben schickt, bestätigen. Und keine unnötigen Versäumnisse, wenn ich bitten darf. Sie kommen sofort hierher, wenn die Angelegenheit geklärt ist. Er legte auf, ohne Johns Gruß abzuwarten.
Auf der nahegelegenen Polizeiwache war nur ein Beamter anwesend, der müde wirkte und John ohne Umschweife ans Leichen-

schauhaus verwies. Die Bitte um Bestätigung der Vorsprache beantwortete er mit einem blanko unterschriebenen Formular und dem Hinweis, daß John, wenn er sich beeilte, mit dem Streifenwagen fahren könne, der dorthin beordert worden sei. John wollte nach Maries Handtasche fragen, aber der Polizist sagte bloß: So beeilen Sie sich doch.
Eine blasse Frau mit rotgeränderten Augen saß im Fond des Wagens. Mein Mann, sagte sie. Ihre Frau?
Eine gute Bekannte, antwortete John.
Ach, da fällt es leichter. Aber bei uns ist es der Mann. Der Vater. Drei Kinder.
Meine Bekannte hat zwei Kinder, sagte John.
Die Frau begann zu weinen und lehnte sich an ihn. Etwas ratlos hielt er ihre Hand und stützte sie, als sie ausstiegen. Ein Amtsdiener erwartete sie, der ihnen voranging und nach Alkohol roch, und John dachte, daß er jetzt selbst gern etwas getrunken hätte.
Lassen Sie sich Zeit beim Identifizieren, sagte der Diener. Wir haben nichts davon, wenn Sie sich irren, bloß noch mehr Arbeit. Schauen Sie genau hin. Er führte sie durch einen Korridor und dann durch noch einen, bis sie schließlich in einem Raum standen, der wie die Vorhalle einer Badeanstalt aussah. Gekachelte Wände bis zur Decke und völlig leer. Der nächste Raum sah ganz genauso aus, aber es war kalt hier, und an einer Wand befanden sich metallene Schubladen. Eine zog der Diener auf und sagte: Na?
Die Frau trat zögernd näher, warf einen raschen Blick auf das entblößte Gesicht und schüttelte dann mit sichtlicher Erleichterung den Kopf.
Und Sie?
John sagte, daß er eine Frau suche.
Der Diener zog die nächste Schublade auf. Dieser da?
Die Frau verneinte nach einem prüfenden Blick abermals.
Sie gingen noch ein paar Schubladen durch, dann sagte der Diener, daß sich im Moment keine unbekannten weiblichen Leichen im Schauhaus befänden. Alle identifiziert.
Ist eine Marie Savari darunter, fragte John beklommen.
Müßte in den Listen stehen, die sind oben im Büro. Gehen wir. Heute waren schon neunzehn Personen vor Ihnen da. Die halbe Stadt scheint ihre Angehörigen bei uns zu suchen, aber die Toten, die wir da haben, hat keiner erkannt. Wenn einer gestorben ist, vergessen die Leute sehr rasch, wie er ausgesehen hat. Vielleicht ist

Ihr Mann auf Sauftour, wandte er sich an die Frau. Und Ihre Freundin, zu John gedreht, hat sich einen anderen angelacht und die Nacht bei ihm verbracht.
Einen Augenblick, sagte John. Darf ich die beiden ersten Leichen noch einmal sehen?
Ich dachte, Sie suchen eine Frau? Der Diener zog achselzuckend noch einmal die Schubladen auf. Die meisten Leute ekeln sich vor dem Anblick Toter, aber manche können offenbar nicht genug davon bekommen.
John starrte auf die Gesichter der Toten und drehte sich dann rasch weg. Ja, ich suche eine Frau, sagte er, aber sie ist nicht meine Freundin.
Der Diener zog eine Flasche aus seinem Arbeitsmantel und nahm einen Schluck. Auch einen, fragte er.
John schüttelte den Kopf, und sie gingen den langen Korridor, den sie gekommen waren, zurück. Dort verabschiedete sich die Frau, und der Diener wies John in den ersten Stock. Es war nicht sehr wahrscheinlich, daß irgend jemand Marie identifiziert haben konnte, das Amt ausgenommen, aber John wollte sichergehen.
Ihr Name stand auf keiner Liste, und der Amtsdiener meinte, daß sie vielleicht doch in einem der Spitäler liege, vielleicht bewußtlos, oder das Personal sei in dem gestrigen Chaos einfach überfordert gewesen. Am besten, John suche den Krisenstab auf, der noch in der Nacht gebildet worden war. Er nannte die Adresse. Handtasche und Ausweis Maries würden sich am ehesten dort finden.
Die Kommandozentrale des Krisenstabes befand sich gegenüber der Kathedrale, am anderen Ende des Platzes, wo es Cafés gab und wo man an sonnigen Tagen im Freien sitzen konnte. John war in der Früh vorbeigegangen, ohne die Veränderung zu bemerken. Er war jetzt ziemlich erleichtert. Marie lebte, das war das Wichtigste, alles andere würde sich finden. Bloß die Toten bereiteten ihm ein gewisses Unbehagen. Bis jetzt war er davon überzeugt gewesen, daß Marie phantasiert und später auf den Phantasien beharrt hatte, weil ihr nichts anderes übriggeblieben war. Er verstand das. Manchmal phantasierte er selbst und bestand dann auf seinen Behauptungen, weil sie das einzige waren, das ihm gehörte. Therese mochte das nicht. Sie nannte seine Phantasien Lügen, aber es waren keine Lügen, sondern ein Trick, mit dem man schlagartig aus den Zimmern herauskam und draußen, im Freien, stand, und nichts preßte einem mehr den Brustkorb zusammen. Man konnte

das mögen oder auch nicht, es war Ansichtssache. John beobachtete den Eingang zur Kommandozentrale, ehe er hineinging, und kaute nachdenklich an der Unterlippe. Es war Ansichtssache, aber in dieser Stadt gab es anscheinend jemanden, der die Wahrheit nicht mochte, und das war nicht Ansichtssache.

Der Krisenstab war in einem der Cafés untergebracht, das man eilig ausgeräumt hatte. Davor war ein Zelt aufgebaut worden, und dort wurden die Gegenstände ausgestellt, die man nach dem Attentat auf der Straße und in Charly's Imbißstube gefunden hatte. Es war einiges los. John entdeckte Maries Handtasche und wurde daraufhin ins Café geschickt, um alles zu Protokoll zu geben, was er wußte. Eine freundliche Schreibkraft nahm seine Angaben auf. Haarfarbe, Augenfarbe, Größe, Gewicht. Besondere Merkmale: eine Narbe unter dem Kinn, Narben auf dem Rücken von Streifschüssen, die Marie auf der Flucht abbekommen hatte, als sie die Kinder mit ihrem Körper schützen wollte. Auch, daß er schon im Leichenschauhaus gewesen war, wurde notiert und warum und was er gesehen hatte. Zum Schluß beschrieb John die beiden Toten, obwohl er das nicht vorgehabt hatte. Anschließend hieß man ihn draußen warten. John trat auf den Platz hinaus und zündete sich eine Zigarette an. Von hier aus sah das Wohnhaus neben der Kathedrale wie eine Kaserne aus, groß und wuchtig und abgeschlossen. Nicht einmal die Sonnenreflexe in den Fensterscheiben ließen es wohnlicher erscheinen.

Wenig später holte man ihn wieder und stellte ihn einem Polizeioffizier gegenüber. Herr John Malbot? Sie haben eben einen merkwürdigen Bericht abgegeben. Wenn Sie mir, bitte, folgen wollen?

Sie gingen in den ersten Stock, in die Räume über dem Café, wo sonst das Personal untergebracht war.

Wie kommen Sie zu solchen Behauptungen?

John war ratlos. Ich verstehe Sie nicht, Herr Oberst, sagte er.

Nein? Diese Toten – weshalb suchten Sie sie im Leichenschauhaus?

Ich suchte dort eine Bekannte, die seit gestern abgängig ist. Sie war in dem Supermarkt gegenüber von Charly's Imbißstube einkaufen und kam nicht mehr nach Hause. In den Spitälern erfuhren wir nichts über sie, also schickte mich meine Frau zur Polizei, von dort schickte man mich ins Leichenschauhaus, und da entdeckte ich die Männerleichen.

Ja, aber woher kannten Sie sie? Waren das Freunde?
Oh, nein, Fremde. John trat von einem Fuß auf den anderen.
Herrgott, von irgendwoher müssen Sie sie kennen. Sie haben sie schließlich beschrieben, schnauzte ihn der Oberst an.
Verflucht, ich habe angefangen, dachte John, jetzt muß ich weitermachen. – Einen richtigen Oberst hatte er vor sich, die ganze Geschichte war also keine Kleinigkeit. Er holte tief Luft und erzählte dann von der Flucht und wie sie sich in der Stadt verkrochen hatten und daß später die beiden Burschen aufgetaucht waren – arrogante Lümmel, aber was hätte man gegen sie machen können? – Und dann erzählte er von den Arbeitern und dem Geld und wie vor allem Marie und Therese Angst bekommen hatten, man könnte sie für Diebe halten, und darum einen Teil des Geldes wieder zurückgeben wollten.
Der Oberst ließ John reden, ohne zu unterbrechen.
Es war eine Menge Geld, sagte John, zumindest für uns, und Marie ging zurück. Später erzählte sie, daß sie die Männer wohl gefunden hätte, aber nicht mehr lebend.
Sie irren sich nicht?
Ich habe mir die Toten zweimal zeigen lassen.
Wie lang ist das her, sagten Sie?
Fast drei Wochen.
Und wem haben Sie das gemeldet?
John schaute verlegen zu Boden. Wir haben keine Meldung gemacht. Wir haben Marie nicht ernst genommen. Und dann gab es noch diesen Telefonanruf. – Er erzählte auch davon.
Frau – wie?
Savari.
Machte Frau Savari Andeutungen darüber, wie die Männer zu Tode gekommen sein konnten?
Sie sprach von Mord, antwortete John leise.
Das ist ein Ding. Der Oberst zündete sich eine Zigarette an und hielt dann John die Packung hin. Eine Weile rauchten sie schweigend, dann sagte der Polizeioffizier plötzlich sehr freundlich: Ich will Sie nicht in Schwierigkeiten bringen. Ich verstehe Ihre Situation durchaus, aber wir müssen uns über die Geschichte unterhalten. Sprach Frau Savari irgendeinen Verdacht aus?
Kann sein, daß sie einen hatte, aber wir ließen sie nie zu Ende sprechen. Der Anrufer drückte sich so bestimmt aus, daß wir . . .

Gut, gut. Jedenfalls haben Sie die Toten wiedererkannt und würden das auch bestätigen?
John nickte.
Und Frau Savari? Würde sie das auch tun?
John zuckte mit den Schultern. Wir wissen nicht einmal, wo sie ist und in welcher Verfassung sie sich befindet.
Das finden wir heraus. Was mich interessiert, ist: Würde Ihre Bekannte aussagen? Wie Sie andeuteten, ist sie nicht ganz . . . Der Oberst zögerte. Es sieht so aus, als befänden Sie sich in einer schwierigen Situation.
John fühlte sich unbehaglich, jetzt noch mehr als vorhin, als ihn der Oberst angeschnauzt hatte. Ich kann über Marie nicht viel sagen, sagte er, seit sie in diesem Amt arbeitet, ist sie sehr verschwiegen.
In welchem Amt, fragte der Oberst überrascht.
Sie hat nichts darüber erzählt.
Doch nicht in *dem* Amt?
Ich weiß nicht. Sie bekam einen Ausweis. Er liegt bei der Handtasche unten im Zelt.
Der Oberst nickte. Dann warten Sie.
Unten? John wandte sich zur Tür und blieb dann stehen. Herr, ich darf mich nicht aufhalten, sagte er. Ich bin Hilfsgärtner, und der Obergärtner wirft mich hinaus, wenn ich nicht bald zum Dienst erscheine.
Sie sind auch Angestellter eines Amtes? Dann mußten Sie sich keinem derartigen Verhör stellen.
Ich bin nur Hilfsgärtner. Meine definitive Anstellung hängt von den Schwänen ab.
Der Oberst dämpfte die Zigaretten aus. Sie arbeiten bei den Schwänen? Waren Sie früher beim Militär?
Ja, sagte John. Ehe es die Grenze gab. Unser Dorf war klein, und die Wirtschaft ging an meinen älteren Bruder. Als die Fremden kamen, wurde ich nicht übernommen. Ich galt als nicht zuverlässig.
Bravo. Der Oberst klopfte John auf die Schulter. Und warum galten Sie als nicht zuverlässig?
John schaute ihm direkt ins Gesicht. Ich fand die Fremden zum Kotzen. Da ist bei mir nichts zu wollen.

Das Krankenhaus der Diakonissinnen, in das Marie gebracht worden war, lag im Nordosten der Stadt, eingebettet in Villen, von Gärten umgeben. In diesem Viertel wohnten Geschäftsleute, höhere Beamte, Diplomaten. Es war eine ruhige Gegend, und die Polizei hatte kaum jemals Grund zum Eingreifen.
Als Marie erwachte, schien die Sonne auf ihr Bett. Sie lag in einem Badezimmer, das während des noch nicht abgeschlossenen Krankenhausumbaues als provisorisches Krankenzimmer verwendet wurde.
Drei Betten standen darin. Die Frau links von Marie atmete schwer unter einem Sauerstoffzelt, die Frau beim Fenster schlief. Ein rundliches Gesicht beugte sich über Marie.
Nun, wie geht es Ihnen, Frau . . .?
Savari, antwortete Marie automatisch. Marie Savari, geboren am 4. 6. 1944, derzeit wohnhaft in der Hauptstraße 67, gleich neben der Kathedrale, verheiratet, zwei Kinder, der Mann hat uns verlassen.
Na, also, Sie haben Ihre Erinnerungen wiedergefunden.
Marie setzte sich ruckartig auf. Hatte ich sie denn verloren?
Vorübergehend. Die Nonne drückte Marie in die Kissen zurück. Es war wohl der Schock.
Man muß meine Familie benachrichtigen.
Selbstverständlich. Wir machen das sofort.
Ein Arzt betrat den Raum, und die Nonne ging hinaus. Er prüfte wortlos Maries Puls, Pupillenreflexe und horchte sie ab.
Das Schwierigste haben Sie hinter sich, sagte er. Er fragte nochmals nach Maries Namen und schrieb ihn auf die schwarze Tafel über dem Kopfende des Bettes. Dann fragte er, ob sie sich an den Unfall erinnern könne.
Unfall? Marie verneinte.
Ehe wir sie operierten, sprachen Sie von einer Milena Ruck. Erinnert Sie das an irgend etwas?
Milli? Marie zögerte. Irgend etwas explodierte und tötete sie.
Sie waren vorgestern in der Hauptstraße, als die Bombe explodierte?
Vorgestern? Wir waren miteinander einkaufen.
Sie wurden nicht in der Hauptstraße gefunden.
Wo dann?
Nahe der Vorortelinie.
Und was habe ich dort gemacht?

Sie lagen bewußtlos in einem Haustor. Wir dachten, *Sie* wüßten, wie Sie dorthin gelangt sind.
Marie versuchte sich zu bewegen, aber das Bein schmerzte zu sehr bei dem Versuch, sich zur Seite zu drehen, und sie ließ sich wieder zurückfallen. Erst jetzt bemerkte sie, daß sie von der Hüfte bis zum Knie einen Verband trug.
Ich weiß nicht, wie ich dorthin gekommen bin, sagte sie. Ist das schlimm?
Gar nicht. Der Arzt zog einen Sessel zum Bett und setzte sich. Das kommt immer wieder vor. Verletzte verlassen den Ort des Unfalles und irren herum, bis sie irgendwo zusammenbrechen. Es war wohl der Schock, aber die Polizei muß das klären. Es hätte sich immerhin um ein Verbrechen handeln können.
Die Bombe war doch ein Verbrechen?
Er griff nach dem Thermometer auf dem Nachtkästchen, schüttelte es herunter und schob es Marie unter die Achsel. Nun ja, sagte er. Es hätte sich um ein anderes handeln können. So weit weg, wie Sie gefunden wurden. Das ist schon ungewöhnlich.
Marie schaute ihn erschrocken an. Was habe ich denn vor mich hin phantasiert, daß Sie mich verdächtigen?
Aber, um Gottes willen, wir verdächtigen niemanden. Wir versuchen lediglich, Ihre Erinnerungen zu vervollständigen. Er nahm das Thermometer und las die Temperatur ab. Sehr schön, sagte er, kein Fieber mehr. Er stand auf. Versuchen Sie, noch ein bißchen zu schlafen. Ich komme später wieder. Sie müssen selbstverständlich nicht mit mir sprechen, aber es ist wahrscheinlich besser für Sie. Sie bekommen sonst den Schock nicht los.
Über die Ausrufungsanlage wurde der diensthabende Arzt in die Ambulanz gerufen. Das ist für mich, sagte der Arzt und ging.
Marie versuchte, sich trotz der Schmerzen im Bein auf die Seite zu drehen. Durchs geöffnete Fenster wehte ein bißchen Wind ins Zimmer. Es duftete nach Krokussen, die in diesem Jahr spät dran waren. In diesem Jahr war alles spät dran, überhaupt in der Stadt, dachte Marie. Vorortelinie. Sie wußte nicht einmal, wo die war. Dann sah sie plötzlich den Fluß vor sich, das dunkle Ufer, die hellerleuchtete Straße und . . . Am Fluß hatte sie nichts zu suchen gehabt, aber eine Verwechslung war nicht möglich, also mußte sie dort gewesen sein. Und George, wieso dachte sie jetzt an George.

Als sie die Tür in sein Zimmer aufgebrochen hatten, hatte ein Luftzug seine Beine bewegt, und für einen Moment glaubten sie, daß er noch lebte, aber er mußte zu diesem Zeitpunkt schon Stunden tot gewesen sein. Das Gesicht blau und aufgequollen und verzerrt. Roland hatte sie erschrocken zurückgedrängt, damit sie das nicht sah, aber sie hatte es gesehen und gedacht: Mein Gott, er als Arzt hätte wissen müssen, wie man den Knoten knüpft, der einem sofort das Genick bricht und nicht langsam ersticken läßt. – George mußte langsam gestorben sein, und vielleicht hatte er zum Schluß auch den Tod verflucht, nicht bloß das Leben.

Das war jetzt ein halbes Jahr her, und sie hatte niemals daran gedacht, obwohl George der einzige gewesen war, der ihnen im Norden weitergeholfen hatte, auch als es schon gefährlich war, ihnen zu helfen, und alle anderen im Dorf nicht einmal mehr mit ihnen reden wollten. – Sie hätten sich fragen können, warum er sich erhängt hatte, aber das wußten sie ja. Oder, was sie dagegen hätten tun können. Nichts. Es gab keinen Ausweg. Es gab all die Zeit keinen Ausweg, und Marie hatte endlich angefangen, Roland zu begreifen, der sich nicht beugen wollte und nach Georges Tod es erst recht nicht durfte. Nachdem George sich erhängt hatte, war klar, daß sie nun nicht aufgeben durften, und die Berichte aus dem Süden waren immerhin so gewesen, daß man daran glauben konnte, es wäre möglich, von vorn anzufangen, ein bißchen zu leben und den Kopf von allem Elend etwas frei zu bekommen. Und dann explodierten hier Bomben, Milli war tot, und Roland, der immer ein wenig früher begriffen hatte als alle anderen, war fort.

Als Marie wieder die Augen öffnete, war es im Zimmer dunkler geworden. Der lange Schatten eines späten Nachmittags lag über dem Licht, und die Frau unter dem Sauerstoffzelt wurde weggebracht.

Stirbt sie, fragte Marie.

Der Herr wird sie wohl zu sich rufen, antwortete die eine Nonne. Sie ist schon sehr alt.

Die Frau beim Fenster bewegte sich unruhig, aber sie war noch immer nicht ganz wach. Eine der Nonnen tätschelte ihre Wange und sagte: Schauen Sie mich doch einmal an. Ja, so ist es gut. Und nun atmen wir tief durch. Ja, brav. Wir werden uns ein bißchen zur Seite drehen, dann dürfen Sie weiterschlafen.

Wie spät ist es, fragte Marie.

Gleich sechs. Ihre Uhr liegt im Nachtkästchen. Können Sie sie erreichen?
Und meine Familie?
Wir haben die Polizei benachrichtigt. Wahrscheinlich wird es in den Abendnachrichten eine Durchsage geben.
Man könnte den Hausmeister anrufen. Er hat Telefon, sagte Marie.
Oh ja, wissen Sie die Nummer?
Marie verneinte.
Dann sagen Sie mir den Namen des Hausmeisters. Wir werden im Telefonbuch nachschauen.
Ich . . . ich weiß ihn nicht.
Das Essen wurde gebracht. Macht nichts, sagte die Nonne. Sie war sehr jung und sehr geduldig. Dann müssen wir eben bis zur Durchsage im Radio warten. Haben Sie Hunger?
Marie schüttelte den Kopf, aber die Nonne meinte, ein bißchen essen wäre gut, wenigstens das Apfelmus, und fing an, Marie zu füttern.
Und ein paar Schluck Tee.
Marie schluckte gehorsam.
Wenn Ihr Mann kommt, soll er sie mit roten Wangen vorfinden, damit er nicht erschrickt.
Marie drehte den Kopf zur Seite. Mein Mann hat uns verlassen.
Oh. Die Nonne machte ein Gesicht, als wollte sie sagen: Wie gut, wenn man sich mit so etwas nicht abgeben muß.
Der Doktor kam, den Marie kannte, und sagte: Nun? Es war wieder dunkler im Zimmer geworden, und der Arzt knipste die Deckenbeleuchtung an. Als er sah, daß Marie die Augen geblendet zusammenkniff, schaltete er sie wieder aus und setzte sich auf die Bettkante. Manchmal ist die Dämmerung ganz angenehm, nicht wahr?
An Stelle einer Antwort sagte Marie, daß sie noch immer nicht wisse, wie sie zur Vorortelinie gekommen sei.
Vielleicht fürchten Sie sich davor, es zu wissen.
Marie schaute auf die Hände des Arztes, die ruhig auf seinen Oberschenkeln lagen und schmal und sehr weiß aussahen. Jetzt reden Sie wie George, sagte sie. George?
Er war Arzt in unserem Dorf. Ein müder, alter, unauffälliger Mann. Pillen, Geburten, Kinderkrankheiten und Kopfwehtabletten, aber eines Tages begann er sich mit den Fremden anzulegen, es

war eigentlich nicht zu begreifen. Er hätte schon in Pension gehen können und einfach seine Ruhe haben, aber er blieb, weil er weit und breit der einzige Arzt war. In unserem Distrikt gab es nicht viele Ärzte und nur ein einziges Krankenhaus.
Sie mochten ihn, wie?
Er brachte uns Bücher. Er sagte, das einzige, das man einem Menschen nicht wegnehmen kann, ist das, was er in seinem Kopf hat. Er nannte seine Bücher seine dritte Welt, ich habe ihn nie ganz verstanden, nur zum Schluß. Zum Schluß ja.
Zum Schluß?
Er erhängte sich, sagte Marie leise.
Und das haben Sie verstanden?
Es war jetzt ganz still im Zimmer. Weder aus dem Garten noch vom Korridor kamen Geräusche, und Georges Tod stand kalt in dieser Stille.
Er war zuerst für die Fremden, sagte Marie nach einer längeren Pause. Ich weiß nicht, woran er geglaubt hat, jedenfalls stand er ganz auf deren Seite. Dann muß irgend etwas passiert sein. Er schrieb uns eine Art Abschiedsbrief. – Es gibt eine Erfahrung, die über allem steht. Ich kann sie nicht benennen, denn ich mache sie eben erst, und die Jahre, um Abstand zu gewinnen, stehen mir nicht mehr bevor. Ich war nie mutig genug, um der Willkür zu begegnen. Nun ist mein Körper zu gebrechlich geworden, um noch Widerstand zu leisten. – Er schrieb über sich als einen Menschen ohne Anstand. Ihn wollte er wiederfinden.
Indem er sich erhängte? Der Arzt hatte sich zurückgelehnt und die Arme verschränkt. Eine seltsame Form von Anstand. Das klingt ziemlich verworren, um nicht zu sagen . . .
Sie sprechen über einen Menschen, den Sie nicht kennen, unterbrach ihn Marie.
Aber ich kenne das Symptom. Selbstmord ist eine Form von Verrücktheit. Ein Mensch, der sich tötet, ist krank. Er will sich und seine Umgebung bestrafen: sich selbst dafür, daß er seine Chancen nicht genützt hat, die anderen dafür, daß sie ihre Möglichkeiten sehr wohl auszuschöpfen vermochten. Diese Sucht nach Strafe ist die Krankheit.
Marie drehte den Kopf vom Fenster weg, hinter dem sich die Dämmerung auftürmte und der Raum darin leer wurde. Der Zeitungsjunge, dachte sie. Ihm bin ich nachgegangen. Und dann der Mann, der etwas von Aufnahmen sagte. Das Flugblatt . . .

George hat sich geschämt, sagte sie.
Nun, hören Sie einmal, das ist doch keine Geschichte, auf die man sich berufen kann. Der Doktor stand auf und trat ans Fenster. Selbstverständlich ist dieses Leben ständig gefährdet. Es wird nie das, was man wollte. Man möchte es in den Griff bekommen und verbeißt sich in Arbeit, und wenn es dann darauf ankommt, zu sich zu finden, kann man sich plötzlich nicht mehr von den Handgriffen lösen. Das ist schlimm, denn es zwingt zu immer neuen Handgriffen. Aber wir Ärzte müssen trotzdem gegen den Tod sein. Es gibt kein anderes Maß für unsere Arbeit als das Leben. Er deutete aus dem Fenster. Der Garten blüht. Man kann es sogar noch in der Dämmerung sehen, und das ist es: Letzten Endes wollen wir leben.
Marie fixierte die Zimmerdecke. Die Toten in der Gartengasse, das Schweigen, der Zeitungsjunge, die Flugblätter, die Bombe und Roland, das war eine zusammenhängende Kette. Jetzt war das ganze Elend wieder da. Die Wohnung, die Anstellung im Amt, die Besuche im Keller, das Bett dort und das Schweigen war eine andere Kette. Und überall war das Bindeglied eine Drohung. Man konnte sich ihr fügen. Man konnte zu trotzen versuchen, bis man es nicht mehr aushielt. Und dann?
George wußte, daß er sich eines Tages jedes Wort aus dem Leib reißen lassen, daß er alles sagen, alles verraten würde, was er wußte, sagte Marie. Als er sah, daß die Fremden dabei waren, ihr Spiel zu gewinnen, erhängte er sich. Er hatte ihnen eine Grenze gezeigt, gerade als sie dachten, über ihn grenzenlos verfügen zu können.
Suchen Sie ebenfalls nach dieser Grenze?
Marie schaute ihn an.
Nein, sagte sie. Im Augenblick suche ich gar nichts.

Eine Schwester weckte Marie am nächsten Morgen. Zuerst, um Fieber zu messen, und nachdem Marie eingenickt war, um sie zu waschen. Beim dritten »Guten Morgen« brachte sie das Frühstück. Das Licht draußen war diesig, und Marie stellte sich vor, wie das Gras naß vom Tau glänzte und vielleicht auch der Kies auf den Wegen. Jetzt fing die Zeit an, wo die Morgen pastellfarben waren, wenn der Nebel nicht zu dicht aufstieg, und die Wiesen rund ums Dorf seltsam weit wirkten, so daß man sich keine Grenze vorstellen konnte und sie auch nicht in den Augen spürte.
Die Frau neben dem Fenster blinzelte zu Marie.
Auch frisch operiert, fragte sie.

Marie nickte.
Es tut scheußlich weh. Man kann kaum atmen.
Aber Sie müssen es versuchen, sagte Marie.
Oh, ja, man bekommt sonst eine Lungenentzündung. Aber es tut einfach zu sehr weh.
Marie konnte sehen, wie der Wind die Bäume hinter dem Fenster schwingen ließ, in deren Ästen überall Knospen saßen. Eine Stationsgehilfin kam und brachte Leibschüsseln.
Sie tun mir weh, sagte die Frau, als die Schwester sie auf die Schüssel hob.
Nicht so zimperlich, antwortete die Gehilfin. Ziehen Sie sich an dem Griff hoch. Dann kam sie zu Marie. Mit einem Seitenblick auf das unberührte Frühstück sagte sie: Ja, was ist denn das? Sie müssen essen.
Ja, antwortete Marie. Später. Die Bewegungen taten jetzt nicht mehr so weh wie am vergangenen Abend, bloß die Müdigkeit war groß. Sie schlief wieder ein, spürte undeutlich, daß man ihr die Schüssel wegnahm, und schlief sofort wieder weiter.
Als sie erwachte, schien die Sonne schräg ins Zimmer, und ein fremder Arzt kam, um die Beinwunde frisch zu verbinden. Es roch plötzlich ganz stark nach Spital, nach Desinfektionsmitteln und Angst. Die Prozedur war schmerzhaft und anstrengend, und der Arzt redete kein Wort dabei. Er redete auch nichts, als er die Frau neben dem Fenster verband, die laut jammerte und ein schmerzstillendes Mittel verlangte. Erst beim Hinausgehen sagte er zur ihn begleitenden Schwester: Geben Sie ihr etwas.
Danach war wieder eine Weile Ruhe, und Marie schaute auf die kahle Wand gegenüber, den Schrank in der Ecke und die zwei Stühle, je einer am Fußende der Betten. Das dritte Bett fehlte noch immer. Auf dem Gang war es nun ziemlich laut. Ununterbrochen hörte man Türen schlagen und Schritte, die eilig unterwegs waren.
Jetzt wirkt das Mittel endlich, sagte die Frau neben dem Fenster und drehte sich seufzend zur Seite. Marie schaute zu, wie sich ihr Brustkorb regelmäßig hob und senkte, sie schlief anscheinend wieder.
Plötzlich wurde die Tür ins Zimmer ungestüm aufgerissen. Therese stand dort, Isabelle und Pierre an der Hand, dahinter tauchte Johns blasses, übernächtiges Gesicht auf. Hinter ihm betrat ein Mann in Uniform das Zimmer.

Geschafft, sagte Therese schnaufend. Wir haben dich endlich gefunden. Es war nicht leicht. Du machst dir keine Vorstellung ...
Sie schneuzte sich, und John machte eine ratlose Handbewegung.
Die Kinder stürzten ans Bett.
Bist du sehr krank, fragte Pierre.
Marie zog ihn verwirrt an sich. Sie hatte so sehr auf die Kinder gewartet, und nun wußte sie nicht, was sie sagen sollte. Sie wollte ihre Körper spüren. Und an nichts denken. Und in der Nähe ganz weit weg gehen von allem anderen.
Nicht sehr krank, sagte sie schließlich.
Mama aufstehen, sagte Isabelle. Sie zog die Decke zurück und schaute auf den dicken Verband.
Marie schüttelte den Kopf und zog die Decke bis zum Kinn.
Der Arzt meint, daß die Verletzung nicht allzu schlimm ist. Irgend jemand versuchte das Bein abzubinden, aber zum Glück verrutschte die Binde. Therese warf einen Seitenblick auf die Kinder und machte eine Bewegung, die bedeutete: sonst Bein ab.
Sie schwiegen eine Weile, dann sagte Marie: Ich erinnere mich, daß ich selbst versuchte, das Bein abzubinden.
Sie erinnern sich daran? Der Mann in Uniform trat näher. Er deutete eine Verbeugung an. Oberst Gellert. Ich hätte gern einige Fragen an Sie gerichtet. Der behandelnde Arzt hat keinen Einwand, falls Sie keinen haben.
Jetzt sofort? Marie versuchte sich aufzurichten und schaute ihn verzweifelt an.
So bald wie möglich.
Isabelle schob einen Sessel zur Waschmuschel. Durst, sagte sie.
Sie möchten wissen, wie es dazu kam, daß ich in der Hauptstraße verletzt wurde, aber in der Nähe der Vorortelinie gefunden? Der Arzt hat mich schon danach gefragt, aber ich weiß es nicht, sagte Marie gequält. Sie wollte jetzt nur die Kinder spüren und sonst an nichts denken. Und schlafen und dann aufwachen dürfen und sagen: Es war nichts. Bloß ein Alptraum, nichts weiter.
Der Oberst merkte endlich, daß er störte. Es muß nicht gleich sein, sagte er. Ich warte vielleicht besser draußen.
Er ging hinaus, und Pierre schmiegte sich sofort an Marie. Kommst du mit uns?
Marie vergrub ihr Gesicht in seinen Haaren. Sie dufteten nach Gras und seine Haut nach frischer Milch. Nicht sofort, sagte sie.

Wann?
Isabelle kletterte aufs Bett und versuchte, ihre Arme um Maries Bauch zu schlingen. Sie sah wie ein Baby aus, so wie sie dalag.
Wann, wiederholte Pierre seine Frage. Und dann sagte er: Papa ist noch immer nicht da.
John drehte sich vom Bett weg, und Therese knetete mit beiden Händen den Griff ihrer Handtasche. Marie war zum Heulen zumute. In diesem bösen Spiel waren die Kinder der verrückte Versuch gewesen, etwas wahr zu machen, das es vielleicht nicht gab. Und das Schlimme daran war, daß man ihnen nicht die Wahrheit sagen konnte, daß man sie belügen mußte und darauf hoffen, daß irgendwann die Lügen einander aufhoben, damit man aus der Verantwortung entlassen war, sie geboren zu haben. Vielleicht würden Pierre und Isabelle irgendwann ihren Vater verstehen. Bloß, konnte sie dieses späte Verständnis dafür entschädigen, daß er jetzt nicht da war?
Marie preßte die Kinder so heftig an sich, daß sie keine Luft bekamen, sich verunsichert aus ihrer Umarmung befreiten und sie mit großen Augen anschauten.
Man soll die notwendigen Dinge rasch erledigen, sagte sie zu John und Thereses Überraschung sehr energisch und schlug die Decke zur Seite.

Das Zimmer, in das der Oberst Marie bringen ließ, lag im dritten Stock und gehörte dem Chefarzt. Es war freundlich und hell eingerichtet und hatte vor den Fenstern Vorhänge, die sich im Luftzug bauschten, als sie eintraten.
Ich bin Ihnen sehr zu Dank verpflichtet, sagte Gellert, nachdem sie Platz genommen hatten. Angestellte der Ämter müssen der Polizei keine Auskünfte erteilen, ich weiß das. Dementsprechend hat unser Gespräch nur privaten Charakter. Die Informationen, die ich von Ihnen zu erhalten hoffe, büßen dadurch allerdings nichts an Wert für mich ein.
Er machte eine Pause, während der ihn Marie ohne irgendeine Reaktion ansah und dachte, daß sie besser fürs erste nur zuhörte und nichts sagte. Eine lautlos zur Tür hereinhuschende Schwester brachte Kaffee. Der Oberst wartete, bis sie wieder gegangen war, dann schenkte er ein. Er war sehr höflich und fragte, ob Marie gut sitze und auch nicht friere und sagte, daß sie es ihn sofort wissen lassen müsse, wenn sie sich nicht wohl fühle, dies sei tatsächlich

nur ein privates Gespräch, außer sie überlege es sich anders.
Marie nickte und nahm einen Schluck Kaffee, der heiß und stark war und sie angenehm von innen wärmte. Aus dem Garten hörte sie Isabelles Stimme und Johns tiefen Baß, er war offensichtlich mit den Kindern hinuntergegangen.
Gellert wartete, bis Marie die Tasse niederstellte, dann sagte er: Frau Savari, ich beabsichtige nicht, mich mit Ihnen über das Bombenattentat zu unterhalten, falls Sie das nicht wünschen. Vermutlich müssen Sie erst Abstand von all dem gewinnen. – Ich will mit Ihnen über die Toten in der Gartengasse sprechen.
Marie schaute überrascht auf. Woher wissen Sie?
Herr Malbot fand sie im Leichenschauhaus wieder, als er – Sie suchte. Es ist eine ziemlich verworrene Geschichte. Anscheinend wurde von mehreren Seiten versucht, die Angelegenheit zu vertuschen, aber ich bin sehr interessiert an ihr.
Er wiederholte kurz, was er von John erfahren hatte, und fragte dann, was Marie dazu veranlaßt hatte, von Mord zu sprechen.
Habe ich das? Sie fühlte sich völlig überrumpelt durch seinen Wunsch, über die Toten zu reden.
Ich weiß es nicht, sagte sie zögernd. In der damaligen Situation gab es für mich überhaupt keinen Zweifel daran.
Verletzungen?
Nein.
Waffen?
Auch nicht. Aber man stirbt nicht so einfach.
Ich verstehe, sagte Gellert wenig überzeugt. Würden Sie die Toten eventuell identifizieren?
Marie griff hilfesuchend nach ihrer Kaffeetasse. Wenn es sein muß?
Sie sind meine einzige Zeugin.
Marie antwortete nicht.
Ich käme anders kaum zu einer Genehmigung für eine Autopsie.
Marie sagte noch immer nichts.
Frau Savari, diese zwei Burschen gelten seit sechs Wochen als vermißt. Es handelt sich um die Söhne eines hohen Polizeibeamten. Man drohte ihm vor einiger Zeit mit der Ermordung seiner Kinder, falls er bestimmte Ermittlungen nicht einstelle. Er hat sie nicht eingestellt. Vor sechs Wochen nun kehrten die Jungen von einem Theaterbesuch, den sie zusammen mit Freunden unternommen hatten, nicht mehr nach Hause zurück. Sie blieben verschwunden,

ohne daß sich die vermuteten Entführer oder jemand anderer mit einer Forderung an den Vater gewandt hätten. Nichts. – Ich war heute morgen im Leichenschauhaus. Kein Zweifel, sie sind es. Herrn Malbots Beschreibung war sehr genau.
Marie schwieg beharrlich weiter.
Ich will diesen Tod klären, auch wenn ich dabei Rücksichten fallen lassen und anderweitige Interessen vernachlässigen müßte.
Genauso gut hätte er jetzt sagen können: Ich suche Roland Savari, ich will ihn zur Strecke bringen. Marie richtete die Decke, in die sie von der Taille weg eingepackt war, um ihre Unruhe hinter Bewegungen zu verbergen.
Aber sie kamen als freie Männer zur Tür herein.
Tja. Gellert fragte, ob er rauchen dürfe, und zündete sich auf Maries Nicken hin eine Zigarette an. Die Geschichte ist schwer zu verstehen. Man hat Sie bedroht, falls Sie darüber reden sollten, nicht wahr? Herr Malbot deutete etwas Derartiges an.
Solang er ihr Schweigen so deutete, war alles gut. Marie nickte. Gellert nickte ebenfalls. Eine Weile schauten sie einander schweigend an, dann sagte Gellert: Ich kann Sie selbstverständlich nicht dazu zwingen . . . Er brach ab. Ich kann gar nichts tun, das wissen Sie.
Ja, er konnte gar nichts tun, wenn sie nicht antworten wollte. Und er versuchte nicht einmal, irgendeine Möglichkeit vorzutäuschen, die er dann nicht hatte. Er saß mit offenen Handflächen da, durchaus bereit, eine Niederlage einzustecken, das machte ihn beinah sympathisch. Bloß, so einfach würde er sich trotzdem nicht geschlagen geben.
Die Ämter, sagte Marie, um irgend etwas zu sagen.
Wie bitte?
Die Personenbeschreibung, die Sie von John erhalten haben, ist aktenkundig. Sie liegt in dem Amt auf, das mich beschäftigt. Man hätte jederzeit darauf zurückgreifen können.
Herr Malbot sagte, daß Sie keine Meldung gemacht hätten.
Es war eigentlich keine Meldung. Man ließ mich eine Art Protokoll niederschreiben, in dem ich festhalten sollte, was ich vom ersten Tag an nach der Ankunft in der Stadt gemacht hatte.
Fiel jemals der Name Maleotti?
In der Gartengasse? Nein. Es fielen niemals Namen.
Gellert rauchte und nahm dann einen Schluck Kaffee. Marie begriff, daß es für ihn jetzt schwierig war, weiterzufragen. Sie konnte

ihm zusagen, die Toten zu identifizieren, das dürfte Roland kaum in Schwierigkeiten bringen, und der Oberst würde seine Autopsie durchsetzen, bloß, er hatte vermutlich doch etwas mehr erwartet. Aber er wußte nicht, wo sie stand, so wenig, wie sie es von ihm wußte, wo er tatsächlich stand. –
Ich suche meinen Mann, sagte sie, das ist im Grunde alles. Der Rest interessiert mich nicht wirklich. Als Roland wegging, war ich ziemlich verzweifelt. Wir hatten ohne ihn überhaupt keine Chance. Er kannte sich hier etwas aus, aber ich hatte von nichts eine Ahnung, nicht einmal einen erlernten Beruf. Dann bekam ich die Anstellung in diesem Amt.
Ja, sagte Gellert, das Amt.
Es ist eine schlimme Sache, aber ich würde nirgends sonst Arbeit bekommen. Irgendwie müssen wir überleben.
Sie mögen das Amt nicht, sagte Gellert. Nein, antworten Sie nicht, es ist nicht nötig. – Ihr Mann hat nicht gesagt, wohin er gehen wird?
Nein.
Nicht einmal angedeutet?
Nichts. Arbeit suchen.
Das Leben ist für die Menschen hier sehr kompliziert geworden.
Marie zog die Decke höher. Man weiß nichts voneinander. Man macht sich ein Bild von den Menschen, mit denen man lebt, und eines Tages steht das Bild an deren Stelle, die Menschen aber sind inzwischen weit fort oder andere geworden.
Gellert spürte, daß es jetzt wieder weitergehen konnte. Können Sie den einen oder anderen Arbeiter in der Gartengasse beschreiben?
Den Vorarbeiter vielleicht. Er telefonierte gerade, als ich in die Blumenhandlung zurückkam. Das heißt, er wählte gerade in diesem Augenblick.
Eine kurze Nummer? Gellert beugte sich vor. Konnten Sie eine Ziffer erkennen? 9200? – Das wäre die Nummer des Staatssicherheitsdienstes.
Marie verstand nun gar nichts. Ich dachte, der Untergrund ist für diese Morde verantwortlich.
Der Untergrund? O nein, nicht dafür. Das war vermutlich der Staatssicherheitsdienst. Er hat seine Leute überall. Wie die Ämter.
Und die Polizei?
Gellert zuckte mit den Schultern. Die Polizei ist wahrscheinlich

beiden im Weg. Das Gesicht, sagte Gellert dann. Erinnern Sie sich an das Gesicht?
Roland konnte mit dem Staatssicherheitsdienst nichts zu tun haben, das war völlig unmöglich, also hatte er mit dieser Geschichte nichts zu tun, und sie konnte Gellert alles sagen, was sie wußte, aber was bedeutete dann . . . Himmel, dachte Marie, sie versuchen über mich an Roland heranzukommen, wenn er zum Untergrund gehört, weiß man das. Sie beschrieb das Gesicht so gut sie konnte, und Gellert murmelte einen Namen und sagte etwas, das wie: ja, der, klang. Er wirkte entspannt, nicht wirklich erleichtert, aber doch ausgeglichener, und Marie dachte, daß er jetzt doch noch bekam, was er gewollt hatte, und sie sah auch etwas klarer. Roland gehörte nicht zu diesen kaltschnäuzigen, routinierten Verbrechern aus der Gartengasse, sondern bloß zu diesen Verzweifelten, die selbstgebastelte Bomben warfen und dabei manchmal aus Versehen ihre eigenen Kinder umbrachten und an irgend etwas glaubten, das sich nicht benennen ließ.
Handelt es sich bei dem Bombenattentat um das erste derartige Ereignis hier?
Gellert nickte. Aber es wird sicher nicht dabei bleiben.
Aber man könnte diese Menschen noch zurückholen.
Wie meinen Sie das?
Noch gibt es Verbrechen, die nicht geschehen sind.
Der Oberst goß noch einmal Kaffee nach, und er machte das sehr langsam und mit Bedacht. Er war mit seinen Gedanken nicht ganz bei Maries Frage. Ich weiß nicht, sagte er. Ich weiß nicht, ob man irgendeinen Menschen daran hindern kann, zu tun, was er sich vorgenommen hat. Außer, man sperrt ihn ein, aber dann hat man im Grunde verloren. – Eine andere Frage. Sie beobachten ziemlich genau. Ist Ihnen jemals ein Bursche folgender Beschreibung begegnet: etwa achtzehn, etwas kleiner als ich, mit einer M-förmigen Narbe am Kinn und dunklen, gewellten Haaren?
Marie machte eine Bewegung, als wollte sie aufstehen, dann ließ sie sich wieder zurücksinken. Aus, dachte sie. Gellert wußte, daß sie . . . Ihr die Beschreibung des Zeitungsjungen so entgegenzuhalten, was für ein geschickter Schachzug. Und sie hatte nichts entgegenzusetzen.
Ein solcher Junge, sagte sie. Nun, ja, jetzt, da Sie ihn mir in Erinnerung rufen . . . Es muß von einer Reihe Passanten beobachtet worden sein. Die Beschreibung paßt auf den Burschen, der die Flugzet-

tel in einem Haustor ablegte, nachdem die Bombe explodiert war.
Wie bitte? Gellert stellte die Tasse, die er eben an die Lippen führen wollte, abrupt nieder.
Er verkauft tagsüber Zeitungen in der Hauptstraße. Dort habe ich ihn kennengelernt. Ich sagte schon, ich suchte meinen Mann. Auf dem Amtsweg war nichts über ihn zu erfahren, also begann ich wahllos alle möglichen Leute nach ihm zu fragen. Auch diesen Zeitungsjungen. Er ließ sich ein ordentliches Trinkgeld geben und schrieb sich meine Adresse auf. Das war vor drei Wochen. Eine Unsinnigkeit von mir. Ich hätte wissen müssen, daß eine derartige Vorgangsweise zu keinem Ergebnis führen kann. Mein Mann ist bei mir nicht wieder aufgetaucht. Aber er hatte ein so klares Gesicht.
Wer, fragte der Oberst gepreßt.
Der Zeitungsjunge. Als ob er nicht wußte, was er tat.
Gellert schaute mit schmalen Augen zum Fenster hinaus. Die meisten dieser Burschen wissen nicht, was sie tun, sagte er leise. Sie träumen und wissen nicht, wohin mit ihren Träumen. Nichts ist so, wie sie es sich wünschen. Nichts ist ihnen gleichzeitig wert, getan zu werden. Was geschehen muß, tun die Väter, was nicht unbedingt nötig ist, wird ihnen verboten. Sie glauben, daß für sie nichts übrigbleibt, und dafür hassen sie uns. Damit beginnt es. Eines Tages hassen sie alles. Und dann kommt einer, der ihnen sagt, daß sie mehr wert seien als der Rest der Welt, die Elite der Menschheit, daß man ihnen böswillig vorenthielte, was ihnen zustünde, also müßten sie es sich nehmen. Ja, und das versuchen sie dann. Plötzlich schlug er mit der flachen Hand auf das Tischchen, vor dem er saß. Ja, sie hassen uns, sagte er.
Marie zuckte zusammen. Sie haben einen Sohn?
Gellert starrte auf seine Hände und antwortete nicht. Aus dem Lautsprecher über der Tür ertönte ein schrilles Klingeln. Dann war Türenschlagen zu hören.
Das klingt nach einem Notfall, sagte der Oberst.
Ja, sagte Marie. Irgendein Herzstillstand vielleicht. Oder ein Unfall.
Haben Sie den Jungen öfter gesehen?
Einige Male im Vorbeigehen.
Und?
Wir sprachen nie mehr miteinander.

Gellert seufzte. Sie wissen sonst nichts über ihn?
Marie schüttelte stumm den Kopf. Das Alarmsignal ertönte nochmals, und über den Lautsprecher kam ein Aufruf für den diensthabenden Anästhesisten. Gellert erhob sich und trat ans Fenster. Ein Rettungsfahrzeug stand zwischen den Blumenbeeten.
Es ist anscheinend ein Unfall, sagte er. Dann fragte er, ob Marie ihre Aussage auch anderen gegenüber gemacht habe.
Nein.
Werden Sie es tun?
Gibt es einen triftigen Grund, es zu unterlassen, fragte Marie.
Für Sie oder für mich? Der Oberst drehte sich um. Sie wollten vorhin wissen, ob man Menschen daran hindern kann, alle Verbrechen zu begehen, die denkbar sind. Ich glaube es nicht. Und trotzdem muß man es versuchen, in der Nähe bleiben, reden, es ist völlig egal, was. – Sie haben nichts zu befürchten, falls Sie Ihre Aussage zu Protokoll geben wollen. Wirklich nicht. Das sage ich, weil Sie vorhin wahrscheinlich – ich bin nicht völlig sicher – meinen Sohn erkannt haben.
Es war jetzt wieder ruhig im Haus, beinah unwirklich ruhig.
Ich dachte es, sagte Marie.
Es ist meine völlige Auslieferung an Sie, sagte Gellert, aber es macht nichts. Ich meine, ich kann sie mir leisten. Er deutete auf seine Pistolentasche. Ich habe das da, und ich weiß, daß es mir nichts ausmacht, mir eine Kugel durch den Kopf zu schießen. Ich bin nicht mehr zu stellen, das ist alles vorbei.
Ja, sagte Marie.
Es ist nur . . . Stellen Sie sich vor: Ein Fremder trägt zufällig die gleiche Narbe, und ich lasse meinen Sohn verhaften. Er hätte nicht den Funken einer Chance, eben weil er mein Sohn ist. Niemand würde wagen, ihn zu entlasten, aus Angst, das Amt könnte glauben, daß man mir einen Gefallen erweisen will. Das Amt seinerseits würde in jedem Fall auf seiner Verurteilung bestehen, weil ich, sein Vater, als hoher Polizeibeamter nicht für den unauffälligen Lebenswandel meines Kindes garantieren konnte. Er würde verurteilt werden, weil er mich zum Vater hat, und dann behielte er recht, verstehen Sie? Er hat Hand an alles gelegt, was mir teuer war. Er darf nicht recht behalten. Ich will ihm keine Gelegenheit geben, vor mich hin zu treten, um mich mit seinem hochmütigen Gesicht zu fragen: Nun, Vater? Zufrieden, Vater?
Mein Gott, bin ich müde, sagte Marie. Die Anspannung war gewi-

chen. Es ging nicht um Roland, es ging auch nicht um seine Freunde. Ein Mann suchte seinen Sohn, den er schützen wollte, so wie sie sich in Gedanken immer vor Roland gestellt hatte, das war alles. Und jetzt waren sie Verbündete auf Gedeih und Verderb, was immer das bedeuten mochte.
Wollen Sie zurück in Ihr Zimmer, fragte Gellert.
Eine Frage noch, sagte Marie. Der Vorarbeiter in der Gartengasse kannte den Namen meines Mannes – woher?
Gellert runzelte die Stirn. Wissen Sie es tatsächlich nicht? Er steht auf der Liste. Er steht seit sechs Wochen auf *der* Liste. Seit sechs Wochen wissen wir, daß sich der Untergrund einen Spezialisten aus dem Norden geangelt hat. Wir bekommen von drüben in der Regel alle Namen der Flüchtlinge. Es ist nichts Offizielles, aber die Ämter legen großen Wert darauf. Ihr Mann war in den letzten Monaten der einzige Ingenieur, der von drüben kam.
Dann hat man nach uns gesucht?
Es gab einen richtigen Wettlauf. Man hofft offensichtlich, über Sie an Ihren Mann heranzukommen.
Wer? Der Staatssicherheitsdienst, die Ämter?
Beide, sagte Gellert. Die Zuweisung einer Wohnung in der Hauptstraße 67 spricht dafür. Sowohl die Ämter wie der Staatssicherheitsdienst bringen dort ihre Leute unter. Man hat sie so leichter unter Kontrolle. Zur Tarnung gibt es wohl auch ganz normale Mieter. Wie Milli.
Kann sein. Sicher ist, daß der Hausmeister im Dienst des Staatssicherheitsdienstes steht.
So ist das also. Eine ganz simple Erklärung. Nur kennen darf man sie nicht. Bleibt noch das Rätsel um diesen seltsamen Brief, in Rolands Handschrift abgefaßt, in dem man mir die Adresse der Stelle mitgeteilt hatte, wo ich mich um einen Posten in einem Amt bewerben kann.
Gellert schaute sie an Stelle einer Antwort nur an und hoffte, daß sie es nicht begriff, aber Marie begriff es nach einer Weile doch, und statt zu schreien, sagte sie nur: Ach so. Und was würden Sie an meiner Stelle tun?
Gellert war ratlos. Fragen Sie mich das im Ernst? – Ich wünschte, Sie lebten leise. Nicht nur meinetwegen.
Marie begann unruhig zu werden. Das Bein schmerzte wieder, und aus dem Garten hörte sie Pierres Gebrüll. Er rief nach ihr, und John konnte ihn anscheinend nicht beruhigen.

Leise leben, wiederholte sie, das mache ich seit Jahren. Seit Jahren versuche ich nichts anderes, als beim Blick aus dem Fenster am Morgen zu denken: Heute scheint die Sonne. Heute regnet es. Heute weht Wind. War ich nicht leise genug?
Sie werden alles zu Protokoll geben?
Nein, sagte sie. Es würde bloß den Ämtern nützen. Ich will . . . Sie sprach jetzt sehr schnell, als hätte sie nicht mehr genug Zeit. Man schafft die Jagd nicht ab, indem man die Jäger jagt. Ich will Roland. Er zeigte mir einmal einen Platz, wo Margeriten standen. Er sagte: Man soll Kinder niemals schlagen, man prügelt sonst die Welt in sie hinein, wie sie niemand wollen kann. – Alles, was ich will, ist er.
Gellert wußte nicht, was er sagen sollte. Man verlor so rasch die Verbindung zu Menschen, wenn sie wirklich verzweifelt waren, und man verlor auch die Worte, und wenn man nichts mehr sagen konnte, konnte man auch nichts mehr tun.
Es tut mir leid, sagte er schließlich. Es tut mir wirklich sehr leid.
In den folgenden Tagen schlief Marie viel. Die Schönwetterperiode hielt an, es war etwas zu heiß für diese Jahreszeit, und die Schwestern verdunkelten tagsüber das Zimmer, damit es drinnen kühler blieb. Sie behandelten Marie sehr zuvorkommend, seit dem Besuch des Oberst noch mehr als vorher, aber immer mit einer gewissen Distanz. Zu Gesprächen kam es nicht mehr. Die Patientin neben dem Fenster wurde in ein anderes Zimmer verlegt. Therese kam mit den Kindern zu Besuch, einmal kam auch John nach Dienstschluß und an einem Vormittag unerwartet Gellert. Er war nicht allein. Ein junger Offizier begleitete ihn, anscheinend sein Adjutant. Gellert bat Marie, ein nichtssagendes Protokoll zu unterschreiben, und sie las es Zeile für Zeile, ehe sie ihre Unterschrift daruntersetzte. Es war bis auf Kleinigkeiten genau derselbe Text, den man auch John vorgelegt hatte, Gellert mußte ihn verfaßt haben.
Ehe er wieder ging, fragte er, wie sie sich fühle, und verabschiedete sich nach ein paar belanglosen Sätzen mit Handschlag von ihr. Als er draußen war, sah Marie, daß er die Gelegenheit dazu benützt hatte, ihr eine Nachricht zukommen zu lassen. Auf dem Zettel stand nicht viel: Für den Notfall, und dann zwei Telefonnummern, eine mit einer Durchwahlklappe und eine andere mit dem Vermerk: Privat. Darunter stand: Nach Kenntnisnahme sofort zu vernichten.

Marie versuchte, sich die Nummern einzuprägen, und als sie sie am nächsten Morgen nach dem Aufwachen noch wußte, zerriß sie den Zettel und warf die Reste ins Clo. Die Wunde am Bein hatte sich etwas entzündet, aber es war nicht schlimm, und man riet Marie, mit Spaziergängen im Garten zu beginnen. Sie wanderte zwischen den Pavillons herum, einmal besuchte sie auch die Kapelle, in der die Schwestern gerade ein Abendgebet sangen. Sie blieb eine Weile neben dem Eingang stehen und hörte zu, bis sich eine Schwester nach ihr umdrehte. Da ging Marie.

John kam am darauffolgenden Mittwoch knapp nach dem Mittagessen, um sie abzuholen. Er hatte ein Taxi gemietet. Auf Maries Einwand: So viel Geld, antwortete er mit einer unverständlichen Handbewegung, schaute die ganze Fahrt über zum Fenster hinaus und sprach kein Wort.

Ist etwas passiert, fragte Marie besorgt.

John schüttelte den Kopf. Ach Gott, nein. Ich bin bloß entsetzlich müde. Es ist so rasch Frühling geworden. Ich bin die Hitze nicht mehr gewohnt. Dabei vermied er es, sie anzusehen.

Später roch Marie seinen Atem. Er hatte getrunken, und wenn er getrunken hatte, war er immer schweigsam und bedrückt. In der Hauptstraße stand ein Zeitungsjunge. Marie bat den Taxifahrer anzuhalten und winkte den Jungen zu sich, aber es war ein anderer als sonst, und Marie fragte ihn, seit wann er hier Zeitungen verkaufe.

Der Junge schaute sie verständnislos an. Seit immer schon, sagte er. Jedenfalls kommt es mir so lang vor.

Sie fuhren weiter. Es gab viel Bewegung auf den Straßen. Die Fassade von Charly's Imbißstube war provisorisch gerichtet worden, neue Holzrahmen für die Fenster und alles frisch verglast, aber am Mauerwerk konnte man noch deutlich die Spuren der Bombe sehen. Drinnen war es sehr voll, noch voller als früher. Es war grotesk, und Marie schaute rasch weg, damit sie sich nicht wieder die Straße entlanglaufen sah und Mörder schreien hörte.

Als sie ausstiegen, wies John über den Platz vor der Kathedrale. Drüben, bei den Cafés, war nach dem Attentat kurzfristig eine Kommandozentrale eingerichtet. Dort hab ich deine Tasche und deinen Ausweis gefunden.

Marie nickte und schaute über den Platz, der voll Leben war und voll Sonne, so daß man glauben konnte, es sei alles wieder in Ordnung. Sieht gut aus, sagte sie.

John zahlte. Ist es auch, brummte er verdrossen, aber es klang wie: verflucht.
Und als Marie oben in der Wohnung das Schreiben des Amtes fand, sie habe sich unverzüglich nach ihrer Entlassung aus dem Spital einzufinden, über ihre weitere Verwendung müsse neu entschieden werden, und Therese beim Kochen zuschaute und den Kindern zuhörte, die in den zwei Wochen ihrer Abwesenheit völlig neue Wörter gelernt hatten, alle in der Sprache des Amtes, und Pierre mitten im Reden plötzlich zu heulen anfing, und John sich daraufhin hinter seiner Zeitung verschanzte, und Marie daran dachte, daß nun alles wieder von vorn anfing, alles, alles, alles, entweder das Amt oder die Angst vor dem Elend und die ganze hoffnungslose Suche nach einem unmöglichen Ausweg, den es hier nicht geben konnte, den es vielleicht nirgend gab und den sie ohne Roland gar nicht finden wollte, mußte sie John recht geben. Es war eine verfluchte Situation.

Am nächsten Morgen war es noch ein bißchen trüb, als Marie die Wohnung verließ. Im Amt mußte sie lang vor der Lichtschranke warten. Die Putzfrau hatte ihr gesagt, daß sie hier stehen bleiben sollte, man werde sie aufrufen. Marie wartete und ging währenddessen auf dem Gang auf und ab und auf und ab. Sie versuchte an nichts zu denken, auch nicht daran, daß ihr nun wieder eines dieser endlosen Verhöre bevorstand, mit denen die Angestellten belästigt und gedemütigt wurden. In den vergangenen zwei Wochen war es ihr ein paar Male gelungen, einfach abzuschalten. Es war eine Sache der Übung und der Atmung. Man brauchte bloß ans Atmen zu denken, und der Kopf wurde allmählich ganz leer. Bloß das Atmen wurde dann schwieriger. Wie man daran dachte, machte man etwas falsch. Man konnte im Stehen Seitenstechen bekommen, dann dachte man an den Schmerz und fing plötzlich ganz ruhig zu atmen an, und nach einer Weile, wenn man Glück hatte, war alles aus dem Kopf und dem Körper, bis man wieder zu denken anfing.
Ein Summton, den Marie noch nie gehört hatte, ertönte. Gleichzeitig erlosch das Licht, das die Lichtschranke aufrechthielt. Marie ging zu ihrem Büro. Ein fremder Mann saß hinter dem Schreibtisch, und sie blieb fünf Schritte vor ihm stehen.
Ich suche den Brigadeführer, sagte sie.
Das bin ich, antwortete der Mann.
Entschuldigen Sie, bitte, mein Name ist . . .

Ich weiß, unterbrach er sie. Was denken Sie. Treten Sie näher. Er musterte sie ungeniert. Man sieht nichts von einer Verletzung.
Es ist eine Beinverletzung, antwortete Marie.
Hände?
Marie hielt sie ihm entgegen.
Haben Sie eine Bestätigung des Krankenhausaufenthaltes?
Sie nahm den Entlassungsschein aus der Handtasche und die Abschrift des Protokolls, das der Oberst mit ihr aufgenommen hatte.
Sie sind verhört worden?
Nicht direkt, sagte Marie. Es war eine Bitte um Auskunft. Und da sich alle Fragen auf Beobachtungen vor und nach dem Bombenattentat bezogen, beantwortete ich sie. Ich werde einen Bericht darüber schreiben.
Das sagen Sie besser Ihrem Vorgesetzten. Sie unterstehen mir nicht. Ich sollte Sie lediglich auf Ihre weiteren Verwendungsmöglichkeiten hin überprüfen. Wir wußten nichts Genaues über die Art Ihrer Verletzungen. Narben an deutlich sichtbaren Körperteilen hätten Ihre Dienstuntauglichkeit bedeutet.
Und wo habe ich mich zu melden?
Zweite Türe links. Er stand auf und holte einen Akt aus einem Regal, in den er etwas eintrug. Hier. Das ist Ihre Dienstbeschreibung mit meinem Gutachten. In beides ist keine Einsicht gestattet. Sie gehen daher ohne Aufenthalt zu Ihrem Vorgesetzten.
Marie nahm den Akt. Darf ich fragen . . .
Sie dürfen nicht fragen, unterbrach sie der Brigadeführer. Sie gehen.
Die zweite Türe links trug die Aufschrift »Büro des Oberbrigadeführers«, und Marie dachte an den Mann in Begleitung jener rothaarigen Frau, die ihr auf dem Weg aus dem Keller begegnet war. Und obwohl die Erinnerung an beide angsteinflößend war, hatte sie gleichzeitig etwas Beruhigendes an sich. Der neue Vorgesetzte würde wohl kaum . . .
Marie klopfte und trat dann ein.
Nun, rief der Mann hinter dem Schreibtisch. Zufrieden?
Es war der alte Vorgesetzte. Herr Brigadeführer?
Oberbrigadeführer seit zwei Tagen. Was sagen Sie?
Marie hielt ihm an Stelle einer Antwort den Akt entgegen. Meine Dienstbeschreibung. Und hier die Krankenhausbestätigung.
Der Oberbrigadeführer warf einen kurzen Blick in den Akt. Sie

haben nicht hineingesehen. Sehr diszipliniert. Es gibt da eine Markierung. Das Amt läßt sich nicht betrügen. Lassen Sie sich einmal ansehen. Verletzungen?
Am linken Unter- und Oberschenkel.
Zeigen Sie.
Die Wunde am Oberschenkel ist noch verbunden.
Aber den Verband kann man doch sehen?
Marie hob zögernd den Rock und begann den Strumpf aufzurollen.
Ist Ihnen klar, daß Sie ebenfalls befördert worden sind? Es stand mir frei, eine neue Mitarbeiterin zu wählen. Ich habe Sie gewählt.
Ich bin dem Herrn Oberbrigadeführer zu Dank verpflichtet, sagte Marie bitter, aber er überhörte den Unterton.
Zu großem, sagte er.
Zu sehr großem Dank. Marie schlüpfte aus dem Strumpf.
Näherkommen.
Marie kam näher.
Noch näher. Der Oberbrigadeführer dirigierte sie zu sich, bis sie ganz nah vor ihm stand und seinen Atem im Gesicht spürte. Seit wann sind Sie so zugeknöpft?
Marie fing zu schwitzen an. Wie ein Stück Vieh, dachte sie. Und Milli war tot. Und Roland gehörte vielleicht zu ihren Mördern, warum nicht. Es war nur schwierig, solang man daran dachte.
Ziehen Sie das aus, sagte der Oberbrigadeführer und zerrte an ihrem Rockbund. Ich will sehen, ob Sie tatsächlich ganz sind.
Der Zeitungsjunge wird gehängt werden, aber dieser Mensch da lebte. Was konnte man dagegen tun? Nichts. – Widerstandslos ließ sie sich den Rock ausziehen, auch alles darunter. – Und dann die Hände.
Hier, fragte Marie.
Gehen wir, sagte der Oberbrigadeführer. Er packte sie am Arm und zog sie, entblößt, wie sie war, hinter sich her über den Gang in den Keller. Dort stieß er sie in sein Zimmer.

Die Jagd

In den folgenden Wochen wurde es wieder kühler, es regnete oft, und einmal gab es sogar Schnee, aber gerade als niemand mehr an einen angenehmen Frühling glauben wollte, kehrte er zurück, und über Nacht stand alles in Blüte. Marie ging durch die Straßen und Parkanlagen und notierte Beschädigungen an öffentlichen Einrichtungen oder Plakatwänden. Die illegalen Plakate häuften sich, vor allem im Hafenviertel und in den Bezirken, wo Fabriken standen. Manchmal sah sie Arbeiter davor stehen und schaute schnell weg, wenn sie merkte, daß man sie entdeckt hatte. Sie schrieb lange Protokolle über Dinge und die Kontrollore des Amtes, andere Menschen traten darin niemals auf. Sich mit Dingen und nicht mit Menschen zu beschäftigen, kam ihr wie eine seltsame Reinigung von allem Schmutz vor. Mit Dingen konnte man anders umgehen, man konnte die Augen schließen und sie hinter sich lassen und das Gefühl haben, daß dies nichts bedeutete. Und wenn man die Augen aufmachte, war alles wieder da. Die Dinge schwiegen und blieben. Die Menschen redeten und lachten und gingen. Und egal, wie lang man ihnen nachschaute, irgendwann bogen sie um die nächste Ecke und kamen nicht wieder, und übrig blieben die Straße, Häuser und die Leere des Himmels.

Ein paar Male wurden noch die Barackennachrichten in den Briefschlitz gesteckt, aber als Marie anfing, sich häufiger nach Roland zu erkundigen und überall herumerzählte, daß sie ihn treffen wollte, blieben sie ganz aus. Es war ein törichtes Spiel und Roland gegenüber nicht ganz fair, aber sie war davon überzeugt, daß dies der einzige Weg war, ihm Nachrichten zukommen zu lassen. Die IAS hatte ihre Leute überall, egal, ob man sie fand oder nicht. Sie fanden einen.

Hin und wieder ging sie noch in den Keller des Amtes. Es lief nun alles ganz schweigend ab, nur Hände und keine Worte, und wenn Marie die Augen zumachte, wußte sie, daß sie von diesem Mann nichts behalten hatte. John hatte mit dem Trinken aufgehört und sein erstes Schwanenhaus fertiggestellt. Nahmen es die Jungen im Herbst an, sollte er zum ordentlichen Gärtner befördert werden, wenn nicht, würde man ihn entlassen. Die Ernennung erfolgte durch die Schwäne. Es war eine Art Ritual und klang reichlich übertrieben, aber John nahm es ernst. – Er beschäftigte sich nun viel mit den Kindern, und Therese war froh darüber. Sie wußte, daß er sich – ein, zwei Rückfälle ausgenommen – über den Sommer hin recht gut halten würde. Dann und wann holte er Marie von der Arbeit ab. Wenn man die Amtshausgasse nach Norden ging, gelangte man zum Zeughaus der Gärtner, wo Werkzeuge und Rohmaterialien gelagert waren, die den Angestellten des Stadtgartenamtes auch für private Zwecke zur Verfügung standen. Beschädigte Parkbänke wurden in den unter Tag angelegten Hallen repariert, ebenso wie Nistkästen und Bruthäuser für die in den Parkanlagen ausgesetzten Tiere. – In der Regel gingen sie schweigend durch die Dämmerung oder Dunkelheit nach Hause. Sie dachten beide an Roland, aber sie redeten nicht über ihn, es ging nicht. Es war wie eine Liebes- und Todeserklärung zugleich und nicht zu verstehen. Die Lichter hinter den Fenstern erloschen nun spät.

Vier Wochen verliefen so. Marie beobachtete immer genauer. Jetzt entdeckte sie schon ohne besondere Aufmerksamkeit die geringsten Anzeichen von Zerstörung, erkannte an der Art der Beschädigung die Beschädiger. Es war nicht immer die IAS: Manchmal waren es bloß irgendwelche Jungen, die auf diese Weise verrückt spielten, manchmal waren es die Ämter oder der Staatssicherheitsdienst. Den Mann, den man ihr zur Kontrolle nachgeschickt hatte, beschrieb sie gründlich und in voller Absicht, und der Oberbrigadeführer entließ ihn sofort. Danach ging alles sehr ruhig weiter, sehr nach innen gerichtet und geregelt. Das Amt, die Straßen, weißgetünchte Zimmer und die Wege dazwischen. Wenn man wollte, konnte man sie ganz automatisch gehen, ohne irgend etwas vorzuhaben, und an manchen Tagen ging das auch ganz gut. Aber an manchen Morgen, die nun immer heller über die Stadt hereinbrachen, war alles wie aufgerissen und ganz deutlich, und als sich Roland dann meldete, war es wiederum nicht mehr auszuhalten. Die Stadt, das Amt und selbst die Vorstellung eines geheimen Widerstandes dagegen bekamen das Gesicht eines neuen Wahnsinns, den Marie so sehr wünschte, daß sogar Therese es spürte und jäh begriff, wie wenig noch zu machen war, und daß sie ihr kaum mehr helfen konnten.

Roland hatte Geld geschickt. Es kam ganz offiziell mittels Postanweisung. Am nächsten Tag folgte ein kurzer Brief, in dem er ankündigte, daß nun regelmäßig mit solchen Zuwendungen zu rechnen sei, und Marie setzte sich mit dem Brief in die dunkle Küche

und wartete die ganze Nacht darauf, daß noch eine andere Nachricht kam, aber es kam keine. Es war schon so, daß es bloß um Geld ging. Wenn man Geld schickte, brauchte man über sonst nichts zu sprechen.
Vermutlich dachte Roland, daß sie nun nicht mehr in das Amt mußte, oder er dachte an nichts Besonderes. Sie zerriß den Brief und verbot John, den Kindern auch nur anzudeuten, daß sich Roland gemeldet hatte.

Am dritten Morgen danach entdeckte Marie auf dem Weg ins Amt einen Mann, der sie verfolgte, und nachdem sie das Büro betreten hatte, fragte sie den Oberbrigadeführer rund heraus, ob sie diesen armen Teufel auch im Protokoll festhalten müsse oder ob es für diesmal genüge, daß sie ihn bemerkt hatte.
Der Oberbrigadeführer schaute sie nachdenklich an. Sie kosten mich allmählich alle meine Leute, sagte er.
Er ist neu, nicht wahr? Marie ging zu ihrem Schreibtisch, holte ihre Protokollmappe hervor und wollte mit einer Eintragung beginnen, als sie die Hand des Oberbrigadeführers auf ihrem Arm spürte.
Lassen Sie das, sagte er. Er hieß sie aufstehen, sich in die Mitte des Zimmers stellen und sich nicht bewegen. Sie vernachlässigen die Sprache des Amtes, sagte er. Es gibt für jeden Lebensbereich eine andere Sprache, und man muß genau trennen, will man Ordnung halten. Was das eine Mal das Schweigen ist, ist das andere Mal das Reden. Er umrundete sie und dann noch einmal. Es war ein völlig neuer Blick, mit dem er sie ansah. Ja, setzte er dann hinzu, dieser Mann ist neu. Und Ihr Mann?
Roland?
Haben Sie ihn wiedergesehen?
Roland wiedersehen, was für Vorstellungen alle anderen von ihm hatten. Nein, sagte sie, aber er hat Geld geschickt. Sollte das etwa im Protokoll stehen?
Der Oberbrigadeführer schaute sie mit unverhohlener Verblüffung an. Sie geben das zu?
Ja doch, eine Menge Leute in unserem Haus wissen von der Ankunft des Geldes, denke ich, sicher aber der Hausmeister.
Von Ihnen?
Marie nickte.
Wir wußten ebenfalls von der Zahlung.
Das Amt weiß immer Bescheid.

Ja, sagte er gedehnt. Er hob seine Hand, um sie an der Schulter zu berühren, brach die Bewegung jedoch auf halbem Weg ab. So, mit ausgestrecktem, erhobenem Arm blieb er vor ihr stehen. Schade, sagte er. Es gibt für Sie keine weiteren Aufstiegsmöglichkeiten.
Im Norden gab es für Frauen auch keine.
Das ist nicht gesagt – hier. Es gibt viele Möglichkeiten, seine Lage zu verbessern. Aber für Sie? Es wurde mir schon nahegelegt, eine andere Mitarbeiterin zu wählen. Ihr Mann ist noch immer nicht registriert. Er pflegt zweifelhaften Umgang, schlägt alle Aufforderungen, sich bei der Einwanderungsbehörde zu melden, in den Wind. Wir haben allerlei Kontakte. Tatsächlich sind wir über ihn sehr genau unterrichtet. Lange wird er unsere Geduld nicht mehr straflos auf die Probe stellen dürfen. Auch Ihnen gegenüber verhält er sich unverantwortlich, ebenso seinen Kindern gegenüber. Er ist zweifellos der Klotz an Ihrem Bein, der Sie hindert, Ihr Leben unbelastet aufzubauen. Solang er zu Ihnen gehört, werden Sie nirgends hingehören. Nun ja, vielleicht . . . Noch gäbe es für ihn die Möglichkeit, ein Pardon zu erlangen. Wissen Sie das?
Nein, sagte Marie. Für uns gibt es kein Pardon. Sie wissen es, und ich weiß es auch.
Das ist nicht gesagt.
Es war schon gesagt, ehe wir hier ankamen.
Hier bekommt jeder eine faire Chance. Der Oberbrigadeführer umklammerte sie unvermittelt mit seinen Armen. Es ist doch eine faire Chance, oder?
Marie stieß ihm ihre Fäuste vor die Brust. Lassen Sie mich, sagte sie.
Der Oberbrigadeführer verstärkte den Druck. Ja, wehren Sie sich. Ich mag das. Wehren Sie sich. Das ist das Leben. Manchmal möchte man es spüren, das Leben, das wir sonst unter Verschluß halten müssen. Wie es sich laut bewegt, ist es nur Unordnung und ekelhaftes Chaos, aber manchmal muß es sich rühren. Wehren Sie sich.
Marie schaute ihm geradewegs ins Gesicht. Wenn Sie erlauben, beginne ich jetzt mit meinem Rundgang.
Er ließ sie so unvermittelt los, wie er sie gepackt hatte. Gehen Sie, sagte er. Aber Sie werden den Kampf verlieren, den Sie begonnen haben. Und ich werde daneben stehen und zuschauen, denn das meiste wird sich von selbst erledigen.
Ja, sagte Marie.

Sie müssen verrückt sein, wenn Sie es trotzdem tun.
Ja, wiederholte Marie.
Der Oberbrigadeführer setzte sich hinter seinen Schreibtisch. Nun, dann . . . Hier, Ihre heutige Route. Und jetzt gehen Sie. Wir werden sehen, was letzten Endes mehr zählt: das Leben oder der Tod.
Niederlage, sagte Marie, ab jetzt zählt nur mehr Niederlage.
Sie verließ das Amt durchs Hauptportal und wanderte eine Zeitlang ziellos durch die Stadt, ehe sie den Dienstplan zur Hand nahm und die vorgeschriebene Route durchlas. Der Morgenverkehr war abgeebbt. Zehn Uhr. Um diese Zeit waren die Straßen abseits des Zentrums völlig ruhig. Marie wanderte, wie vorgeschrieben, in Richtung Assanierungsviertel. Nach dem Verlassen des Amtes war ihr ein Mann nachgegangen, dann war er verschwunden. Wenig später schien ihr wieder jemand zu folgen. Sie drehte sich um. Niemand. Und dann wieder das Gefühl, ein Schatten bewege sich hinter ihr her. Drei Gassen weiter war Marie sicher, daß sie verfolgt wurde. Sie ging in Richtung Hauptstraße zurück, betrat eine Telefonzelle und wählte die Zeit. Der Mann, der ihr gefolgt war, erstand eine Zeitung und lehnte sich an die Seitenwand des Kiosk. Er tat, als lese er. – Das Amt? Die Polizei? IAS? Schickte Roland nach ihr? Die Aufpasser, die das Amt hinter ihr herschickte, waren zumeist Tölpel, denen man die Angst ansah, entdeckt zu werden. Oder sie bewegten sich mit der Überheblichkeit von Menschen, die wußten, daß sie mit ihrer bloßen Anwesenheit bedrohten. – Der Mann auf der anderen Straßenseite bewegte sich geschickt. Er hatte die ruhigen Bewegungen eines Spaziergangers, der einen ganzen Tag vor sich sah und sich in ihn treiben ließ.
Marie entschloß sich, den Unbekannten zu identifizieren. Zuerst wählte sie die Nummer des Amtes und beklagte sich über ihren Bewacher, der ihre Unauffälligkeit in Frage stellte, erhielt aber zur Antwort, daß ihr niemand nachgeschickt worden sei. Danach wählte sie Gellerts Nummer. Sie hatte sofort Verbindung mit ihm.
Hier Marie Savari, meldete sie sich. Sie erinnern sich?
Ja, bitte? Die Stimme klang überrascht und ungehalten.
Ich rufe an, um mich zu beschweren, Herr Oberst. Seit beinah einer Stunde sehe ich, daß ich überwacht werde.
Gellert räusperte sich. Ich verstehe nicht.
Das Amt hat bestätigt, daß es keiner der Leute von dort ist. Nie-

mand sonst aber ist befugt, mich zu überwachen. Ich hatte doch eine eindeutige Aussage gemacht und habe ihr nichts hinzuzufügen.
Das bezweifelt niemand, sagte Gellert vorsichtig.
Es muß jemand bezweifeln, entgegnete Marie scharf. Wie käme es sonst zu diesem Vorfall. Sie werden mich um meine Stellung bringen, sollte sich dieser Mensch nicht schleunigst entfernen.
Gellert verstand jetzt immerhin so viel, daß Marie sein Spiel weiter mitspielen wollte. Um Himmels willen, sagte er, ich versichere Ihnen, daß von seiten der Polizei keine Aktion gegen Sie läuft. Wir würden niemals wagen, eine Angestellte eines Amtes . . . Nach Ihren Angaben läuft eine Fahndung, allerdings, das muß ich festhalten, bis jetzt ohne Erfolg. Darf ich sonst irgend etwas . . .
Gellert fluchte innerlich. Warum rief sie ihn an. Brauchte sie Hilfe, oder wollte sie ihn etwas wissen lassen?
Man hatte seinen Jungen noch nicht, dachte Marie, gut so. Hören Sie, sagte sie, ich werde verfolgt, und ich hätte gern gewußt, von wem. Ich habe keine Lust, meine Anstellung im Amt zu gefährden.
Jetzt begriff Gellert endlich. Befürchten Sie, daß man Sie Ihrer Aussage wegen behelligen könnte? Wo sind Sie derzeit?
Sie wissen genau, daß ich Ihnen das nicht sagen darf. Auch nicht, wohin mich mein Weg führen wird. Dahin oder dorthin. Zum Hafen, ins Assanierungsgebiet oder sonstwohin.
Am Fluß hat sie nichts zu suchen, also Assanierungsgebiet, dachte Gellert. – Ich werde der Angelegenheit polizeiintern nachgehen, wenn Sie das wünschen, Frau Savari. Ich versichere Ihnen, daß wir treue Diener der Ämter sind. Wenn Sie mich jetzt entschuldigen wollen, ich bin sehr beschäftigt. Er legte mit knappem Gruß auf, und auch Marie hängte ein.
Blieben jetzt nur mehr der Staatssicherheitsdienst oder Rolands Leute. Der Staatssicherheitsdienst durfte eigentlich nicht. – Also Rolands Freunde. Sie war beinah froh, als sie die Telefonzelle verließ.
Der Mann, der sie verfolgt hatte, stand noch immer beim Zeitungskiosk. Marie ging direkt auf ihn zu und prägte sich sein Aussehen ein, Größe, Alter. Er wirkte kräftig und entschlossen. Zwei Schritte vor ihm drehte sie sich um und ging direkt auf die Hauptstraße zu. Sie betrat den Supermarkt. Im Zurückblicken sah sie, daß ihr der Mann durch die Türe nachschaute, sie begegnete sei-

nem Blick, aber als sie nach wenigen Minuten wieder die Straße betrat, war er verschwunden. Später entdeckte sie ihn vor Charly's Imbißstube. Er lehnte neben dem Eingang. Drinnen herrschte die gewohnte Hektik. Charly stand selbst an der Theke und redete unaufhörlich. Marie sah, wie er die Lippen bewegte.
Jetzt erzählte er wahrscheinlich zum hunderttausendsten Mal, wie es nach dem Bombenattentat ausgesehen und was er alles hatte unternehmen müssen, um das Lokal wieder betriebsfähig zu machen. Jetzt sagte er wahrscheinlich, daß man sich von einer Handvoll Verrückter nicht unterkriegen lassen durfte, und fühlte sich stark. Er hatte den Schock überwunden. Er machte weiter. Er war nicht unter den Verletzten gewesen, und keiner seiner Freunde hatte zu den Opfern gezählt.
Marie ging weiter. Die Fassade des Hauses schräg gegenüber von Charly's Imbißstube wurde frisch verputzt. Ein altes Patrizierhaus mit Stuckverzierung über den Fenstern. Der Mann, der Marie verfolgte, stand nun unter dem Gerüst. An der nächsten Kreuzung stellte er sich zu einem Würstelstand, dann verlor ihn Marie vorübergehend aus den Augen. Sie bog nun endlich in Richtung Assanierungsgebiet ab. Hier gab es kaum Geschäfte. Vor einer kleinen Autoreparaturwerkstätte entdeckte Marie ihren Verfolger wieder. Diesmal stand er kaum zwanzig Meter vor ihr und musterte sie ungeniert, so daß sie den Eindruck gewann, er versuche erst gar nicht, sich vor ihr zu verbergen. Sie bog in eine stille, schmale Gasse ein, deren Häuser so aneinandergepreßt waren, daß das Tageslicht kaum den Boden erreichte. Wenn ihr der Mann etwas zu sagen hatte, sollte er es ungestört tun können. Sie war nun völlig sicher, daß sie einen von Rolands Freunden vor sich hatte, sie würde endlich mit einem von ihnen reden können, an so einem Tag konnte einen nichts mehr aus dem Gleichgewicht bringen. Es war wie am Vorabend eines Festes, eine unbestimmte Spannung und das Gefühl von Dingen, die kommen würden und die man nicht verhindern konnte.

Gellert ließ sich ratlos mit der Telefonzentrale verbinden. Ich habe eben ein Telefongespräch geführt, sagte er, können Sie jetzt noch feststellen, von wo es gekommen ist?
Die Telefonistin verneinte. Sie wurden nicht verbunden.
Ich weiß. Es existiert aber von allen Gesprächen eine Tonbandaufnahme. Ich möchte das Band noch einmal hören.

Die Telefonistin antwortete, daß das die Zentrale zu lang blockierte.
Herrgott, dann bringen Sie mir das ganze Band.
Aber wie denn?
Spannen Sie ein neues ein und bringen Sie mir schon das alte. Oder ich hole es mir selbst.
Sie murmelte etwas von: nicht erlaubt, und Gellert versprach, den Empfang zu bestätigen, und schließlich gab sie nach und versprach, das Tonband sofort zu bringen. Gellert atmete auf. Irgendwie mußte er den Namen Savari aus dem Tonbandprotokoll verschwinden lassen, am besten das ganze Gespräch. Wenn er bloß begriffen hätte, was der Anruf bedeutete. Wenig später hatte er alles, was er brauchte. Zuerst geriet er in das Gespräch eines Angestellten mit seiner Mutter, irgendein erwarteter Besucher hatte abgesagt. Dann gab eine nicht identifizierbare Stimme, die sich bloß mit »hallo« meldete, eine Personenbeschreibung durch. Der Oberst wollte schon weiterspulen, als er die Stimme erkannte, die dazwischen Fragen stellte. Sie gehörte seinem Adjutanten. Ein unbedeutender Verhaftungsgrund wurde besprochen, dann fiel der Befehl, ihn, Gellert, nicht zu informieren.
Er spulte das Tonband noch einmal zurück, um sich die Personenbeschreibung genau anzuhören. Zirka achtzehn, dunkles Haar, etwa einsfünfundsiebzig, M-förmige Narbe . . . oh, Gott, sie hatten den Jungen. Keine Papiere, hörte er. Verweigert die Aussage.
Sie hatten den Jungen. Gellert vergrub das Gesicht in den Händen. – Er haßte ihn. Nein, er haßte ihn nicht, er verstand ihn bloß nicht. Oder doch, er verstand ihn sogar. Wenn man achtzehn war, konnte man das Leben nicht aufgeben, bevor es angefangen hatte, aber in keinem Alter warf man es leichter weg. Das war einer der Widersprüche, die man nicht lösen, sondern nur aufgeben konnte. Aber man konnte sie nicht aufgeben, ohne sich zu schämen, und dann fing man an, die Dummheiten der anderen mitzumachen. Es fing immer mit einer guten Idee an und hörte immer mit irgendeiner Schändlichkeit auf, und alles, was blieb, war Ekel. Immerhin, er hatte seine Pistole. Und er hatte sich abgesichert. Keine Freunde. – Man fing als Flüchtling an und hörte als Flüchtling auf. – Beinah sechzig, da hatte man keine Lust mehr, sich selbst zu betrügen.
Gellert stand auf und schaute in den Hof hinunter, wo die Bereitschaftswagen standen und ein paar Polizisten gelangweilt herumstanden. Hatten diese Bastarde den Jungen erwischt, und dann

eines so lächerlichen Grundes wegen. Routinemäßige Anhaltung. Keine Ausweispapiere. Natürlich nicht. – Wie lang er durchhalten würde, bis er ihnen alles sagte? Er mußte ihn da herausbekommen, und wenn es das letzte war, das er tat. Er mußte ihn aus den Klauen dieser Banditen befreien, der Junge konnte für nichts. – Unsinn, dachte Gellert, natürlich konnte der Junge für das, was er tat. Er hatte seine Erfahrungen schon gemacht, nicht alle, aber ein paar.

Er kehrte an seinen Schreibtisch zurück. Keine Freunde. Jetzt hätte er welche in der Stadt gebraucht. Die eigenen Leute besaßen kaum mehr Bewegungsfreiheit. – Die IAS? Diese Frau als Bindeglied? – Zu Roland Savari? – Den Berichten nach war er ein hervorragender Terrorist: kühl, nüchtern, ohne Emotionen. Und sie suchte ihn und redete von Margeriten und dachte an einen Menschen, den es nicht mehr gab.

Er schaute auf die Uhr – Mittag vorbei – und rief in der Telefonzentrale an, daß man das Tonband wieder abholen könne. Er wollte es so lassen, wie es war. Löschen brachte nichts. Die Telefonistin kam und nahm das Band mit sichtlicher Erleichterung entgegen.

Nachdem sie das Zimmer verlassen hatte, lud Gellert seine Dienstpistole durch, steckte sie in das Schulterhalfter, eine andere, kleinere in den Hosenbund und verließ das Büro. Wenn er Marie Savari richtig verstanden hatte, machte sie jetzt im Assanierungsgebiet ihre Runde. Dort wollte er sie treffen.

Das erste Stück Weg ging er zu Fuß, dann betrat er ein Haus, das er über den Notausgang im Keller verließ. Zwei Häuser weiter bestieg er ein Auto, das auf den Namen eines Toten zugelassen war, einen mittelgroßen, grauen Wagen, und reihte sich in den Verkehr ein.

Maries Verfolger ließ sich Zeit. Er folgte ihr in gleichbleibendem Abstand, zuerst durch das Gäßchen, dann weiter bis zu von Plakatwänden eingezäunten Schutthalden. Dort blieb er zurück. Ein paar Arbeiter von der Müllabfuhr standen davor. Sie hatten Mittagspause und ihren Wagen abgestellt. Einer saß auf dem Trittbrett des orangefarbenen Wagens und trank Bier. Zwei lehnten an der Plakatwand. Sie trugen alle blaue Anzüge, aber alle Arbeiter trugen blaue Anzüge, auch John, wenn er in der Gartentischlerei arbeitete. Eine alte Frau stand bei ihnen, und Marie erkannte in ihr eine Bekannte Millis. Sie hatten einmal miteinander Tee getrunken und ein bißchen geredet, und beide, Milli und diese Frau, hatten versucht, Marie aufzuheitern. Das war knapp nach dem Bezug der Wohnung gewesen, und sie hatten sich für später verabredet, aber dann war Milli getötet worden. Marie ging auf sie zu. Der Himmel über den Schutthalden war jetzt ganz silbrig. Ein paar Federwolken standen darin, wie im Sommer, wie sonst nur in den Sommern zu Hause, und auch die Luft roch hier nicht so sehr nach Stadt. Es war völlig verrückt, diesen Geruch in der Nase zu haben und an zu Hause zu denken.

Hallo, sagte Marie und streckte die Hand aus.

Und dann ertönte ein Pfiff. Im gleichen Moment lösten sich die beiden Arbeiter aus dem Schatten der Plakatwand, und auch der, der auf dem Trittbrett gesessen war, sprang auf. Der Müllwagen war kein Müllwagen, er sah bloß so aus, es saßen noch andere Männer drinnen, die alle plötzlich auf der Straße standen. Marie sah sie nicht kommen, sie spürte nur die Nähe der Körper und dann die Schläge. Es war auf einmal sehr dunkel auf der Straße, und jemand riß Marie zu Boden. Zwischen den Tritten und Schlägen kam von ganz weit weg eine Stimme, die sagte: Aber die doch nicht, nicht die. Marie krümmte sich und legte die Arme um den Kopf. Nicht ins Gesicht schlagen, alles andere ist erlaubt. Um Gottes willen, nicht ins Gesicht schlagen, dort darf man nichts sehen. Das schwach gewordene Licht begann zu kreisen und stürzte irgendwohin, ein Fußtritt traf Marie und noch einer, und die Stimme sagte wieder: Aber doch nicht die, und noch ein Fußtritt, und Marie ließ die Hände sinken, streckte sich. Aus. Ein Schlag explodierte auf ihrem Kopf, und noch immer war es nicht ganz finster geworden. Sie spürte Blut im Mund, Erde. Die Erde schmeckte bitter. Jetzt brüllten die Schläge auf ihrem Körper, während alles andere ganz still geworden war, damit der Schmerz durch nichts übertönt wurde. Und gerade, als Marie spürte, wie alles in ihr unter den Schlägen zu platzen drohte, fühlte sie einen Körper auf dem ihren, und die Männer hörten mit den Schlägen und Tritten auf.

Die doch nicht, sagte die alte Frau. Ich kenne sie von Milli. Sie ist selbst ein armes Schwein.

Laß das, sagte Maries Verfolger. Sie hat Paul verraten. Er ist gestern nacht verhaftet worden. Sie war auf dem Film zu sehen, wie sie ihm nach der Explosion nachgelaufen ist. Sie hat ihn wiedererkannt. Sie hat ihn diesen Schweinen ausgeliefert.

Wenn sie uns hätte anzeigen wollen, hätte sie es längst gekonnt.

Marie lag auf dem Rücken und spuckte Blut. Die Sonne und der Himmel standen nun direkt in ihren Augen, und alles war wieder sehr hell, sehr still, nur der Schmerz brüllte weiter. Er kam in Wellen und umkreiste sie. Jede Welle war ein Ereignis für sich, stieg hoch, krallte sich an der Kehle fest und schlug zu, wenn sie atmen wollte.

Sie weiß zu viel, sagte einer der Arbeiter.

Aber Milli mochte sie. Milli wußte immer ganz klar, was Menschen wert waren.

Ein grauer Wagen fuhr an ihnen vorüber. Die Männer zerrten Marie hastig in die Höhe und schleppten sie zum Müllwagen. Ihre Füße kippten weg. Ein Stoß in den Rücken.

Mörder, schrie Marie plötzlich, alles Mörder.

Eine Hand preßte sich auf ihren Mund. Halt's Maul, sonst . . .

Der graue Wagen wendete, und der Fahrer sprang heraus. Die Hände, die Marie gepackt hatten, ließen sie los. Im Stürzen sah sie Gellert, eine Pistole in der Hand. Er schwenkte den Lauf der Waffe zwischen den Männern hin und her. Nun stand er so nah, daß er den Schweiß der Körper riechen konnte, aber sie ihn nicht zu fassen kriegten. Die Freunde seines Sohnes. Sie konnten nicht einmal töten. Ein Tod mußte sauber sein. Schnell. Lautlos. Oder man hatte sich mit dem Leben zu arrangieren. Die konnten vermutlich weder das eine noch das andere. Die konnten gar nichts.

Verschränken Sie die Arme im Nacken, befahl er leise. Beine auseinander. Langsam niedersetzen. Noch immer folgte er jeder Bewegung mit dem Pistolenlauf. So ein elender Haufen. Das also war die große Revolution. Dafür starb man.

Und jetzt hören Sie mir genau zu, ich spreche nur einmal: Mein Name ist Clemens Gellert, ich bin der Vater von Paul Gellert. Mein Sohn wird von mir nichts wissen wollen, aber das spielt im Moment keine Rolle. Ihre Gruppe sucht Kontakte zur Polizei. – Sie wird sie finden. Haben Sie mich verstanden?

Die Männer begriffen nichts, bloß dies, daß dieser Mensch nicht schoß. Irgendwo schlug eine Tür zu. Das knarrende Geräusch rostiger Angeln.

Sie sollen nichts anderes tun, als das ausrichten. Verstanden? Und jetzt Abmarsch.

Sie warteten. Wenn das ein Trick war. Es war keiner. Plötzlich, wie auf Kommando, liefen sie los, jeder in eine andere Richtung. Gellert starrte ihnen nach. Dann drehte er sich zu Marie.

Sie hat ein kleines Mädchen und einen kleinen Jungen, sagte die alte Frau.
Ich weiß, sagte Gellert.
Sie ist ganz ohne Argwohn auf diese Kerle zugegangen. Wahrscheinlich wollte sie mich begrüßen.
Das war nicht sehr geschickt. Gellert steckte die Pistole ein und setzte sich zu Marie auf den Boden. – Für diese Bande lassen wir uns das Genick brechen.
Sie haben geahnt, daß . . .?
Nein, sagte Gellert. Ich habe nichts geahnt. Er schaute sie an und dann weg. Eis. Sie brauchte Eis auf die Schwellungen, damit sie nicht platzten.
Können Sie gehen, fragte er. Wenn ja, bringe ich sie zu einem Arzt und dann nach Hause.
Marie versuchte aufzustehen. Es ging. Die alte Frau stützte sie. Ein Bett, Ruhe, keine Fragen und nichts mehr sehen und nichts mehr begreifen müssen und aufhören, zu fragen, warum, warum, und die Augen schließen und egal, ob es Tag war oder Nacht, aufhören zu warten. Vor allem darauf, daß man für das Elend einen Gegenwert erhielt, etwas, das alles anders sehen ließ, unverzerrt, das alle Einstürze überlebte, auch die Abstürze, das weich und warm blieb und seine Gestalt behielt. – Roland wünschte ihren Tod. Da half nicht einmal mehr, daß sie die Augen schloß, damit alles aufhörte, sich zu drehen. Es war da. Sie konnte ihn zum Mörder machen oder es ihm ersparen. Angeblich war das Schwerste dabei die erste Überwindung, einen Entschluß zu fassen. Der Rest war angeblich leicht. Man legte sich zurecht, wie man es tun wollte, und ließ keinen anderen Gedanken mehr zu. Wenn man einmal den Weg zur Brücke kannte und wußte, wie tief der Fluß war und wie man das Brückengeländer am besten überkletterte, war der Sprung ganz einfach.
Gellert fuhr sehr vorsichtig, vor allem in den Kurven nahm er so viel Geschwindigkeit weg, daß sie nicht zu spüren waren. Am anderen Ende der Stadt kannte er einen Arzt, dem er vertraute.
Marie lehnte in der Polsterung des Rücksitzes. Die alte Frau hielt sie. Sie gerieten in einen Stau. Offensichtlich wurde eine nicht angesagte Alarmübung in der Stadt abgehalten. Militärfahrzeuge blockierten die Straßen, und Gellert mußte mitten durchs Zentrum.
Milli hat für Sie gearbeitet, fragte Marie.

Nicht direkt, sagte Gellert, bloß ein bißchen.
Darum.
Was: darum?
Darum konnten wir miteinander reden. Sie wußten schon einiges über mich.
Ja, sagte Gellert. Als er Maries Gesicht im Rückspiegel sah, biß er sich auf die Lippen. Jetzt gab es vermutlich nichts, was man sagen konnte, das auch so verstanden wurde, wie man es meinte. Im Moment war alles eine Katastrophe, auch Ereignisse, durch die man sonst kaum aus dem Gleichgewicht gebracht wurde.
Es gibt mehrere Gruppen im Untergrund. Sie operieren manchmal miteinander, aber sie denken nicht miteinander, setzte er hinzu.
Man hat die Szene auf der Straße gefilmt, als ich Ihrem Sohn nachging. Man wollte sehen, wer als erster am Unfallort eintrifft, wer Fragen stellt, wer Spuren sichert.
Vergessen Sie es.
Aber man kann es nicht vergessen.
Ich bringe Sie aus der Stadt. Übermorgen spätestens sitzen Sie in einem Wagen, der Sie Richtung Süden bringt, und haben alles hinter sich. Ich habe Freunde dort.
Weg von hier?
Bitte, nicht sprechen, sagte die alte Frau.
Ich kann nicht fortgehen. Den Vater hat man den Kindern nachgesehen, die Mutter wird man sie lang büßen lassen.
Bitte, sprechen Sie nicht.
Meine Freunde werden sich auch um Ihre Kinder kümmern.
Werden sie?
Bitte, sprechen Sie nicht, wiederholte die alte Frau. Wir werden uns um alles kümmern. Sie müssen es nicht allein durchstehen. Irgendwann werden Sie zurückblicken und denken, es war nichts.
Marie hustete Blut. Sie steckten jetzt in einer Kolonne und kamen nur schrittweise weiter, dann gar nicht mehr. Gellert trommelte mit den Fingern aufs Lenkrad, und Marie dachte, daß es wieder eine Flucht sein würde und daß sie davon genug hatte. Und daß es eine Flucht ohne Roland sein würde. Sie wollte mit ihm fortgehen oder in der Stadt bleiben. Sie wollte dort sein, wo er war.
Wenn man nicht mehr weiter weiß, sagte sie in das Warten hinein, kann man noch immer . . . Sie verfügen sicher über solche Hilfen.

Es ging jetzt wieder ein Stück vorwärts, und Gellert konnte sich nicht umdrehen. Was meint sie, fragte er über die Schulter.
Die alte Frau drückte Maries Hand. Man glaubt nur manchmal, daß man sterben will, aber man will es nicht wirklich. Man will etwas ganz anderes, und man glaubt, daß man es leichter bekommt, wenn man an den Tod denkt. Irgendwie erwartet man, daß einem zum Schluß doch noch alle Wünsche erfüllt werden.
Das ist vorbei, sagte Marie. Das war einmal. Aber es gibt Situationen, die man nicht aushalten kann.
Die alte Frau seufzte. Man kann. Ich war Lehrerin, mein Mann Musiker, zehn Jahre jünger als ich. Zuerst fiel das nicht sehr auf, aber allmählich sah man, daß ich eine alte Frau wurde, während er noch ein junger Mann war. Mir machte das nicht viel aus, ich war darauf vorbereitet, auch auf das Gerede der Leute. Ich hatte ihm von Anfang an gesagt, daß uns das bevorstehen würde, aber er fühlte sich so stark. Und dann hielt er die Blicke und das Getuschel nicht aus und noch weniger, daß ich es hinnehmen konnte. Ich glaube, es wäre für ihn leichter gewesen, wenn ich in Schwierigkeiten geraten wäre. Er drehte völlig durch, fing an, sich herumzutreiben und hatte ein Verhältnis nach dem anderen, zeitweise mehrere gleichzeitig. Er wollte mich verletzen, weil er verletzt worden war. Eines Tages kam ich von der Schule nach Hause und fand ihn mit einem jungen Ding in unserer Wohnung. Ich habe gelitten wie ein Tier und gedacht, wie verrückt wir drei waren und wie erbärmlich, aber irgendwann tat er mir noch mehr leid, als ich mir leid tat, und auch dieses Mädchen tat mir leid. An diesem Abend spürte er, daß ich wußte, was mit ihm los war. Und als er das wußte, schickte er seine Freundin weg und heulte die halbe Nacht, geändert hat sich an unserem Leben nichts. Wir haben nach diesem Abend nie mehr miteinander geschlafen. Die dritte Todsünde war, daß ich ihm alles vergeben wollte. Als er endlich auch damit zu Rande kam und wir wieder ein bißchen miteinander reden konnten, wurde er von einem Auto überfahren. So eine Dummheit. Ich wußte, daß wir noch ein paar schöne Jahre vor uns gehabt hätten, vielleicht die ersten wirklich schönen. Ich hatte aufgehört, ihm zu verzeihen, und er hatte angefangen, mir zu verzeihen, daß ich ihm hatte verzeihen wollen. Später begann ich, durch die Stadt zu gehen und Regierungsplakate zu beschädigen und Beobachtungen weiterzugeben. Zuerst an Milli, jetzt an jemand anderen, es ist egal, an wen. Und ich werde Ihnen auch nicht meinen Namen sagen, außer Milli hat ihn Ihnen gesagt.

Marie verneinte. So eine Geschichte. Und man konnte nur zuhören und sonst nichts. Aber wissen Sie, sagte sie, mein Mann lebt noch. Und wir haben Kinder, darum muß ich ins Amt zurück. Wenn ich jetzt ginge ...
Nicht mehr weitersprechen, sagte die alte Frau.
Gellert fuhr an den Rand der Straße und hielt. Sie können nichts mehr tun.
Doch, sagte Marie. Und Sie wissen es.
Gellert versuchte nachzudenken, aber in diesem Kopf, der sonst so gewohnt war, klar zu denken, bewegte sich alles gleichzeitig und in völlig verschiedene Richtungen. Er mußte verrückt sein, wenn er Marie Savari tun ließ, was sie wollte. Aber er war ebenso verrückt, wenn er sie mit Gewalt daran hinderte. Und anders ging es wohl nicht. Er startete den Motor und reihte sich zögernd wieder in den Verkehr ein. In der Nähe seiner Wohnung hielt er, verließ wortlos das Auto, kam aber schon nach wenigen Minuten wieder zurück.
Hier, sagte er und drückte Marie eine Pillendose in die Hand. Es wirkt sehr rasch, wenn auch nicht schmerzlos.
Marie öffnete die Dose. Eine Kapsel lag darin. Sie wickelte sie in ein Taschentuch und steckte sie ein.
Wollen Sie es wirklich, fragte Gellert.
Ich will es, sagte Marie.
Überlegen Sie es sich. Ich werde dafür sorgen, daß ich für Sie immer erreichbar bin. Vielleicht kann ich dann und wann in Ihrer Nähe sein.
Es ist alles abgeschlossen, sagte Marie.
Ich wünschte, ich könnte noch irgend etwas tun.
Sie können nichts tun. Marie lehnte sich in den Sitz zurück, und Gellert ging zum Fahrersitz. Sie spürte, daß er den Motor startete, die Handbremse löste, den Gang einlegte. Sie spürte, wie er anfuhr, saß ganz still und ließ den Schmerzen ihren Lauf. In der Nähe der Amtshausgasse verließ sie das Auto. Sie drehte sich nicht mehr um.

Im Amt suchte Marie sofort die Toilette auf und übergab sich ohne Erleichterung. Sie spie mit halbgeöffnetem Mund, machte anschließend kalte Kompressen auf die Schwellungen im Gesicht. Der Schmerz wurde bei der Behandlung schlimmer und schlimmer, nicht nur im Gesicht, auch im Brustkorb. Dort hatte sie zuerst

gar nichts gespürt. Jetzt wühlte und zerrte es bei jedem Atemzug. Nach einer Weile hatte Marie von der Behandlung genug und ging in ihr Dienstzimmer.
Der Oberbrigadeführer war da und schaute sie entsetzt an, als er sie erblickte.
Nun ist doch eingetreten, wovor Sie mich all die Zeit über gewarnt haben, sagte Marie. Ich bin überfallen worden.
Er sprang auf und drückte sie in einen Sessel. Von wem?
IAS wahrscheinlich.
Und?
Was meinen Sie?
Einzelheiten, Personenbeschreibungen.
Marie schaute ihn nur an und sagte nichts.
Naja, kommen Sie zuerst einmal zur Ruhe, sagte der Oberbrigadeführer. Er holte ein Glas Wasser und reichte es ihr. Schmerzen?
Marie nickte.
Warten Sie, ich habe dagegen etwas in meinem Schreibtisch. Er zog eine Lade auf und holte ein Glasröllchen hervor. Nehmen Sie nicht zu viel auf einmal. Das Mittel ist ziemlich stark.
Er gab Marie die Tabletten, und sie nahm zwei, schluckte sie mit etwas Wasser hinunter und wollte ihm den Rest zurückgeben.
Behalten Sie sie, sagte er. Ich kann andere bekommen. Vielleicht brauchen Sie sie noch. – Haben Sie gegessen?
Marie schüttelte den Kopf.
Dann wirkt es rascher. Er wartete und schaute sie an. So eine Torheit, sagte er nach einer Weile.
Wie bitte?
Es hilft niemandem, sagte er und griff zum Telefon. Er wählte und nannte dann ein paar Nummern. Es klang wie ein Code und war wohl auch einer. Nachdem er aufgelegt hatte, holte er Maries Personalakte hervor.
Ab jetzt sind Sie ein Fall für den Staatssicherheitsdienst. Es tut mir leid, aber wir müssen ihn in solchen Fällen beiziehen. Es gibt da gewisse Vereinbarungen.
Er schrieb wieder einmal, zum letzten Mal, Notizen, Eintragungen, und Marie starrte an die Wand hinter ihm, die wie in allen anderen Büroräumen bis auf das Stadtwappen weiß und leer war. Das Kapitel Amt war jetzt wohl erledigt. Auch das Kapitel Keller. Dorthin holte sie mit Sicherheit niemand mehr.
Gehen wir, sagte der Oberbrigadeführer. Nehmen Sie all Ihre per-

sönlichen Sachen mit, Sie werden nie mehr in diesen Raum zurückkehren.
Marie stand auf. Die Schmerzen waren jetzt in weite Ferne gerückt, sie waren wohl da, aber kaum mehr zu spüren. Ich wurde Rolands wegen aufgenommen, nicht wahr? Sie wollten ihn finden, weil Sie von ihm nichts weiter wußten, als daß er den Ämtern trotzt.
Lassen Sie die sogenannten Wahrheiten aus dem Spiel. Der Oberbrigadeführer schloß das Büro ab. Sie stehen Ihnen nicht zu. Versuchen Sie lieber klug zu sein, falls Ihnen an Ihnen noch etwas liegt. Und nun kommen Sie. Wir gehen hinunter.
In den Keller?
In den Keller.
Marie erschrak. Dann tastete sie nach der Kapsel in ihrer Rocktasche, und als sie sie kalt und hart in ihrer Hand spürte, faßte sie sich wieder.
Sie gingen durch die bekannten Korridore und dann durch einen Teil des Amtes, den Marie noch nie betreten hatte. Nach dem Depotraum begann wieder ein Gang, den ein Förderband durchlief. Wenn man längere Strecken zurücklegen wollte, stellte man sich darauf und wurde weitertransportiert. Sie fuhren beinah eine Viertelstunde. Von Zeit zu Zeit gab es Abzweigungen. Schilder zeigten an, wohin man geriet, wenn man abzweigte. Sie hatten jetzt unterirdisch die Hauptstraße unterquert und kamen in den Stadtteil, wo die Kasernen der Polizei standen.
Die halbe Stadt haben wir unterbaut, sagte der Oberbrigadeführer, eines Tages wird es die ganze sein. Wir konnen an jedem wichtigen Punkt der Stadt an die Oberfläche, ohne auch nur einen Meter Straße betreten zu haben. Ich glaube, daß dies der Grund für das Bombenattentat war. Man ahnt etwas von unserer Untergrundstadt. Man wollte wahrscheinlich sehen, aus welchen Häusern plötzlich Menschen hervorstürzen, die normalerweise nicht dort sein konnten. Ein hoher Preis für eine Information, die letzten Endes nicht zu bekommen war, denn die Ämter kümmern sich nicht um diese Art Leben. Bomben sind Kinderkrankheiten. Ein Teil der Bevölkerung genest von selbst, der andere stirbt, was tut's. Wer den Ämtern gehorcht, hat mit diesem Unrat nichts zu tun.
Milli hatte.
Ich bitte Sie, ein Spitzel der Polizei.
Er wußte fast alles. Und trotzdem gab es Dinge, die ihm verborgen

blieben, es war beinah tröstlich. Marie fühlte sich von den Tabletten schwindlig. Es war ganz angenehm, bloß das Fahren auf dem Förderband war schwierig. Die Wände, das Licht, alles fuhr mit, aber sie hatte nun fast keine Angst.
Und wenn eines Tages jemand einen solchen Eingang findet, sagte sie.
Der Oberbrigadeführer lachte. Sie sind auf Ihren Rundgängen Hunderte Male an solchen Ein- und Ausgängen vorbeigekommen und haben es nicht bemerkt, obwohl Sie die beste Angestellte waren, die ich jemals hatte. Die Leute, die ich Ihnen nachschickte, waren alle keine Stümper, und trotzdem hat jeder, wenn er eine Weile hinter Ihnen her war, einen Fehler gemacht, und Sie haben ihn entdeckt. Jeden Tag. Jeden Tag stand Ihr Beobachter im Protokoll. – Ich habe die ganze Zeit gewartet, daß er eines Tages nicht darin aufscheinen wird. Dann hätte ich gewußt, daß Ihr Mann mit Ihnen Kontakt aufgenommen hat. Es hätte Sie unaufmerksam gemacht.
Es war plötzlich ganz klar. Er hatte sie in sein Bett geholt, damit sie völlig kopflos wurde, wenn sie dann unerwartet Roland gegenüberstand. Sie dachte das sehr ruhig. Der Kopf fühlte sich wie Watte an, und die Stimme des Oberbrigadeführers klang wie von einem Tonband, das zu langsam abgespult wurde.
Hier sind wir, sagte er unvermutet. Es war keine Türe zu sehen. Erst als Marie knapp vor der Wand stand, entdeckte sie die schmale Ritze in der Mauer, die kurz danach nach innen schwenkte und den Blick in einen Raum freigab, in dem nichts zu sehen war als ein Sessel unter einer nackten Glühbirne. Der Rest lag in völligem Dunkel, aus dem eine monotone Stimme drang, die Marie aufforderte, auf dem Sessel Platz zu nehmen.
Marie setzte sich. Die Stimme verlas ihre persönlichen Daten, Familienstand, Wohnadresse, Geburtsjahr und so fort. Dann sagte die Stimme: Berichten Sie.
Frau Savari hat bereits ausgesagt, keine genaue Erinnerung an den Hergang des Überfalls zu haben, antwortete der Oberbrigadeführer an ihrer Statt.
So? Die Stimme im Dunkeln machte eine Pause, und Marie dachte, daß man nicht einmal unterscheiden konnte, ob es sich um einen Mann oder eine Frau handelte. Die Deckenbeleuchtung begann zu schaukeln.
Wie genau Sie beobachten können, sagte die Stimme.

Der Oberbrigadeführer holte einen Sessel von irgendwoher und setzte sich rittlings dicht vor Marie hin.
Gehen wir systematisch vor. Sie machten wo Ihren Rundgang?
Im Osten, sagte Marie. Im Assanierungsgebiet. Es war so in meinem Dienstplan eingeteilt.
Die Männer, die Sie überfallen haben, sahen wie aus? Oder haben Sie gar nichts gesehen?
Doch, sagte Marie. Sie trugen blaue Anzüge wie die Arbeiter in der Gartengasse.
Wie wer, fragte die Stimme.
Frau Savari war Zeugin des Mordes an diesen beiden Jungen, Sie wissen doch, sagte der Oberbrigadeführer mit einer gewissen Schadenfreude. Sie hat später zu ihrer Identifizierung durch die Polizei beigetragen.
Kommen wir zur Sache, sagte die Stimme. Wie viele Männer? Woher? Aus welchem Grund.
Marie dachte, daß die beiden hier Feinde waren, aber es war ihr jetzt völlig egal. Sie schwebte auf einer Wolke, und die Stimmen und Fragen kamen aus großer Entfernung.
Ich weiß nicht, sagte sie. Ich weiß es einfach nicht.
Steht sie unter Drogeneinwirkung, fragte die Stimme aus dem Hintergrund.
Sie hat etwas Schmerzstillendes bekommen, antwortete der Oberbrigadeführer. Sehen Sie sie doch an.
Zu wenig Kraft, um zu antworten und noch immer zu viel Widerstand, dem kann man beikommen.
Was wollen Sie machen? fragte der Oberbrigadeführer.
Abwarten. Wenig später ging die Türe auf. Zwei große, kräftige Frauen traten ein. Die eine riß Maries linken Arm in die Höhe und schob den Ärmel der Bluse zurück, die andere rammte ihr eine Injektionsnadel in den bloßen Oberarm.
Es wird Ihnen jetzt sehr leichtfallen, sich zu erinnern, sagte die Stimme.
Marie spürte den Einstich, ehe sie begriff, was los war. Sie schaute auf den Oberbrigadeführer, dann auf die Frauen und kroch schließlich, die Hände vor den Körper gepreßt, in sich zusammen. Papiermännchen, alles Papiermännchen. Und die Toten lächeln. Oder hatte das Lächeln den anderen gehört? Sie hatten Strümpfe über die Gesichter gezogen, und dann war da noch etwas. Stiefel.

Sie sind nicht berechtigt, Fragen über das Amt zu stellen, sagte der Oberbrigadeführer.
Pah, sagte die Stimme, ich frage, was mir paßt. Frau Savari, wandte er sich dann an Marie, Sie sagten, daß Sie von IAS-Leuten angegriffen worden seien. Wie kommen Sie zu dieser Vermutung?
Das Licht begann jetzt auseinanderzufließen und sich mit dem Dunkel zu vermischen. Es war in Bewegung, aber sehr langsam und zähflüssig, als ob es ausfließen würde. Geplatzt.
Beschädigt, sagte Marie laut.
Sie wurden Zeugin einer Beschädigung?
Ja. Sie war sehr beschädigt. So beschädigt, daß sie daran starb.
Der Oberbrigadeführer zuckte mit den Schultern. Er sah riesig aus, schrumpfte aber bald. Wir sprechen nicht von dem Bombenattentat, sagte er, sondern von den Männern, die Sie überfallen haben.
Sie hatten Stiefel an und sind mit ihnen über mein Gesicht gegangen. Hin und her und hin und her. Marie tastete Nase und Wangen ab.
Was für Stiefel?
Stiefel? Sagte ich Stiefel? Es müssen Stiefel gewesen sein. Wenn sie am Küchenfenster vorbeimarschieren, dröhnt der Boden.
Sie wohnen im vierten Stock, fiel der Oberbrigadeführer ein.
Im vierten Stock? Und Pierre hat sich nicht das Genick gebrochen, wenn er aus dem Küchenfenster in den Garten kletterte? Manchmal dachte ich wohl, die kleinen Engel können heimlich fliegen. Kinder sind Engel. Man schickt sie fort, um sie Einsamkeit zu lehren. Wenn sie wiederkommen, sind sie Menschen geworden. Stiefel und niemals Augen. Kannten Sie George? Er hat sich deswegen erhängt. Es war der erste wirklich warme Tag nach einem langen Winter.
Es hat keinen Zweck, sagte der Oberbrigadeführer. Sie erinnert sich, aber das liegt alles lang zurück.
Wie war das damals, fragte die Stimme.
Marie hob den Kopf und starrte in die Finsternis, die nun wieder stillstand. Wir hatten Angst zu leben und Angst zu sterben, und wir konnten uns nicht entscheiden.
Und der Überfall heute?
Ich bin gefallen. Man sieht es mir an, nicht wahr?
Wollen wir nicht vernünftig miteinander reden? Der Oberbrigadeführer packte Marie an den Schultern. Wir werden dieses Gespräch so oder so zu Ende führen müssen.

Ich war nicht sehr gut im Bett, ich weiß, antwortete Marie. Ich habe nie aufgehört, mich zu schämen.

Eine Pause überraschten Schweigens folgte.

Das haben Sie absichtlich gemacht, sagte die Stimme im Dunkeln.

Was?

Die Tabletten und so. Na schön, dann wird es eben anders gehen, Sie wird jetzt sehr ehrlich sein, nicht wahr?

Licht flammte im gesamten Raum auf. Marie sah einen Mann in schwarzer Uniform – dunkle Brille, schwarzer Hut – hinter einem Schreibtisch. Er spielte mit einer Pistole.

Sie? sagte sie. Wie kommen Sie aus dem Norden hierher?

Der Lauf der Pistole wies nun auf Marie. Sie weichen sehr geschickt aus, Frau Savari. Trotzdem sollten Sie begreifen, daß Sie für uns nicht geschickt genug sein werden. Also: Wie viele Männer?

Ich weiß es nicht. Zu viele. Marie kroch weiter in sich zusammen. Die Spinne war zum Vorschein gekommen. Und wer sich in ihrem Netz bewegte, wurde bloß um so fester eingeschnürt.

»Ich weiß es nicht« ist wenig. Wenn Sie uns nicht mehr zu sagen haben, kann uns nichts an der Annahme hindern, daß Sie friedliche Bürger so lange provozierten, bis man Sie angriff. Das wäre Aufwiegelung. Darauf steht Arrest, wenn nicht Kerker. Oder war alles ganz anders, sagte der Uniformierte plötzlich sehr scharf. Trinken Sie? Sind Sie betrunken eine Treppe hinuntergestürzt? Das wäre Verhöhnung des Staates durch unwürdiges Benehmen.

Herr, sagte Marie, ich bin getreten und geschlagen worden.

Wie können Sie das wissen, da Sie sich sonst an nichts erinnern?

Hören Sie doch mit diesem Unsinn auf, mischte sich der Oberbrigadeführer ein. Jeder kleine Doktor kann die Ursache solcher Verletzungen nachweisen. Damit kämen Sie nie durch.

Es ist mir egal, womit ich durchkomme. Ich will ein Geständnis, sagte der Uniformierte. Anders kommt sie hier nicht heraus. Auf die tatsächlichen Delikte können wir nicht zurückgreifen. Die hat das Amt ja sanktioniert.

Sie wollen die illegalen Einwanderer vor Gericht stellen? Dann können Sie Ihr Agentennetz gleich auflösen.

Marie kippte gegen den Oberbrigadeführer, der sie mit einer Hand abfing. Was soll ich gestehen, fragte sie.

Der Uniformierte legte die Pistole aus der Hand. Vielleicht: Stö-

rung der bestehenden Ordnung? Verleugnung des Staates, der Sie bezahlt? Teilnahme an revolutionären Umtrieben? Wenn Sie das unterschrieben, hätten Sie Selbstanzeige erstattet und könnten fürs erste nach Hause.
Das Kreisen fing wieder an, aber diesmal war es von einer heftigen Übelkeit und Atemnot begleitet. Die sich drehende Dunkelheit stand nun nicht mehr vor ihr, sondern innen, in den Augen.
Wo soll ich unterschreiben?
Auf einen Wink hin trat ein Mann ein und hielt Marie ein Blatt entgegen. Es war leer.
Ja, es ist leer, sagte der Uniformierte. Was wir brauchen, setzen wir später ein. Sie sind doch einverstanden?
Es war egal, ob ja oder nein. Sie wollte nur noch sterben, und dann passierte etwas, es war tatsächlich wie ein Tod, ein Sprung von innen, ein tierischer Schmerz, der alles zusammenpreßte. Merkwürdigerweise lebte sie danach irgendwie weiter, anders als vorher, sie konnte sich nicht mehr bewegen, aber sie hörte noch immer.
Der Oberbrigadeführer winkte mit dem leeren Blatt Papier vor ihren Augen, ihre Lider zuckten nicht.
Was ist mit ihr, fragte der Uniformierte.
Ein Zusammenbruch. Das war bei Ihren Methoden auch nicht anders zu erwarten. Was wir gebraucht hätten, wäre Geduld und Fingerspitzengefühl gewesen, dann hätten wir alles erfahren.
Marie hörte seine Stimme wie durch eine Wand, als sie vom Sessel rutschte.
Der Oberbrigadeführer fing sie auf.
Schreiben Sie sie ab, sagte der Uniformierte. Sorgen Sie dafür, daß man sie weit weg vom Amt findet.
Der Oberbrigadeführer hielt Marie noch immer in den Armen. Ein groteskes Bild, dachte er. Helfen Sie mir lieber, sagte er. Wir bringen sie in den Nebenraum, dort steht eine Couch.
Marie fühlte Hände, Schritte, eine neue Dunkelheit und ein Bett. Irgend jemand streckte ihre Beine.
Tot nützt sie uns nichts, sagte der Oberbrigadeführer. Und so weit weg vom Amt kann man sie nicht finden, daß man ihren Tod nicht doch mit den Ämtern in Verbindung brächte. Sie vergessen, daß wir die Polizei noch immer nicht unter Kontrolle haben.
Genützt hat uns diese Person auch lebend nicht. Ich bin dafür, daß sie liquidiert wird.

Erstens ist Roland Savari mein Fall, entgegnete der Oberbrigadeführer scharf, und ich rate Ihnen gut, nicht darauf zu vergessen. Zweitens, Herr Hauptmann, bin ich noch immer davon überzeugt, daß man über die Frau eines Tages an den Mann herankommen wird. Bleibt sie am Leben, ist sie für die IAS eine Verräterin, also wird man nochmals versuchen, sie zu beseitigen. Vielleicht sogar ihr eigener Mann. Das ist unsere Chance. Man schickt beim ersten Versuch selten die Spitzenleute. Die erste Garnitur wird erst jetzt in Marsch gesetzt werden. – Zum dritten, mein Verehrtester, werde ich mich sehr hüten, eine Tote zu verursachen, die dann als Märtyrerin aufersteht.
Mitleid mit der Geliebten? Bravo. Die Stimme des Hauptmannes wurde unvermittelt scharf. Noch einen Fehler kann sich niemand leisten. Wenn diese Frau am Leben bleibt, melde ich Sie. Ich melde Sie in jedem Fall. Sie verweigern die Zusammenarbeit.
Der Oberbrigadeführer setzte sich an das Fußende der Couch und zündete sich eine Zigarette an. Ein paar Züge machte er schweigend, dann sagte er: Offensichtlich benötigen Sie eine Klarstellung. Der Staatssicherheitsdienst ist bestenfalls das Fußvolk der Ämter, und es wäre gut, begriffen Sie das endlich. Sie werden niemals an ein Amt heranreichen.
Es war sehr still im Raum. Sie fühlen sich auf eine gefährliche Weise sicher. Sie . . .
Nicht doch, unterbrach ihn der Oberbrigadeführer. Ich fühle mich des Amtes sicher. Eines Tages schlucken wir den Terror samt Terroristen und machen Beamte aus ihnen, dienende, befehlsempfangende Staatsbürger, die gehorsam tun, was ein Amt von ihnen fordert. Ein Amt braucht keine Erfolgsstatistik zu seiner Legitimation, keine Ausrichtung nach Nutzen und Wert. Es ist ein absoluter Wert.
Der Hauptmann hatte sich in die Tür gestellt, die zum Verhörzimmer führte, und die Glühbirne betrachtet. Nun drehte er sich um. Solche Ämter fegen wir mit einem Handstreich vom Erdboden, sagte er.
Um eines Tages ein Amt zu gründen. Der Oberbrigadeführer warf die Zigarette auf den Fußboden und trat sie mit dem Schuhabsatz aus. Genau das habe ich gemeint. Machen Sie sich nichts daraus. Spätestens nach der dritten Konfrontation mit den Ämtern haben Sie es begriffen. Sie erfüllen eine Aufgabe. Ich hingegen nehme an der Unsterblichkeit teil. Noch Fragen?

Ja. Mit wem hat sie mich verwechselt?
Na hören Sie! Die Uniformen im Norden sind beinah die gleichen. Und was die Ähnlichkeit der Aufgabe betrifft . . . Er schaute auf Marie hinunter. Sie hat unglaublich rasch begriffen. Sie weiß es nur nicht – zum Glück für uns.
Der Hauptmann starrte ebenfalls auf Marie hinunter, die anfing, sich unruhig zu bewegen. Der Rock verschob sich und gab den Blick auf ihre Schenkel frei.
Na, dann Waidmanns Heil, Kamerad. Dankbarkeit ist zwar kein Ersatz für Liebe und ziemlich langweilig. Es macht nicht einmal Spaß, diesen Frauen Gewalt anzutun, weil man weiß, daß sie sich alles gefallen lassen werden in ihrer grenzenlosen Ergebenheit, aber, vielleicht fangen Sie mit mehr Temperament ohnedies nichts an.
Ihre Zeit ist um, sagte der Oberbrigadeführer. Sie werden zurückerwartet. Ich bin hier sozusagen zu Hause.
Der Hauptmann starrte ihn an, drehte sich dann um, ging durch die Tür in den Verhörraum, nahm seine Pistole und steckte sie ein.
An der Tür zum Gang wandte er sich nochmals an den Oberbrigadeführer, der ihm gefolgt war.
Was diese Frau betrifft – glauben Sie nicht, daß Sie gewonnen haben. Wir treffen noch aufeinander.
Und ob, erwiderte der Oberbrigadeführer mit unverhohlener Feindschaft. Und ob.

Es war so, als liefe etwas über ihre Haut, immer und immer wieder, und als könnte es nicht stillstehen, ein stummes Rasen von innen und außen ohne Atempause. Marie lag bewegungslos auf dem Bett, die Augen weit geöffnet, und versuchte es festzuhalten, aber es ging nicht. Das, was lief, lief weiter. John und Therese saßen beim Tisch und schauten zu, wie sie in die schaukelnden Schatten auf dem Plafond starrte. Das Fenster zum Hof stand offen, ein Luftzug bewegte die Lampe hin und her, und das Rasen ging weiter.
Sie hatte im Amt geschlafen. Sie war in einem Raum aufgewacht, den sie noch nie vorher gesehen hatte, und als feststand, daß sie hören konnte, was man sagte, hatte man ihr ihre sofortige Entlassung aus dem Dienst mitgeteilt. Dann war sie von zwei Angestellten des Amtes nach Hause gebracht worden, die sie nach einer

knappen Frage Wohin? aufs Bett im Wohnzimmer legten und sofort wieder gingen, ohne auf Thereses erschrockene Fragen einzugehen. Der kleinere von beiden war noch einmal zurückgekommen, um Tasche und Mantel abzugeben. Er blieb an der Tür stehen. Er wollte kein zweites Mal die Wohnung betreten und überhörte Therese, als wäre er taub. Seither schwiegen sie.
Das Rasen ging weiter. Sie war dem Oberst begegnet. Millis alte Freundin kam ins Bild, eine Ampel, Schokolade für die Kinder und ein langer Weg durch die Stadt. Später tauchte das Bild ihres Verfolgers auf, die Autoreparaturwerkstätte, eine Plakatwand, Arbeiter in blauen Anzügen. Noch später, als die Wirkung der Tabletten und der Spritze endlich aufhörte, erinnerte sie sich auch noch an die Schläge. Gellert war dazwischengekommen. Die Kapsel. Marie tastete nach ihr. Sie war noch da. Und dann das Verhör. Sie war nicht auf den Gedanken gekommen, die Kapsel zu verwenden. Das Rasen wurde langsamer. Dafür brandete überall in ihrem Körper Schmerz hoch. Er war schlimm, aber man konnte nichts dagegen tun, nur versuchen, ihn auszuhalten. Man konnte nur versuchen, es auszuhalten, egal, was es war.
Dann kam noch einmal alles zurück, aber verändert. Es spielte sich nicht im Kopf und nicht im Körper ab, sondern irgendwo dazwischen. Mit Fäusten bahnte sich der Tag einen Weg ins Bewußtsein. Roland. Sie stand ihm nun gegenüber, obwohl er weit weg war. Auf der anderen Seite, ebenso weit weg, standen die Kinder. Sie versuchte beide zu erreichen. Das, was lief, griff jetzt nach allen Seiten aus, aber es erreichte niemanden. Die Kinder und Roland. Sie rief beide. Sie rief sie mit der ganzen Kraft ihres Herzens. Sie wußte in diesem Augenblick ganz klar, wie sehr sie einander nötig hatten und wie sehr sie beide liebte und daß sie sie verlassen mußte, wenn sie nicht einen an den anderen verraten wollte. Aber gerade, als sie dies ganz klar wußte, ging das Licht unter, und Therese fragte: Willst du uns nicht endlich sagen, was passiert ist?
Schlagartig war alles ganz stumm, und Marie setzte sich auf. Plötzlich wieder die alten Augen. Das Zimmer stand dunkel in ihnen, und das Dunkel wuchs. John saß da und konnte seine Hände nicht ruhig halten. Die Kinder schliefen. Die Tür zum angrenzenden Zimmer war geschlossen. Therese. Alles war wieder da. Und dann der lange Weg zurück. Noch einmal in Worten der ganze Tag.

Es war jetzt bald Mitternacht, und sie saßen beim Tisch und tranken Tee und versuchten irgendwie, die ganze böse Geschichte aus dem Kopf zu bekommen. Therese wischte ein paar Male hintereinander den Tisch ab, dann begann sie, die Besteckladе neu zu ordnen. John brütete vor sich hin, den Kopf gesenkt, damit er Marie nicht anschauen mußte. Sie sah furchtbar aus. Blutergüsse im Gesicht, Jodspuren und Heftpflaster. Und dann das Rasseln beim Atmen. Sie bekam nicht genug Luft durch die Nase und versuchte herauszufinden, in welcher Körperhaltung sie es am besten aushielt. Es war in jeder Stellung gleich schmerzhaft, aber in jeder zuerst eine Weile angenehmer als in der vorigen.
So eine verdammte Geschichte, sagte John, dann schwieg er wieder.
Noch etwas Tee, fragte Therese.
Er schüttelte den Kopf und dachte an Schnaps. Seit ein paar Tagen trank er wieder, aber an diesem Tag hatte er noch nichts getrunken und fühlte sich hundeelend.
Marie beobachtete ihn verstohlen, wie er sich bemühte, seine Hände ruhig zu halten. Es war jetzt alles sehr weit weg, und sie konnte ganz klar denken, so klar, wie man nur dachte, wenn einen alles nichts mehr anging. Da war also John. Er hatte einmal vom Leben ein wunderbares Geschenk erwartet und etwas Großes tun wollen, und als beides – das Wunder und die Größe – nicht eintrat, hatte er zu trinken begonnen. Und da war Therese, das Muttertier mit einer riesigen Gebärmutter ohne Kinder. Die Welt hätte in ihr Platz gefunden, aber die Welt wollte solche Muttertiere nicht, die litten und alles aushielten und Verbände anlegten und Schreie stillten. Die Welt wollte aufgerissen werden. Und dann waren da noch die Kinder, die nebenan schliefen und einen Traum träumten, den ihnen niemand erfüllen würde, und die würden büßen müssen, was andere anrichteten.
Und sie selbst? Nüchtern betrachtet wurde sie von drei Seiten gejagt: von Rolands Freunden, vom Staatssicherheitsdienst und von den Ämtern, die wohl entließen, aber niemals freigaben. Ihre Chance, das zu überleben, war gleich Null. Sie konnte denen, die sie jagten, vielleicht ein bißchen Furcht vor diesem Leben einflößen, das sich selbst in die Waagschale warf. Sie konnte hinauszögern, daß die anderen bekamen, was sie wollten, und ihnen vielleicht den Spaß an der Sache verderben, verhindern, daß sie mit dem Gefühl der Sieger vom Platz gingen – ändern konnte sie nichts

mehr. Und sie konnte John und Therese all das nicht einmal erklären, wenn sie nicht wollte, daß beide in dieses elende Spiel völlig hineingerieten und dann auch nicht mehr herauskonnten. Aber irgend etwas mußte sie ihnen sagen: daß sie fortgehen würde und daß daran nichts zu ändern war.

Es ist verrückt, sagte John plötzlich. Es ist einfach verrückt. Ich wollte heute feiern. Es sollte eine Überraschung für euch sein. Er machte eine Pause und fing an, Speck zu schneiden.

Was für eine Überraschung?

Ich soll morgen zum ordentlichen Gärtner befördert werden. Es kam ganz unerwartet. Als der Obergärtner gestern seinen Dienst antrat, sah er, daß die alten Schwäne während der Nacht mein Haus bezogen hatten – nicht die jungen, die alten. Man wird mir morgen im Rahmen einer kleinen Feier mein Ernennungsdekret überreichen. Ihr seid eingeladen. Ich wollte stolz auf mich sein.

Wie schön für dich, sagte Marie. Dann kann dir jetzt kaum mehr etwas passieren.

Was soll mir denn passieren, fragte John.

Marie umklammerte mit beiden Händen die Teeschale. Sie war gerade so heiß, daß man sie angreifen konnte und sich daran wärmen.

Es könnte sein, daß ihr meinetwegen Schwierigkeiten bekommt, sagte sie leise.

Therese, die eben in die Küche gehen wollte, um Wasser heiß zu machen, drehte sich abrupt um. So ein Unsinn.

Das ist kein Unsinn. Es ist eine Art Sippenhaftung.

Sie haben dich entlassen, na schön, das ist nicht gut, sagte Therese, aber damit ist die Geschichte erledigt. Ich meine . . . Sie brach ab und schaute Marie an. Sie hatte sagen wollen: Bis auf die Verletzungen, die heilen werden.

Eben nicht. Gar nichts ist damit erledigt. Jetzt fängt es erst an.

Aber sie haben dich gehen lassen.

Ich bin wohl eine Art Experiment.

Um Himmels willen, wie das klingt. Therese vergaß das Wasser, setzte sich neben Marie und begann, ihre Hände zu massieren. Ganz kalt, sagte sie, die sind ja noch immer ganz kalt.

Es hat abgekühlt. Wird außerhalb ein Gewitter gegeben haben. War auch zu heiß momentan. John schob sich eine Schnitte Speckbrot in den Mund. Irgendwie mußte er seinen rebellierenden Magen beruhigen. Trinken. Oder laufen, laufen, bis er so erschöpft

war, daß er nicht mehr ans Trinken dachte.
Marie zog ihre Hände zurück und stand auf. Sie versuchte es nun mit Herumgehen. Sie wußte, daß ihr John nicht zuhören konnte und Therese es nicht wollte, aber sie mußte beide dazu bringen, daß sie hinhörten, ganz schnell, ehe sie selbst den Mut verlor, das auszusprechen, was sie zu sagen hatte.
Sie holte tief Luft und sagte: Wir werden uns trennen müssen. Ich würde euch sonst in unglaubliche Schwierigkeiten bringen.
Therese fuhr auf. Was sagst du?
Ich werde fortgehen. Wenn ich es nicht tue, wird man mit euch die gleichen bösen Dinge anstellen wie mit mir. Ihr sollt meinetwegen nicht noch mehr Schwierigkeiten bekommen.
Warum sagst du so etwas? Thereses braune Augen wurden dunkel vor Ratlosigkeit. Wir werden immer zu dir halten, das haben wir einander geschworen, als Roland wegging. Falls es jemals für dich anders geklungen haben soll, tut es mir leid. Wirklich.
Sie stand auf und brachte Marie den Tee nach und fing an, ihn ihr wie einem Baby einzuflößen. Das wird dir helfen, sagte sie. Und zu John gewandt: Willst du nicht doch noch?
Nein, sagte er unwirsch. Marie, fragte er dann, was heißt das?
Daß ich fortgehen werde, wiederholte sie.
Um Gottes willen, sag das nicht, flüsterte Therese Marie ins Ohr. Er trinkt wieder, es ist ein Jammer. Er hat vor ein paar Tagen damit angefangen. Ein Glück, daß er hier in keiner Kneipe Kredit bekommt. Wenn du so weiterredest, treibst du ihn aus dem Haus.
Laß ihn. Er ist so ein Bär, aber im Grunde hält er nicht aus, was er sieht.
John hob den Kopf. Was, zum Teufel, ist los? Was soll ich sehen?
Die Welt hinter der Welt, sagte Marie leichthin.
Aha. John hielt sich mit beiden Händen an der Tischkante fest. Ein Schluck Schnaps wäre jetzt angenehm. Und dann Wachskugeln in die Ohren. Verstehst du wenigstens, was du redest?
John, bitte . . .
Das ist doch nicht ernst zu nehmen, Therese. Sie will fortgehen. Ich fühle mich verhöhnt, wenn sie so redet. Sie tut mir ja leid, ich trau mich gar nicht, sie anzusehen, und ich würde ihr gern helfen, aber wie denn?
Ja, wie. Marie ging wieder zum Tisch zurück und setzte sich. Nach einer Weile Stehen war Sitzen angenehm.
Am Ende des Verhörs, als nichts herausgekommen war, zumindest

nicht das, was man erwartet hatte, wollte man ein Geständnis unterschrieben haben. Es ging nicht darum, was ich gestehen sollte, sondern nur um das Geständnis, daß ich schuldig war. In den Augen der Ämter sind Menschen von vornherein schuldig. Und das werden sie dich, Therese und die Kinder büßen lassen.
Verflucht, wir haben nichts Unrechtes getan.
Das zählt nicht.
Sag, in welchem Land leben wir denn? Du gehst morgens fort und kommst so zurück. Und dann erzählst du, daß wir in den Augen der Ämter schuldig sind. Sind *wir* schuldig? Wir?
Vielleicht, sagte Marie. Vielleicht ist es nicht so falsch.
So. Schuldig weswegen?
Weil wir uns haben belügen lassen.
John verschränkte die Finger ineinander, damit man das Zittern der Hände nicht sah. Er war nahe daran, aufzuspringen und fortzugehen. Er brauchte etwas zum Trinken. Er brauchte ganz schnell etwas zum Trinken, damit das Zittern aufhörte und er wieder denken konnte, aber er konnte jetzt nicht weg.
Marie, ich versuche dich zu verstehen, ich kann nicht. Wir haben es beinah geschafft, eine Wohnung, Arbeit, und wenn die Kinder etwas Süßes wollen, kann ich sagen: Gut, gehen wir was kaufen.
Du bist zufrieden, nicht wahr?
Er nickte und kam sich dabei sehr schäbig vor. Marie brauchte eine andere Antwort, aber er hatte keine.
Wenn ich fortginge, sagte Marie plötzlich – würdet ihr euch der Kinder annehmen?
Was willst du? John wischte Brotbrösel vom Tisch. Fort ohne die Kinder?
Gibt es noch etwas, das du uns sagen solltest, fragte Therese.
Ja. Vielleicht. Ich weiß es nicht. Es ist noch viel schlimmer, als ihr ahnt.
Und wie ist es?
Marie zuckte an Stelle einer Antwort mit den Schultern. John wartete, und als sie nicht weitersprach, explodierte er.
Machen dir diese Rätsel Spaß, ja? – Mir nicht. Er schlug mit der Faust auf den Tisch, und Therese sprang auf, um ihn festzuhalten.
Pst, sagte sie, die Kinder.
Pst, die Kinder! Er schüttelte sie ab. Roland muß her. Er muß Marie helfen. Er muß wieder bei ihr sein. – Uns die Kinder übergeben, so eine verfluchte Idee. Bis jetzt dachte ich, wir müßten Roland in

Frieden lassen, er weiß schon, was er tut. Offenbar weiß er nicht genug.
Er weiß, sagte Marie tonlos. Setz dich wieder. Es waren Rolands Freunde, die mich überfallen haben, und sie wollten mich nicht verprügeln, sie wollten mich töten.
John starrte sie an. Das können nicht seine Freunde gewesen sein, sagte er. Unmöglich. Er begriff nichts mehr. Er konnte nicht mehr denken, nicht mehr stillhalten, er konnte gar nichts.
Zuzutrauen wäre es ihm, sagte Therese. Vielleicht hat er erwartet, daß Marie ihn über die Ämter informieren wird, und dann hat sie es nicht getan.
Aber das ist doch . . . John erhob sich. Redet nicht so. Wir wollen damit aufhören. Nicht jetzt . . . nicht. Ich kann's nicht hören. Ich brauche frische Luft. Das haut einen ja um. Gib mir den Haustorschlüssel. Ich will eine Runde drehen und nachdenken. Hier herinnen kann ich nicht.
Therese schüttelte den Kopf und blickte stur geradeaus.
Gib mir den Schlüssel, sagte John. Er mußte weg. Er mußte sie jetzt allein lassen und zusehen, daß er erst einmal aus dem Zustand, in dem er sich befand, herauskam, wenn man mit ihm etwas Vernünftiges anfangen wollte.
Gib mir den Schlüssel, wiederholte er, und als Therese sich nicht vom Fleck rührte, riß er die Tischlade heraus und kippte sie auf dem Fußboden aus. Nichts. Als nächstes flog der Nähkorb durch die Luft. Zum Schluß stürzte sich John auf die Küchenkredenz. Sein Ausbruch kam so unerwartet, daß Therese an die Wand zurückwich und ihn an nichts hinderte. Der Schlüssel lag in der Zuckerdose. John steckte ihn ein und verließ fluchend die Wohnung.
Er ist krank, sagte Therese. Er ist ganz krank im Kopf.
Ja, sagte Marie, wir sind alle ganz krank im Kopf. Sie bückte sich nach der Tischlade. Das Eßbesteck stammte aus dem Lagerraum des Amtes, der Korkenzieher und das große Küchenmesser noch aus dem Dorf, es waren die einzigen Stücke von dort. Das Teesieb hatte sie in der Stadt gekauft.
Erinnerst du dich noch, wie wir im Norden Tee abgeseiht haben? Mit einem Tuch über dem Topf. Das dauerte. Sie prüfte die Klinge des Messers. Therese räumte den Nähkorb ein.
Hast du das im Ernst gemeint, fragte sie nach einer langen Pause.
Was?

Daß du fortgehen und uns die Kinder überlassen willst?
Marie nickte.
Und das andere? Daß man dich töten wollte?
Ja.
Wie das klingt, und du nickst ruhig dazu.
Pierre redete im Schlaf, man konnte ihn durch die Tür hören. Marie wollte nach ihm sehen, aber Therese hielt sie zurück. Was ist, wenn er dich so sieht?
Er wird mich so sehen müssen.
Aber nicht mitten in der Nacht, sagte Therese.
Sie horchten eine Weile. Die Kinder schliefen wieder fester.
Und was sagen wir, wenn du gehst?
Daß ihr mich hinausgeworfen habt. Irgend etwas Ähnliches.
Wir können nicht schlecht über dich sprechen.
Ihr werdet es müssen.
Eine Mutter bleibt!
Wo, fragte Marie.
Dort, wo die Kinder sind.
Und wenn es dann für beide keinen Ort gibt?
Aber . . .
Nein. Es ist das einzige, was ich noch tun kann.
Hör mal, du weißt, wie gern wir Kinder gehabt hätten. Es ist völlig egal, wessen Kinder man großzieht, aber doch nicht so.
Nicht doch, sagte Marie. Sie hielt Therese fest, die plötzlich weinte.
Das Leben kann eine großartige Sache sein, sagte Marie, wenn man sich nicht aus lauter Angst ständig für später aufzusparen versucht. Nun, komm schon.
So, wie du es siehst, murmelte Therese, möchte man auf den Gedanken verfallen, daß man dem Leben Bedingungen stellen könnte. Man kann nicht.
Aber doch denen, die Anspruch auf uns erheben, sagte Marie. Sie zog Therese zum Fenster. Der Himmel war nun ganz blaß und voll von diesem zögernden Licht, in dem man mit den Dingen nichts anfangen konnte. Sie standen da und rührten sich nicht, und man wußte nicht, was man vor sich hatte. Die Schritte des Hausmeisters hallten über den Hof. Er sperrte das Tor zur Hauptstraße auf. Motorenlärm der ersten Autos. Im dritten Stock wurde geräuschvoll ein Fenster geschlossen. Marie löschte das Licht. Fast gleichzeitig schlich John auf Zehenspitzen zur Tür herein. Beim Anblick

der wachen Frauen zuckte er mit den Schultern, zog das Sakko aus und warf sich aufs Bett.
Eine Stunde habe ich noch Zeit, sagte er, Zeitung steckt in der Tasche, dann schlief er.
Therese zog dem Schlafenden die Schuhe aus und setzte sich zum Tisch. Sie nickte unvermittelt ein. Marie sah, wie ihr Kopf nach hinten kippte. So blieb sie mit weit geöffnetem Mund über den Sessel gebreitet sitzen und atmete geräuschvoll ein und aus. Marie entfaltete die Zeitung. Mit einem Schnarchton fuhr Therese in die Höhe.
Laß die Zeitung, sagte sie. Es lohnt sich nicht.
Etwas flatterte zu Boden. Therese bückte sich.
Woher kommt denn dieser Brief, fragte sie verwundert. Sie hielt ihn gegen das Licht. An Frau Savari. – Das ist Rolands Handschrift.

Roland

Das Café, das Roland ausgesucht hatte, um Marie zu treffen, lag im ersten Stock eines Hotels im Zentrum der Stadt. Schwingende, gläserne Türen öffneten sich von selbst, wenn man von der Straße kam, um zur Garderobe zu gehen, und dann noch einmal vor dem Aufgang in den ersten Stock. Das Foyer, die Treppe hinauf, alles war mit dicken Teppichen ausgelegt, die jedes Geräusch verschluckten. Sogar an den Wänden hinter den dicken Lederfauteuils hingen Teppiche. Es war sehr leise hier und sehr vornehm und erinnerte Marie an den Prospekt eines Erholungsheimes für höhere Beamte, den ihr der Oberbrigadeführer einmal gezeigt hatte. Auch die Beleuchtungskörper sahen ähnlich aus. Kristalluster und überall dunkles Holz im Stil der Jahrhundertwende.

Roland hatte geschrieben, daß er nicht versprechen könne, pünktlich zu sein, Marie möge in einer der halbdunklen Nischen im hinteren Teil des Cafés Platz nehmen und warten, aber sie entschied sich nach einem kurzen Rundblick für einen Tisch nahe der großen, bis auf den Boden herabreichenden Fenster. Von hier aus ließen sich der Zugang zum Hotel und die Kreuzung gut überblicken. Man konnte jeden sehen, der auf den Eingang zuging oder sich auf der gegenüberliegenden Straßenseite in ein Haustor stellte.

Zwei Männer waren ihr gefolgt. John, der zuerst nichts hatte hören wollen und dann nichts glauben und zum Schluß nicht wußte, was er tun sollte, um sie zu beschützen, einfach zu beschützen: vor der IAS, vor den Ämtern, vor Roland, und dann war ihr noch ein anderer Mann gefolgt, wahrscheinlich einer von Rolands Freunden. Vorm Hoteleingang war er zurückgeblieben und hatte sich später auf die gegenüberliegende Straßenseite zurückgezogen. Dort lehnte er im Schatten eines Haustores und schaute unverwandt zu den Glasfenstern hinauf. Marie blickte über die bunte Markise hinweg, die den Eingang überdachte, direkt in sein blasses Gesicht. Kein Angestellter des Amtes oder des Staatssicherheitsdienstes hätte sich mit einem bloßen Beobachtungsposten begnügt, sondern versucht, Gespräche mitzuhören.

Ein Ober trat lautlos auf Marie zu und fragte beinah flüsternd nach ihren Wünschen. Sie bedeutete ihm, daß sie mit einer Bestellung noch warten wollte, und der Mann entfernte sich mit unbewegtem Gesicht. Ein Bus fuhr in den Haltestellenbereich ein. Endstelle. Die Türen öffneten sich, und eine Menschentraube quoll auf den Gehsteig. Hinter den Glasscheiben und ohne Geräuschkulisse wirkten alle Bewegungen fremd, marionettenhaft, abgerissen. Ein Teil der Leute wälzte sich am Eingang zum Restaurant vorbei, und Marie schaute eine Weile nur zur Treppe. Die Ankunft eines vollbesetzten Busses bot eine gute Gelegenheit, unbeobachtet herzukommen, aber als Roland nach fünf Minuten noch immer nicht auftauchte, beobachtete Marie wieder die Straße. Zwei Taxis fuhren gleichzeitig auf den Standplatz zu, der sich vor der Kreuzung der Straße der Nation mit der Straße der Republik befand. Dort gabelte sich die Straße der Nation zu einem V auf. Eine Fußgängerampel regelte den Übergang zur gegenüberliegenden Straßenbahnhaltestelle. Rot. Dann Grün. Wieder fuhr ein Bus in den Haltestellenbereich ein. Hauptverkehrszeit, dachte Marie, und dann plötzlich: Jetzt kommt Roland. Der Mann, dem sie entgegenblickte, war aber nicht Roland, er bewegte sich bloß auf eine ähnliche Weise.

Der Ober kam ein zweites Mal und brachte Journale und ein Glas Wasser. John prostete Marie heimlich zu. Er saß in einer der Nischen, die Marie hätte aufsuchen sollen, und starrte abwechselnd in das Glas und zum Stiegenaufgang.

Sie warteten nun etwa eine halbe Stunde, und es konnte durchaus noch einmal so lang dauern. Marie bestellte Kaffee und bezahlte sofort. Der Platz war gut gewählt. Wenn man verfolgt wurde, konnte man mit dem Bus, mit dem Taxi, mit der Straßenbahn oder zu Fuß im Menschengewühl verschwinden, ein einzelner Verfolger hatte es dann schwer. Und wenn man lang warten mußte, wurde man hier nicht belästigt. Aber wenn man unglücklich war, war es ein schlechter Platz. Man konnte den anderen zusehen und wußte, daß man allein bleiben würde. Marie blätterte in den Journalen und versuchte sich vorzustellen, was sie sagen sollte, wenn Roland kam, wenn er wirklich kam. Sie hatte es sich zu Hause vorzustellen versucht, nachts, tagsüber, die ganze Zeit, seit sie seine Nachricht bekommen hatte, und sich vorgenommen, ihn reden zu lassen und selbst zu schweigen, aber das war Unsinn. Sie wußte, daß sie es nicht aushalten würde, ihn anzusehen und nichts zu sagen, aber sie wußte immer noch nicht, wovon sie reden konnte. Von den Kindern? Daß sie gewachsen waren? Kinder wuchsen immer, man merkte es bloß nicht immer. Und dann wäre es so normal gewesen, als ob nichts weiter geschehen wäre. Ein Griff zur Tagesordnung,

bloß, zwischen ihnen gab es keine Tagesordnung mehr.
Die ganze Zeit vorher, ehe der Brief gekommen war, hatte sie gedacht, sie müßte ihn zuallererst fragen, warum er gegangen war. All die Wochen vorher war dies die magische Frage gewesen. Aber es gab vermutlich niemals eine Antwort darauf, warum einer fortging, oder hunderttausend Antworten darauf, jede Minute, die man fort wollte, war eine. – Woran er jetzt dachte, auf dem Weg zu ihr? – Es war so beschämend, hier auf ihn zu warten und nichts zu wissen und alles preisgeben zu müssen. Den Keller im Amt. Die Stunden, die sie dort verbracht hatte. Und wie sehr alles gelogen war: die gemeinsamen Erinnerungen, die Vertrautheit ihrer Körper, die alten Träume, weil da unten, im Keller, alles öffentlich und irgendwie gemein geworden war.
Sie versuchte ruhig zu sein, aber es war so unmenschlich, jetzt ruhig zu bleiben. Sie hatte sich niemals einem Menschen völlig anvertraut, ausgenommen Roland. Auch Therese nicht. Nie. Nur Roland. Er war der einzige, dem gegenüber sie es nie als Auslieferung und Demütigung empfunden hatte. Es war ihr ganz selbstverständlich vorgekommen, daß er von ihr alles wußte. Aber sie wußte nichts von ihm. Sie erwartete einen Fremden. Einen Fremden, den sie einmal gekannt hatte. Ein Fremder, den man einmal gekannt hatte, war noch schlimmer als irgend jemand, den man auf der Straße traf und mit dem man mitging und von dem man sich mit dem Bewußtsein trennte, daß man nie mehr an ihn denken würde. Angeblich konnte man so leben. Vielleicht war es nur eine Sache der Übung. Man dachte sich nichts dabei, und es konnte so auch nicht weh tun, obwohl sie sich das und alles andere nicht vorzustellen vermochte. Sie hatte es immer als etwas Heiliges angesehen, einander zu berühren.
Ruhig bleiben, um Himmels willen, ruhig bleiben, dachte sie. Um Himmels willen nicht die Bäuerin erkennen lassen, das verschreckte Geschöpf, das sie noch immer war. Es war jetzt eine Stunde vergangen, und der Verkehr auf den Straßen war abgeebbt, und vielleicht kam Roland gar nicht.
John verlor allmählich die Geduld. Warten hatte er nie besonders ertragen. Er war bereits beim dritten Glas Bier. Gerade da fiel Marie ein Mann im weißen Sakko eines Hilfskellners auf. Er balancierte ein Tablett mit schmutzigem Geschirr zur Küche, und so, wie er das machte, konnte er es noch nicht oft versucht haben. Als er die Tür zur Küche aufstieß, schaute er über die Schulter zu den

Tischen, und Marie erkannte ihn. Es war der gleiche Mann, der ihr eines Morgens von zu Hause ins Amt gefolgt war. Sie schaute zu dem Posten auf der gegenüberliegenden Straßenseite. Er war noch da. John verlor endgültig die Geduld und rief laut: Zahlen, bitte. Der Ober kam sofort. Der Hilfskellner kam aus der Küche zurück und stellte sich neben die Anrichte. Der Posten gegenüber war noch immer da, gelangweilt, wie ihr über die Entfernung hinweg schien. Plötzlich straffte er sich und trat zwei Schritte auf den Gehsteig vor. Im gleichen Moment sah Marie Roland über die Straße auf das Hotel zukommen.

Dann geschah alles sehr schnell. Marie sprang so abrupt auf, daß der Stuhl hinter ihr umkippte. Der Ober eilte auf sie zu.

Die Toilette, murmelte sie und preßte die Hand vor den Mund.

Im Halbstock, Madame, sagte der Ober und riß die Tür zum Aufgang auf. Bitte, nicht hier.

Er wollte sie stützen, aber da war John schon heran und sagte: Ich helfe ihr.

Du sagst jetzt nichts, flüsterte Marie. Du kennst niemanden, hast du verstanden? Komm. Wir müssen rasch weg.

Ich dachte, dir ist übel geworden?

Geh schon, antwortete Marie.

Nach der Biegung der Treppe sah sie Roland. Er stand bei der Garderobe und gab einen leichten Sommermantel ab, suchte nach Münzen in der Hosentasche. Er hatte sie immer lose im Hosensack getragen. Eine alte Gewohnheit. Marie war jetzt am unteren Ende der Treppe, da hob er den Kopf und schaute ihr ins Gesicht. Sie wandte sich mit einem leichten Kopfschütteln zu John.

Mir war plötzlich so übel, sagte sie, jetzt geht es wieder. Vielleicht brauche ich frische Luft.

Sie hängte sich in John ein, Roland ging an ihnen vorbei, langsam die Treppe empor. Marie und John verließen das Hotel. Draußen blieben sie kurz stehen.

Was, zum Teufel, soll das, fragte John.

Nicht. Komm lieber.

Sie zog John am Arm weiter.

Aber . . .

Nicht jetzt.

Sie überquerten die Straße und gingen dann in Richtung Amt. Nach einer Weile hielt es John nicht mehr aus. Warum hast du das gemacht, fragte er. Gut, er hat dich lang warten lassen. Er hat dich

wohl sehr verletzt. Ich kann dazu nichts sagen. Ich bin sein Freund wie der deine, aber . . .
Nicht, sagte Marie, es ist schlimm genug, laß uns irgendwohin gehen und nicht reden.
In eine Kneipe?
Nein, in keine Kneipe. Gehen.
Sie kamen wieder in die Straße der Nation und bogen ab und gingen ein Stück zurück und standen dann wieder in der Straße der Nation.
Was war es, fing John erneut an. Wolltest du dich revanchieren, ihm zeigen, daß du ihn nicht mehr brauchst?
Marie antwortete nicht.
Es war nicht fair von dir. Er riskiert Kopf und Kragen, wenn er sich sehen läßt. Zumindest nach deiner Darstellung.
Später. Marie blieb vor einer Auslage stehen und beobachtete die Spiegelbilder der Vorübergehenden. Der Mann aus dem Amt war ihnen nicht gefolgt, auch nicht Rolands Freund.
Aus irgendeinem Grund haben sie es aufgeschoben, mich zu erledigen, sagte sie, es wäre heute sehr leicht möglich gewesen.
Du glaubst doch nicht, daß Roland im Ernst . . . Marie! Du hast so sehr auf ihn gewartet. Du hast all die Zeit an nichts anderes gedacht.
Sei still, bitte, sei still.
Du hast nicht einmal die Kinder wirklich gesehen.
Wir wollen nicht reden, ja? Bitte, nicht reden.
Wohin gehen wir überhaupt?
Nach Hause. Einmal muß ich noch nach Hause.
Ach, hör auf. John wurde ärgerlich. Ich will das einfach nicht mehr hören. Es ist lächerlich.
Ich habe Hunger, sagte Marie, das ist lächerlich.
John fischte Münzen aus dem Hosensack und zählte sie. Er trug sie lose bei sich wie Roland. Hunger ist nicht lächerlich, sagte er, das ist heute der erste vernünftige Satz, den ich von dir höre. Komm, ich lade dich auf eine Bratwurst ein. Weißt du was in der Nähe?
Marie kannte eine Imbißstube in der Nähe, ähnlich wie die von Charly, aber nicht so überlaufen. Sie aßen im Stehen.
Satt, fragte John.
Marie nickte.
Dann gehen wir, und du erzählst mir, warum du das gemacht hast.

Nicht reden, sagte Marie.
Gut, sagte John, dann nicht. Ihm war jetzt alles recht, wenn sie nur nicht davon sprach, daß sie fort mußte oder daß Roland sie weg . . . Verflucht, er mußte sie irgendwie müde bekommen, damit sie nicht mehr grübeln konnte.
Gehen wir noch ein bißchen herum, sagte er. Ein kleines Stück. In die Gartengasse vielleicht. Wir könnten nachschauen, wie weit sie dort mit dem Bauen sind.
Er wählte einen Umweg durch eine der Grünanlagen, schleppte Marie durch den Park und durch ein paar Seitengassen. Die Schatten wurden allmählich ganz lang. In den engen Gassen dämmerte es bereits, nur in der Hauptstraße, die sie noch einmal überquerten, war es noch taghell.
Erinnerst du dich, fragte John, als sie die Gartengasse erreicht hatten, daß wir damals dachten, wir kämen hier nie heraus? Wir glaubten, wir müßten ewig hier bleiben.
Marie nickte. Wir hätten hier bleiben sollen.
Oh Marie.
Ja doch, sagte sie.
Wir wären längst tot. Verhungert oder so.
Wir hätten Jahre hier leben können, ohne einen einzigen Schritt in die Stadt zu tun.
Der Schutt war abtransportiert, die Grube am Eingang der Gasse völlig überdacht. Die Keller der Häuser dahinter waren bereits fertig zementiert. Neben der überdachten Grube standen vier Hütten aus Aluminium. Es schien niemand mehr da zu sein, die Arbeiter waren gegangen, die Maschinen stillgelegt, die Hütten versperrt. Aber als Marie an der ersten vorbei war, rief sie ein Mann an, der Durchgang sei hier verboten. Knapp danach trat er aus der ersten Hütte. Er führte einen Hund mit sich und war bewaffnet. John sah die Ausbuchtung unter der linken Achsel und deutete einen militärischen Gruß an.
Tolles Bauvorhaben, sagte er anerkennend. Wir haben hier einmal gewohnt, allerdings nur für kurze Zeit. Trotzdem sieht man gern, was aus den Plätzen wird, an denen man einmal gelebt hat.
Der Uniformierte hieß den Hund niedersetzen und holte eine Packung Zigaretten aus dem Sakko. Dabei wölbte sich die Jacke noch weiter vor, und John konnte einen Blick auf die Waffe werfen.
Eine X-Zwanzig, sagte er, ein gutes Stück. Liegt wie ein Baby in der Hand. Überhaupt kein Rückstoß.

Der andere hielt ihm die Zigarettenpackung entgegen. Auch beim Militär gewesen?
John bediente sich dankend und nickte. Das ist aber schon länger her. Jetzt bin ich Gärtner.
Bei den Schwänen?
Ja. John blies Rauchringe gegen den Himmel. Für die Biester werden nur ehemalige Soldaten engagiert. Meinen Vorgänger haben sie spitalreif zugerichtet, aber der war auch Zivilist gewesen.
John erzählte von den Schwänen, was sie schon alles angestellt hatten, und beobachtete dabei den Hund, der gut dressiert wirkte und scharf und sicher auf Kommando ganz hart an den Mann ging.
Haben Sie Papiere bei sich, fragte der Mann plötzlich.
Oh, ja, Papiere. John holte seinen Dienstausweis hervor, und Marie, die abseits gestanden war und die riesigen Unterkellerungen betrachtet hatte, kam und gab dem Posten ihren Ausweis. Man hatte vergessen, ihn ihr abzunehmen.
Der Posten schaute die Ausweise an und salutierte dann, als er sie zurückgab. Ich muß mich entschuldigen, sagte er. Ich hatte nicht das geringste Recht, Sie anzuhalten, aber ich wußte nicht, daß Sie Angestellte dieses Amtes sind. Selbstverständlich stehen Ihnen die Baustellen offen. Soll ich Sie führen?
Marie steckte den Ausweis ein. Sie wollte schon abwinken, dann fiel ihr der lange, unterirdische Weg durch die Keller des Amtes ein. Vermutlich wurde hier eine Erweiterung gebaut, das erklärte die Größe der Unterkellerung. Wenn man sehen konnte, wie sie die Aus- und Eingänge hier planten, konnte man sie vielleicht anderswo auch finden.
Ein Blick in die Arbeitsunterlagen würde reichen, es beginnt zu dunkeln, sagte sie.
Der Posten führte sie in die vierte Hütte, die etwas größer war als die anderen drei, machte Licht und breitete vor Marie einen Haufen Pläne aus.
Mich interessiert nur der eine Plan, sagte sie, Sie wissen, was ich meine?
Der Mann nickte und legte ihn vor.
Es war nicht einmal so schwierig, sich zurechtzufinden. Die Verbindungen zum Amt waren rot nachgezeichnet, die Ausgänge blau markiert. Nach diesen Plänen waren manche Zugänge durch die Hausflure geplant, andere durch bestimmte Wohnungen. Die

Wohnungen konnte man kaum ausfindig machen, aber die anderen Zugänge vielleicht doch. Marie schaute sich alles genauer an. Mit Plänen von Häusern kannte sie sich etwas aus. Roland hatte ihr manchmal seine Zeichnungen erklärt, wenn sie ihn spät nachts schlafen holen wollte oder Kaffee brachte.
Die Gangklosetts, dachte sie, die ebenerdigen Gangklosetts, das war *die* Lösung. Es mußte ein übersichtliches System geben, sonst fanden sich die Beamten nicht schnell genug zurecht. Kein Mensch konnte Hunderte verschiedene Varianten im Kopf behalten. Hier wurden neue Wohnhäuser gebaut, aber sie hatten alle ebenerdig ein Gangklosett, wie man es sonst nur in alten Häusern fand.
Die Beschäftigtenlisten, forderte Marie.
Übertreib nicht, flüsterte ihr John zu.
Der Posten schaute ihn an.
Sie haben recht, sagte Marie, Herr Malbot sollte draußen warten.
Sie studierte eine Zeitlang die Listen, aber es war kein Name darauf, den sie kannte.
Und die Liste der Leute, die am Anfang hier gearbeitet haben?
Ich verstehe nicht.
Mappe eins, sagte Marie, sie kann nur in der ersten Ablage sein.
Der Posten reichte ihr die gewünschte Mappe. Auch da fand sich kein bekannter Name. Die Liste war mit Timo Bruck unterschrieben. Marie schaute die Handschrift lang an. Sie kannte sie, aber sie konnte sich nicht gleich erinnern, woher. Es gab nicht so viele Handschriften, die sie kannte. Und dann fiel es ihr ein. Timo Bruck, das war der Schriftzug des Oberbrigadeführers.
Danke, sagte Marie. Sie haben alles sehr ordentlich beisammen.
Der Mann salutierte und räumte die Unterlagen weg.
Ich werde Sie lobend erwähnen.
Danke, sagte der Mann.
Marie ging hinaus, ohne sich umzusehen. John kam sofort auf sie zu.
Puh, sagte er, als sie außer Hörweite waren. War keine gute Idee von mir, hierherzukommen.
Doch, war es.
Erklär es.
Gut. Gehen wir zum Fluß.
John blieb stehen. Ich gehe mit dir überall hin, wohin du willst, aber warum gerade zum Fluß?
Damit wir miteinander reden können, ohne daß uns jemand zuhö-

ren kann. Auf der Brücke, zum Beispiel. Man schaut ins Wasser und plaudert.
John legte den Kopf schief und schaute Marie eine Weile an. Du meinst ja tatsächlich, was du sagst, sagte er nachdenklich. Mein Gott, Marie, wo sind wir da hineingeraten?

Sie fuhren ein Stück mit der U-Bahn, die überfüllt war, im Oststadion gab es ein Cupspiel. Es waren fast nur Männer unterwegs. Die Luft war feucht und aufgeladen wie sonst nur vor Gewittern, und die Unruhe wirkte ansteckend. John beschwerte sich über die langen Wartezeiten, über die mangelhafte Belüftung der Züge, den Lärm, das laute Gerede der Leute. Marie änderte ein paar Male ihren Standort in der U-Bahn und suchte nach möglichen Verfolgern. Ihr war jetzt ganz klar, wie eine Überwachung vor sich ging. Es war eine Art Stafette. Wahrscheinlich waren die Verfolger untereinander mit Sprechfunk verbunden. Bloß im Assanierungsgebiet ging das nicht, auch nicht im Hafengebiet. Dort war lang nichts gebaut worden. Sie drängte John eine Station früher als vorgesehen zum Aussteigen und schlug einen Umweg vor. Als sie in die breite Avenue einbogen, deren direkte Verlängerung die Brükke hinüber ins Lager darstellte, fiel John ein Mann auf, den er schon in der U-Bahn gesehen zu haben glaubte. Er schaute sich wiederholt nach ihm um und blieb dann stehen, um ihn zum Überholen zu zwingen.
Kennst du ihn, fragte er Marie mit einer Kopfbewegung in die Richtung des Vorübergehenden.
Marie verneinte. Irgendwer verfolgt uns ständig. Die einen wollen mich, die anderen Roland.
Warum?
Warum was?
Warum liegt ihnen so sehr an Roland? Weil er aus dem Norden kommt?
Marie hob den Kopf. Das wäre eine Erklärung. Es ist das gleiche System wie im Norden, aber für die Leute ist es etwas Neues. Wir kennen das schon. Es gibt nicht so viele Möglichkeiten, Menschen um Kopf und Kragen zu bringen, eigentlich nur eine: Man muß dafür sorgen, daß sie nicht begreifen, was geschieht.
Ein Obst- und Gemüsekarren rollte an ihnen vorbei. John rief dem Halbwüchsigen, der ihn zog, zu, er möge ihm Äpfel verkaufen, aber der Junge schüttelte den Kopf.

Ist nicht zum Verkaufen, Herr. Ist für das Lager drüben. Er deutete zur Brücke, die breit und hoch geschwungen vor ihnen lag, eingesäumt von großen Bogenlampen und Zusatzscheinwerfern, mit denen man den Weg über den Fluß taghell erleuchten konnte. Wenn man hinüber wollte, benötigte man zum Ausweis einen zusätzlichen Passierschein, der auf dem Rückweg vorzuweisen war, sonst kam man nicht mehr in die Stadt zurück. Soldaten kontrollierten die Brücke. John zählte sechs Mann, drei mit Maschinenpistolen bewaffnet, die anderen mit Scharfschützengewehren ausgerüstet. Bis zur Mitte der Brücke konnte man ungehindert gehen, dann gab es eine Sperre und noch eine am anderen Ufer. Vor ihr standen die Soldaten.

Der Mann, von dem John gedacht hatte, daß er sie verfolgte, ging zu den Wachen, sprach mit ihnen und kam dann zurück. Er warf einen Blick auf Marie und schlenderte weiter zu den Docks.

Jetzt war weit und breit niemand zu sehen, außer dem Jungen mit dem Obstkarren und den Soldaten.

Erinnerst du dich an den Hilfskellner im Café? Ich kannte ihn vom Amt. Wahrscheinlich dachte man, daß ich ihn nicht wiedererkennen würde, ich hatte ihn nur einmal gesehen.

Darum bist du so überstürzt davongerannt.

Sie hatten die Brücke betreten und schauten ins Wasser. Lastkähne zogen unter ihnen dahin, weiter südlich legte ein Passagierdampfer an, noch weiter südlich wurde ein Frachter entladen. Man konnte von hier aus sehr weit sehen, obwohl das Licht immer diesiger wurde.

Ich glaube, sagte Marie, daß man von Roland nicht weiß, wie er aussieht, obwohl Gellert sagte, daß der Norden alle bekannten Daten über Flüchtlinge weiterleitet.

Dann müssen sie von Roland ein Bild haben, sagte John.

Sie haben aber wahrscheinlich doch keines. Sie fotografieren alle Leute in meiner Nähe, wenn sie können. Ich habe einmal in meinem Personalakt so ein Foto flüchtig gesehen. Es war im Supermarkt aufgenommen worden.

Und trotzdem bist du ins Café gegangen?

Ich hab's erst dort begriffen.

Eine Gruppe Matrosen zog singend von einem Schiff ab. Wind kam auf. Es war Südwind, und er trug das Lied der Matrosen zur Brücke und auch den Geruch des Wassers.

Es stinkt erbärmlich, sagte John. Die Sonne verschwand jetzt hin-

ter der Stadt. Man läßt die Abwässer einfach in den Fluß rinnen, eine Schweinerei.
Im Amt liegen Pläne über Kläranlagen. Seit Jahren liegen sie in den Tresoren, aber man baut nicht. Inzwischen geht der Fischfang zugrunde. Nach dem Bombenattentat mußte ich einmal Listen abschreiben, auf denen die Überstunden der Staatsangestellten eingetragen waren. Es waren mehr Überstunden als normale Dienstzeit. Die Beamten wohnen zum Teil im Amt, damit man sie jederzeit zur Verfügung hat, aber drüben gibt es ein Arbeitslosenlager. Man stellt die Leute nicht ein. Es soll Arbeitslose geben.
John spuckte ins Wasser. Wenn das stimmt, tut Roland das einzig Richtige. Ich meine, für die Leute hier tut er das Richtige.
Mit Bomben?
Was soll man machen – eine Eingabe in einem Amt? Was glaubst du, wie lang die drüben im Lager noch warten können.
Ja, es ist furchtbar.
Andererseits ganz gut so. Von dort werden Rolands Freunde ihren Nachschub bekommen.
Von dort werden auch die Ämter ihren Nachschub bekommen. Ich schwör es dir, gerade von dort. Stell dir vor, was passiert, wenn sie jemanden von drüben herauslassen und ihm einen Job versprechen und dazu sagen, daß sie dafür nichts weiter wollen als ein paar Gefälligkeiten.
Dreckskerle.
Oh, ja, überall.
Vom anderen Ende der Brücke ertönte Lärm. Der Junge, der den Karren ins Lager bringen wollte, gestikulierte heftig und schrie etwas, aber es war nicht zu verstehen. Der Wind wehte in die falsche Richtung. Man konnte nur Schreie hören und dann sehen, daß einer der Soldaten den Jungen packte und zu Boden stieß. Die anderen zogen den Karren inzwischen zur Mitte der Brücke und begannen ihn hochzuwuchten.
Was tun die, fragte John.
Ich weiß es nicht.
Die versuchen alles in den Fluß zu werfen.
Komm weg von hier.
Himmel, da kann man doch nicht zuschauen. Und was machen sie mit dem Jungen?
Man kann im Moment nur zuschauen, man kann sonst gar nichts tun, sagte Marie.

Aber. John begann mit den Fäusten gegen das Eisengeländer zu schlagen. Die warten drüben auf diese Lieferung.
Ja, sagte Marie. Wir warten alle auf etwas, das nicht kommt. Es ist schlimm.
Das sagst du?
Das sage ich.
Jetzt hatten die Soldaten den Karren über das Geländer gehievt und stießen ihn in die Tiefe. Dann gingen sie auf den Jungen zu, der auf dem Boden lag, zerrten ihn hoch und trieben ihn mit Schlägen und Tritten in Richtung Lager. Gemüse und Obst schwammen flußabwärts und versanken allmählich.
Die Bananen haben sie behalten, sagte John. Solche Schweine, solche gottverfluchten Schweine.
Laß uns weggehen von hier, sagte Marie, bitte. Ich kann es nicht sehen. Ich habe immer Pierre und Isabelle vor Augen.
Sind Kinder auch drüben?
Komm weg.
Sind Kinder im Lager, wiederholte John seine Frage.
Es sind Kinder drüben. Sie internieren ganze Familien. Was denkst du denn?
Er starrte über die Brücke. Das sind keine Soldaten. Die haben keine Ehre im Leib, sagte er. Jagen den Jungen über den Fluß. Lassen die Leute drüben hungern. Die wissen doch verdammt genau, was sie tun, nicht wahr?
So genau und so wenig, wie wir es damals gewußt haben, sagte Marie leise. Man hat sie ganz verrückt gemacht. Sie sind völlig verrückt. Erinnerst du dich an Mickey? Er war dein Freund.
Er *war* es.
Erinnerst du dich daran, wie Pierre krank war? Für ein krankes Kind sei die Milch nicht gut genug, eine bessere habe er nicht, also könne er mir keine geben.
Wenn ich ihn jemals wiederträfe, würde ich ihn töten, sagte John.
Wenn du ihn jemals wieder träfst, müßtest du ihm verzeihen.
Nein, niemals, sagte John.
Ich kann's auch kaum aushalten, mir das vorzustellen, aber wir müßten ihm verzeihen. Für Dora. Dora hat uns die Milch gebracht. Und Dora ist seine Frau.
Schlimm für sie.
Schlimm für uns alle. Wenn wir jemals wieder nach Hause kämen,

würden wir mit allen Leuten leben müssen, mit denen, die für uns waren, und mit denen, die gegen uns waren. Und wenn wir das nicht schafften, wäre es wie ein später Sieg der Fremden. Und hier wäre es ein Sieg der Ämter.

Ich verstehe dich nicht, sagte John. Gehen wir. Wir hätten nicht hierherkommen sollen.

Bitte, John, versprich mir, daß du es versuchen würdest.

Wir werden nie mehr nach Hause zurückkehren. Ich glaube es nicht.

Wenn wir ihnen nicht verzeihen, wird es niemand sonst tun, und sie selbst werden es nicht tun dürfen. Versprich es, auch wenn ich nicht da bin. Versprich, daß du . . .

Wenn du nicht da bist, fragte John. Wenn du nicht da wärst, Marie, wo . . .

Nicht weiter fragen, sagte Marie. Nicht fragen. Es kann ja alles auch ganz anders kommen, als man es sich vorstellt.

Die Sonne war jetzt ganz untergegangen, und die Bogenlampen begannen immer stärker zu leuchten. Nachts war es auch um diese Jahreszeit am Wasser ziemlich kühl. Hier wehte ständig Wind, und wenn man länger da stand und schaute und wartete, konnte man vergessen, daß der Sommer begonnen hatte und die Tage länger waren als die Nächte.

Ich glaube, du willst etwas, das man nicht haben kann, sagte John. Ich verstehe es nicht. Aber ich verstehe so viel nicht.

Sie verließen langsam die Brücke und gingen zur nächsten U-Bahnstation, die leer dalag, und fuhren ins Zentrum.

Die zweite Bombe detonierte vor der Volksschule im Villenviertel, sie war primitiv gebaut, und der untersuchende Sprengstoffexperte nannte die Explosion einen tragischen Zufall, aber der kleine Sohn des Schulwartes war tot. Auf dem Heimweg vom Hafen kam John und Marie die Nachricht vom neuerlichen Bombenattentat entgegen, zuerst in der U-Bahn, dann auf dem Weg von der U-Bahn durch die Hauptstraße bis zu Charly's Imbißstube.

Marie war völlig außer sich. Jetzt haben sie sie, jetzt haben sie sie bald, sagte sie.

John verstand nicht. Ihm tat der Bub leid, aber nicht mehr als der Junge, der ins Lager gejagt worden war, und die Leute drüben, die vielleicht noch immer darauf warteten, daß sie etwas zu essen bekamen, aber es kam nichts.

Überall stand nun die Polizei. Man hatte sie teilweise vom Stadion abgezogen. Das Spiel lief noch, aber es mußte bald Schluß sein, und wenn dann Schluß war, erwartete man, daß sich die Zuschauer auf die Innenstadt zubewegen würden. Im Vorbeigehen hörte Marie, daß von einer Demonstration vor den Ämtern geredet wurde. Man wollte verschärfte Sicherheitsmaßnahmen fordern, eine völlige Abschließung des Lagers jenseits des Flusses und die Sperre der Grenze für Flüchtlinge. Man wollte sie zurückgeschickt haben. Man wollte sie ins Lager gesperrt haben und man wollte noch ein paar andere Dinge, die Marie nicht verstand. Es war eine unbeschreibliche Stimmung. John bahnte ihr einen Weg zu Charly, wohin sie wollte, und dort einen an die Theke. Es war so voll, daß man kaum atmen konnte. Charly stand hinter der Schank und führte das Wort. John mochte ihn nicht, und er wußte, daß Marie ihn nicht mochte, der Teufel wußte, warum sie trotzdem hier sein wollte.

Ja, es war die Schule neben dem Krankenhaus der Diakonissinnen gewesen. – Wieder eine Autobombe? – Nein, diesmal nicht. Ein Paket, das neben dem Gittertor auf den gemauerten Teil der Umzäunung gelegt worden war. – Flugblätter? – Keine. Die Bombe war ohnedies im letzten Flugblatt vor Wochen angekündigt worden, man wisse also, wen man verantwortlich machen müsse. – Und die Uhrzeit? – Gerade, als der Hort aus war. – Schlimm. – So schlimm auch wieder nicht, nun wisse man endlich, woran man sei, und könne Gegenmaßnahmen planen, die Einführung der Todesstrafe etwa. – Am besten für solche Kerle das Standrecht, sagte Charly. Vergreifen sich an Kindern. – Ob jemand wisse, wo sich der kleine Kerl üblicherweise um diese Tageszeit aufhielt? – Na, im Garten vermutlich bei schönem Wetter. – Und wie alt, fragte Marie noch. – Fünf, sagte Charly. Ein so kleiner Kerl.

Ein Kind anzugreifen war ein geschickter Schachzug. Jetzt war alles in Aufruhr. Marie zog John in Richtung Hinterausgang.

Gehen wir, fragte er.

Nein, noch nicht, ich will diese Menschen da sehen und ihnen zuhören. Es ist so unglaublich, so unglaublich.

Gehen wir lieber.

Sei still. Laß mich zuhören. Ich wollte Pierre und Isabelle in das Internat daneben geben, aber es war kein Platz frei. Sie hätten eine Ermäßigung bekommen. Es ist dort so schön grün.

Der nächste Schritt ist vermutlich, daß man die Aufstellung einer

Bürgerwehr fordern wird, sagte Marie dann. Hör zu. Jetzt reden sie von der Aufrechterhaltung der Ordnung im Staat, von der Anhebung der Disziplin. Gleich werden sie sagen, daß die gemeinsamen Errungenschaften verteidigt werden müssen. Oh, John, das waren nicht Rolands Freunde. Diesmal waren es die Ämter.
Was meinst du?
Daß diese Bombe von den Ämtern gelegt wurde, flüsterte Marie. Und jetzt fordern die Leute das, was die Ämter niemals hätten durchsetzen können. Noch nicht. Sie haben sicher ihre Spitzel hier. Ich will sehen, ob ich einen von ihnen erkenne.
Ich weiß nicht, sagte John. Ich glaube, wir sollten nach Hause gehen. Therese wird sich Sorgen machen.
Ja, das sollten Sie, sagte eine Stimme hinter John. Sie können auch über den Hof hinaus, wenn Sie sich durch das Gedränge hier nicht durcharbeiten wollen.
John drehte sich um und schaute direkt in Rolands Gesicht.
Furchtbar, nicht wahr, sagte Roland. Ein totes Kind ist immer besonders schlimm!
Kennen Sie den Weg durch den Hof? Könnten Sie ihn uns zeigen?
Oh, ja sicher. Ich muß ohnedies gehen. Roland blickte auf seine Armbanduhr. Die Zeiger standen auf elf Uhr dreißig. Stehengeblieben, sagte er. Daß mir das so lang nicht aufgefallen ist. Er hielt Marie die Uhr hin. Um diese Zeit arbeite ich noch.
Wo, fragte Marie.
Im Hafen. Kähne entladen. Er stieß seinen Nachbarn an. Wie spät, Kumpel?
Ziemlich genau einundzwanzig Uhr. Gerade recht.
Dann mal schnell, sagte Roland leise. Er drängte sich zur Tür, und Marie folgte ihm.
Man muß an den Toiletten vorbei.
Nicht dorthin, sagte Marie. Komm schnell weg. Die Toiletten sind vielleicht ein Zugang zu den Kellern der Ämter.
Woher weißt du?
Komm schnell weg, in irgendeinen Winkel. Sie haben kein Foto von dir. Sie wissen nicht, wie du aussiehst, aber sie fotografieren jeden in meiner Nähe. Warum tust du das?
Das verstehst du nicht, Kleines.
Halt mich. Wir haben nicht einmal eine Minute für uns, du mußt rasch weg.

Es wird alles gut werden.
Nichts wird gut werden.
Ich hole euch.
Wann? Gleich?
Bald.
Dann ist es zu spät.
Wir können jetzt nicht reden. Bei den Docks, ja?
Vielleicht. Lauf. Ich gehe zurück und warte ein paar Minuten. – Roland?
Ja?
Tu das nicht, ich bitte dich, tu das nicht.
Ich muß es tun. Er beugte sich im Dunkeln vor, um sie zu küssen.
Nicht berühren. Ich kann es nicht aushalten. Geh. Es ist alles so furchtbar.
Ich muß das tun, versteh mich doch. Ich muß. Ich kann nicht mehr zusehen.
Es wird dich umbringen.
Ein Pfiff ertönte. Marie drehte sich um. John stand in der Hintertüre. Sie sperren die Straße ab, sagte er, ich weiß nicht, warum.
Bei den Docks, sagte Roland, dann lief er los.
Bei den Docks, sagte Marie.
Was hat er gesagt, fragte John.
Nichts, antwortete Marie. Wir werden hier ein paar Minuten warten, ehe wir gehen.
Sie verließen den Hinterhof, als sie den Sirenenton eines Überfallkommandos hörten, kehrten in die Gaststube zurück und verließen Charly's Lokal durch die Vordertür.
Es war ein Freund von Roland, sagte John.
Wer?
Der Mann, den er nach der Uhrzeit gefragt hat. Er wird uns ein Stück begleiten.
Oh, ja, der. Ich bin müde.
Wir sind gleich zu Hause, sagte John.
Vor dem Platz zur Kathedrale war die Straße abgesperrt. Polizisten bildeten eine Kette und ließen niemanden durch. Es hieß, daß man nach einer Bombe suchte, dann hieß es, daß es in den Cafés vor der Kathedrale zu Schlägereien gekommen sei, irgend jemand sagte, daß die geplante Demonstration vor den Ämtern verboten worden sei und daher niemand in Richtung Ämter weiter dürfe.
John zückte seinen Dienstausweis und sagte, daß er durch müsse,

er wohne da. Der Polizist, den er angesprochen hatte, starrte auf den Ausweis und sagte, daß er schon verstehe, aber er könne ihn unmöglich durchlassen, dann würde die ganze Meute hinter ihm sofort nachstoßen, er könne mit diesem Ausweis überall hin, nur eben nicht da durch, es täte ihm leid, er möge es über eine der Seitengassen versuchen, die Seitengassen seien alle frei, und das Haus Nummer 67 sei doch auch noch über die anderen Höfe zu erreichen.

Eine Razzia, fragte Marie.

Nein, keine Razzia, bloß der Befehl, den Hauptplatz abzusperren.

Eine Weile konnten sie weder vor noch zurück. Der Polizist stand vor ihnen, links und rechts in einen Kollegen eingehängt, Schulter an Schulter stemmte er sich mit seinen Beinen in den Boden. Er schaute unglücklich aus. Dann kam eine Lautsprecherdurchsage. Die Leute wurden aufgefordert, sich langsam zurückzuziehen. Jetzt wurde der Druck leichter, und John gelang es, sich mit Marie bis zur nächsten Seitengasse durchzudrängen. Nach ein paar hundert Metern hatten sie den Wirbel hinter sich.

Was sagst du dazu, fragte John.

Nichts, sagte Marie.

Die Fenster zu beiden Seiten der Straße waren dunkel und geschlossen.

Ich meine, zu Roland.

Nichts, sagte Marie. Ein Mann des Amtes folgt uns, glaube ich.

Seit wann?

Ich weiß es nicht. Ich glaube, er war bei Charly.

Welcher ist es, wollte John wissen.

Der mit dem dunklen Rollkragenpullover.

John blieb stehen, zündete sich eine Zigarette an und drehte sich um. Er schaute die Gasse hinunter zur Hauptstraße, von wo noch immer Lärm tönte.

Kann er Roland gesehen haben?

Im Hof? Nein.

Und vorher?

Das weiß ich nicht.

Kann er dich fotografiert haben?

Kaum, sagte Marie, dann wäre er schon längst weg und würde uns nicht mehr folgen.

Zum Teufel, was will er dann?

Terror machen, sagte Marie. Ich soll mich fürchten.
Das tust du aber nicht, nicht wahr? Oder? Nein, das tust du jetzt nicht. Er hängte sich in Marie ein und ging weiter. Sag Therese, daß ich später komme, es kann auch sehr spät werden. Ich will mir diesen Menschen hinter uns aus der Nähe ansehen.
Marie blieb stehen und rührte sich nicht von der Stelle.
Geh schon, sagte John heftig. Geh doch, verdammt. Das ist nicht mehr dein Spiel. Jetzt ist es auch meines.
Als Marie die Wohnungstüre aufsperrte, kam ihr Therese mit müdem, blassem Gesicht entgegen.
Du bist allein?
Marie nickte. Ich soll dir von John ausrichten, daß er später kommen wird.
Sie ging zu den Kindern ins dunkle Zimmer und küßte sie. Sie schliefen einander umarmend und abgedeckt. Marie öffnete ein Fenster und blieb hinter dem Vorhang stehen. Sie hatte getan, was sie tun konnte. Von nun an war es das Spiel anderer, John hatte recht. Es war, als ob man ihr eine Entscheidung abgenommen hätte, aber sie wußte, daß man keinem Menschen eine Entscheidung abnehmen konnte, und ging zu Therese ins andere Zimmer.
Roland ist gekommen, fragte Therese.
Wir haben ihn kaum gesprochen.
Und John?
Marie schaute auf Thereses Hände. Sie waren rot, wund, aufgesprungen vom vielen Waschen und den scharfen Laugen, mit denen sie arbeitete.
Laß nur, sagte Therese, ich denke, ich weiß. Er will zu Roland. Er wollte es die ganze Zeit über, er wußte nur nicht, wie er es anstellen sollte. Eine Zeitlang dachte ich, daß ihn hier etwas hält, aber . . .
Sie machte eine Pause.
Die Kinder?
Die Kinder, die Schwäne, der Erfolg, bestanden zu haben, Gewohnheiten, hier leben, du vielleicht, ich weiß es nicht.
Im Stadtgarten blühen die ersten Rosen.
Ich weiß es. Ich war heute mit den Kindern dort. Ich dachte, John würde sich freuen, wenn ich mich für seine Arbeit interessiere, aber er war ja nicht da.
Sie schwiegen und schauten und dachten jede für sich an etwas anderes. Das Leben hier war beinah zu Ende, nicht im einzelnen, aber für die Stadt. Jetzt wurde sie bewaffnet, und über jeden, der

Waffen erhielt, würde man ein Protokoll anlegen, nicht mehr in der Art der alten Unterlagen, sondern so, daß alles drin stand, buchstäblich alles: Neigungen, Begabungen, Temperament, Veranlagungen. Man würde anfangen, die Kinder über die Väter zu befragen und von den Vätern Erziehungsprotokolle zu verlangen, und man würde die einen auszeichnen und die anderen bedrohen, alles nach völlig undurchschaubaren Richtlinien. Wer sich nicht zur Bürgerwehr meldete, wäre ab nun verdächtig. Man würde mit Mietenerhöhungen, Delogierungen, Entlassungen vorgehen. Alles legal, ganz nach Vorschrift. Und das Leben würde festgefroren sein, kalt, klar und bewegungslos.
Hast du von dem Bombenattentat gehört, fragte Marie.
Es kam im Radio durch, sagte Therese. Als ihr so lang nicht kamt, machte ich mir entsetzliche Sorgen, obwohl ich doch wußte, daß ihr in dieser Gegend nichts zu suchen hattet, aber man wird, wenn so etwas schon einmal passiert ist, so leicht verwirrt. Dann hieß es, daß nur Kinder zu den Opfern zählten, und ich war erleichtert. Ist das nicht verrückt?
Sie versuchen eine Art Haß in der Stadt aufzubauen. Die Stadt soll hassen.
Ja. Warum tut er das?
Roland? Damit hat er nichts zu tun. Das sind die Ämter. Sie brauchen den Haß, damit sie an die Macht kommen können.
Wozu? Sie sind doch schon an der Macht.
Mir fiel heute Mickey ein. Du weißt, die Geschichte mit der Milch. Wir hatten überhaupt nichts Eßbares mehr im Haus. John sagte, daß er ihn töten wurde, wenn er ihn wieder träfe.
Man wird so müde vom Warten, sagte Therese. Bis dahin wäre auch er zu müde.
Sie machen hier das gleiche wie bei uns zu Hause, Therese. Wir werden wieder auf der Flucht sein. Und dann wieder. Eines Tages werden wir mitmachen. Ich fürchte mich so sehr vor dem Mitmachen.
Willst du Tee, fragte Therese. Oder irgend etwas anderes? Laß mich was tun. Ich muß etwas zu tun haben. Ich will nicht nachdenken.
Wir sind heute aus dem gleichen Grund herumgelaufen. Stundenlang.
Therese ging in die Küche, und Marie folgte ihr. Sie fingen an, den Herd zu putzen, und als sie damit fertig waren, begann Therese die

Kredenz zu polieren. Marie ging ins erste Zimmer zurück, dort um den Tisch herum und wieder zu Therese hinaus. Gehen, gehen, aber das, was da war, ließ sich nicht aus dem Körper bringen.
Ich verstehe es doch nicht, sagte Therese plötzlich. Warum sollten die Ämter die Stadt bewaffnen wollen? Sie brauchen das nicht. Die Polizei untersteht ihnen, der Staatssicherheitsdienst, das Heer. Egal, worum es sich handelt, am Ende jeder Kette steht ein Amt.
Es ist so schlimm, weil sie alles kaputtmachen, und wir wollten hier zu Hause sein, sagte Marie.
Weißt du, ich habe auch Angst. Ich weiß bloß nicht, wovor.
Sie schaltete das Radio ein und suchte Musik, aber es gab nur Sondersendungen und Aufrufe wie nach dem ersten Bombenattentat. Sie schaltete das Radio wieder ab.
Jetzt lassen sie die Bürger ein bißchen Krieg spielen. Und das Schlimmste ist: Die IAS kommt ihnen gerade recht. Ein Toter da, ein Toter dort. Irgendwann dann werden sie plötzlich wieder von der Unverletzlichkeit des Lebens reden. Sie könnten die Stadt zusammenschießen lassen, aber dann regierten sie eine Leichenhalle. Und man kann nicht ewig schießen. Man kann vermutlich nicht einmal ewig hassen, man kann nur immer wieder damit anfangen. Dazwischen brauchen die Ämter eine alles duldende, stillschweigende Mehrheit, Menschen mit einem schlechten Gewissen. Menschen, die sich schuldig fühlen und die dann alles tun werden, was die Ämter fordern, nur damit man dort aufhört, von der Unverletzlichkeit des Lebens zu reden.
Aber man wird niemals aufhören?
Man wird. Zwischendurch. Und man wird davon wieder sprechen, wenn man einen neuen Haß braucht.
Therese hatte aufgehört herumzuarbeiten und saß nun ganz still auf dem Küchensessel. Laß uns nicht mehr darüber reden. Laß uns das vergessen. Ich arbeite, damit ich nicht denken muß, man kann es sonst nicht aushalten.
Sie gingen ins Zimmer zurück. Der stärker gewordene Wind blähte den Vorhang. Ein Gewitter war im Anzug. Bald danach zuckte der erste Blitz. Der Donner brauchte endlos lang, die Gewitterfront war weit weg, kam aber rasch näher. Marie ging zu den Kindern und schloß das Fenster.
Pierre wachte auf. Ich kann nicht schlafen, sagte er.
Marie hob ihn aus dem Bett, nahm dann Isabelle. Sie gingen ins andere Zimmer und setzten sich zu Therese. Jetzt, endlich fielen

große, schwere Regentropfen und schlugen gegen die Fensterscheiben. Das Unwetter dauerte etwa eine Viertelstunde, dann war es so unvermittelt vorbei, wie es begonnen hatte. In der nachfolgenden Stille schliefen die Kinder sofort wieder ein, Pierre auf Maries Schoß, Isabelle in Theresens Armen.
Wenig später kam John gebückt und schwer atmend zur Tür herein. Er war völlig durchnäßt und über und über mit Schlamm bespritzt. Die rotblonden Haare hingen ihm ins Gesicht, auf der Stirn hatte er eine Schramme. Sie blutete, aber mehr noch als die Verletzung erschreckten Marie seine Augen.
Bringt die Kinder ins andere Zimmer, keuchte er.
Therese wollte etwas sagen, aber er unterbrach sie mit einer Handbewegung, und sie erhob sich stumm.
Sie trugen die Kinder ins andere Zimmer. Als sie zurückkamen, stand John nackt vor dem Waschtisch. Im Halbdunkel sahen die Flecken auf seinem Rücken und dem linken Bein nach Erde aus, aber es war Blut.
Bist du verletzt?
John antwortete nicht. Therese ging zu ihm und fing an, ihn vorsichtig abzuwaschen.
Der Mann aus dem Amt?
John nickte stumm.
Und?
Nichts und. Zuerst ist er uns gefolgt, nun wird er niemandem mehr folgen. Rolands Freunde schaffen ihn weg. Sie werden mir Bescheid geben, wo ich sie treffen kann. Es war mein Einstandsgeschenk. Er lachte.
Therese zuckte zusammen, und Marie dachte: Er lacht, um Gottes willen, er lacht. Sie setzte sich zum Tisch, mit dem Rücken zu John. In ihrem Kopf war alles gleichzeitig auf der Flucht. Das alte Lied, ja, das alte Lied. Er hatte sich entschieden und wußte nun, daß es kein Zurück mehr gab, aber er wußte nicht, wohin er geraten war und was noch alles auf ihn wartete, das er nicht wollte und ab nun tun mußte, weil man dann keine Wahl mehr hatte. Man konnte entweder nicht beginnen oder mußte alles mitmachen.
Warum hast du ihn getötet, fragte Marie, noch immer mit dem Rücken zu John.
Weil er gelacht hat, antwortete John. Als ich an ihm vorbeiging, drehte er sich zu mir und begann zu lachen. Sie lachen über uns.

Irgendwann in der Nacht wurde Marie von dem Traum geweckt, Roland läge neben ihr, und sie erinnerte sich wieder seiner Hände überall auf ihrem Körper, seiner Stimme, setzte sich auf und suchte nach ihm. Da lag er, und sie erkannte ihn, und alles war wie früher. Dann war dieser Traum vorbei. Das Bett neben ihr war leer. Sie stand auf und ging ins Nebenzimmer. Leer. Auch in der Küche war niemand.

Jetzt erst erwachte Marie vollständig. Therese und John waren mit den Kindern von Rolands Freunden abgeholt worden. Man wollte sie in irgendein Lager bringen, das der IAS gehörte und in dem man Marie nicht haben wollte. Sie schaute auf die Uhr. Es war etwas vor drei Uhr. Sie waren vor nicht ganz zwei Stunden abgeholt worden. Marie hatte sich im letzten Zimmer im Bett vergraben, um nicht zusehen zu müssen, wie sie gingen, wie die schlafenden Kinder aus dem Haus getragen wurden, und um die anderen nicht sehen zu lassen, wie sie plötzlich losweinte. Irgendwann danach mußte sie eingenickt sein.

Sie machte Licht und setzte sich an den Tisch. Nach einer Weile drehte sie das Licht ab. Draußen war es noch dunkel, aber nicht mehr ganz so dunkel wie mitten in der Nacht. Später machte sie wieder Licht und begann zu lesen. Sie las die Beilage der Samstagzeitung. Es war eine Geschichte, die sie schon kannte, die Zeitung war von der vergangenen Woche. Trotzdem las sie sie noch einmal, obwohl sie sich auf das Gedruckte kaum konzentrieren konnte. In jedem Fall war es eine gute Lösung. Die Kinder befanden sich vorläufig in Sicherheit und John auch. Daß die IAS sie nicht im Lager haben wollte, verstand sie. Verdammt, sie verstand alles so gut, so verdammt gut. Sie drehte das Licht wieder ab und verließ die Wohnung. Sie wußte, daß sie sich in einem überreizten Zustand befand und nichts so wenig ertrug, wie allein zu sein. Aber so war das. Man konnte die fabelhaftesten Freunde haben, in den entscheidenden Augenblicken waren sie nicht da, und es war niemandes Schuld.

Draußen war es inzwischen heller geworden. Die Straßen glänzten naß. Es war sehr ruhig und sehr leer und sehr fremd rundherum, und wenn sie jetzt um Hilfe schrie, würde niemand kommen. Der Himmel wurde ganz blaß, wie aus Alabaster. Marie blieb stehen und schaute hinauf. Sie hatte das Gefühl, daß sich alles drehte und auf den Kopf stellte. Sie hatte allein sein wollen, und nun war sie es. Man hatte manchmal die absonderlichsten Vorstellungen von

sich selbst und glaubte, etwas ganz Bestimmtes tun zu müssen, und redete sich ein, daß man es tun wollte, daß es so sein mußte, wie man es arrangierte. Und dann war es das Gegenteil von dem, was man wirklich wollte. Sie hatte niemals allein leben wollen. Es war ihr immer lächerlich erschienen, nur für sich zu leben, und trotzdem hatte sie begonnen, Rolands Weg zu verlassen. Jetzt ging er den seinen und kam ihr nicht nach. Sie ging den ihren, und auch da gab es kein Zurück. Es war so etwas wie ein endgültiger Abschied und tat weh und würde später noch viel mehr weh tun. Abschiede waren immer schlimm und immer endgültig, selbst dann, wenn man dieselbe Tür noch einmal aufmachte. Es lebten andere Menschen in den Zimmern dahinter, und der, der eintrat, war auch nicht mehr derselbe. Man konnte tun, was man wollte, es wurde nicht mehr das, was es einmal gewesen war. Manchmal war das gut. Man konnte auf diese Art ein Zimmer betreten, an dessen Tür vorbeizugehen früher Herzklopfen bedeutet hatte, und bemerkte nur mehr, daß Staub lag. Dann konnte man anfangen, sich andere Zimmer vorzustellen.
Aber in den alten Zimmern lag noch kein Staub.
Als Marie in die Wohnung zurückkam, stand die Frau des Hausmeisters im Vorzimmer und schloß gerade einen Koffer.
Ist etwas passiert, fragte Marie.
Der Hausmeister kam aus dem Wohnzimmer. Frau Savari dürfe nicht überrascht sein, ihn hier vorzufinden, es geschehe alles mit Genehmigung und im Auftrag der Ämter, sagte er. Was sein Eindringen hier betreffe, so besitze er für alle Wohnungen einen Schlüssel, das sei ganz legal. Er sei froh, daß sich Frau Savari zur Rückkehr entschlossen habe und anscheinend auch dazu, ihren so törichten Widerstand aufzugeben. Selbst Herr Savari sei froh darüber.
Mein Mann, fragte Marie.
Ja doch, nickte der Hausmeister. Wie es scheint, hat Herr Savari ein Arrangement mit dem Amt getroffen und einiges unternommen, Sie zu überzeugen, sonst wäre er kaum mehr in Freiheit.
Er bat Marie ins Wohnzimmer und sagte, daß sie sich setzen und ausruhen möge, bis alles erledigt sei, sie müsse sich um nichts kümmern.
Marie blieb neben dem Fenster stehen. Das Zimmer schaute wie nach einem Einbruch aus. Der Kasten stand offen, alle Laden waren herausgerissen, aber es war wohl kein Einbruch. Der Hausmeister fühlte sich zu sicher.

Was geschieht, wenn ich aufgebe, fragte sie.
Es wird für alles gesorgt werden, antwortete der Hausmeister sofort. Wir werden Ihnen in jeder Hinsicht behilflich sein. Er verwendete noch immer die fremde Sprache des Amtes, in der alles spröd und leblos wurde, und die er immer gebrauchte, wenn er eine offizielle Mitteilung machte. Irgend jemand mußte ihm aufgesetzt haben, was er sagte. Herr Savari wird die Obsorge über die Kinder behalten. Wenn er sich den Ämtern stellt, fällt er unter eine besondere Amnestie . . . Wenn Sie sich an die Abmachungen halten, werden Sie . . .
Ein Kastenwagen fuhr leise in den Hof ein.
Und die Abmachungen lauten wie, unterbrach ihn Marie.
Sie hören auf, Behauptungen zu verbreiten, die jeder Grundlage entbehren. Sie vertrauen ab nun bedingungslos dem Rat der Ämter.
Es klang tatsächlich wie auswendiggelernt. Während er redete, stellte er einen Sessel auf die Tischplatte, stieg zuerst auf den Tisch, dann auf den Sessel und schraubte an der Lampe herum.
Hier, sagte er. Sie sehen, wir wußten immer Bescheid. Er hielt ihr ein metallisch glänzendes Ding entgegen. Es war ein Mikrophon.
Und Herr Malbot?
Tja, das ist eine schlimme Sache. Nach ihm wird gefahndet. Bedauerlich, daß er sich von Ihnen so wenig sagen ließ. Die Ämter respektieren durchaus Ihre Bemühungen. Sie sind gegen Gewalt, eine erstaunliche Haltung angesichts der Unruhe in der Stadt. Die Ämter schätzen eine derartige Haltung. Daß Sie sich nicht immer zurechtgefunden haben, stößt auf Verständnis. Sie waren in den letzten Wochen eindeutig überfordert. Ihre Nerven sind überreizt. Aber das sind Zustände, die sich legen. Am Stadtrand gibt es ein Erholungsheim, das allen Beamten, auch ehemaligen Angestellten zur Verfügung steht. Freundliche, helle Zimmer mit Ausblick auf den Garten, kein Lärm, keine Probleme. Wir regeln alles für Sie. Sie werden sehen, alles wird gut werden.
Zwei Männer stiegen aus dem Kastenwagen und gingen in Richtung Stiegenaufgang. Wie gut, fragte Marie.
Nun, eben gut, sagte der Hausmeister irritiert.
Seine Frau begann im Kleiderkasten zu stöbern. Ich soll Ihre Koffer packen, sagte sie. Einer ist schon fertig. So viele neue Sachen. Und wie ich sehe, haben Sie manche noch gar nicht benützt.

Marie schaute ihr zu und beobachtete gleichzeitig den Hof. Die Männer standen noch vor dem Stiegenaufgang. Man wollte sie also abholen. Das Erholungsheim. Am Stadtrand gab es eine Nervenheilanstalt, in die ausschließlich Beamte und ehemalige Angestellte eingewiesen wurden. – Was für eine abscheuliche Idee. Man wußte über Roland gar nichts, aber man war offensichtlich davon überzeugt, daß sie etwas wußte, und man wollte wissen, was sie wußte. – Ein Zimmer mit Ausblick auf den Garten und Schwestern und Ärzte und Pillen – sie mußte weg von hier.

Nun richtete die Frau des Hausmeisters einen Stoß Unterwäsche her, Nachthemden, Toilettartikel: Seife, Zahnbürste, Parfum. Marie nahm ihr das Fläschchen aus der Hand. Es war noch verpackt.

Ich wußte gar nicht, daß ich so etwas besitze. Wollen Sie es?

Aber. Die Frau war verlegen. Ich bitte Sie, Sie sollten es verwenden. Es sind in erster Linie die kleinen Dinge, die die Freude am Leben ausmachen.

Dann nehmen Sie es, sagte Marie. Ich brauche es wirklich nicht.

Der Hausmeister stieg vom Tisch, stellte den Sessel wieder an den alten Platz.

Sie konnten alles hören, was hier gesprochen wurde?

Nicht wir, sagte der Hausmeister. Wir bekamen nur die Ausschnitte zugespielt, die für uns wichtig waren. Das Tonband zu diesem Mikrophon lief im Amt mit.

Wie praktisch, sagte Marie.

Oh, ja, es ist praktisch. Es erspart eine Menge Arbeit.

Gibt es etwas, das Sie noch haben möchten, fragte Marie. Sie brauchte noch ein bißchen Zeit und einen Grund, an die Handtasche heranzukommen, an den Ausweis und an das Geld, das sie als Notgroschen im Kasten versteckt hatte. Den Radioapparat vielleicht? Ich erinnere mich, daß Sie ihn gern gehabt hätten.

Sie begann im Kasten zu suchen, fand das Geld, steckte es unauffällig ein, nahm die Handtasche und stellte sie neben der Tür ab. Die Schlüssel brauchte sie auch noch, sonst kam sie nicht aus dem Haus.

Sie steckten im Schloß.

Vielleicht finden Sie etwas im anderen Zimmer, sagte Marie und öffnete die Tür. Bitte.

Aber das ist doch völlig unnötig, sagte der Hausmeister.

Warum nicht, Sie hatten eine Menge Mühe mit uns.

Er nickte und ging. Das Mikrophon war abmontiert, also konnte er sich frei bewegen und sagen und tun, was ihm gefiel.
Gehen Sie mit, sagte Marie zur Frau. Ich komme sicher nicht mehr hierher zurück. Die Vorhänge vielleicht. Sehen Sie sie an. Sie sind recht hübsch.
Die Frau ging ihrem Mann zögernd nach. Jetzt war sie weit genug weg. Marie drehte sich rasch um, lief zur Eingangstür und riß den Schlüsselbund aus dem Schloß. Die Tür auf, wieder zu, zusperren, die Treppe hinunter. Vier Stockwerke. Hinter ihr das Trommeln und Schreien des Hausmeisters und seiner Frau, aus dem Hausflur das Dröhnen von Stiefeln. Eingekreist. Himmel, wohin? Sie mußte da hinaus. Die Giftkapsel. Nein, noch nicht. Sie wollte noch ein bißchen leben. Gellert hatte recht: ein Entschluß, den man schwer fällte. Sie mußte da hinaus. Die Wohnung des Hausmeisters. Vielleicht . . . Sie drückte die Klinke nieder. Die Wohnung war unversperrt. Vorsichtig öffnete sie die Türe, huschte dann leise ins Vorzimmer. Die Stiefel trampelten vorüber und die Treppe hinauf. Marie zählte im Geist mit. Achtundneunzig Stufen bis zur Wohnung. Die Männer liefen in den vierten Stock und versuchten oben die Tür aufzubrechen, aber ein paar waren im Hof geblieben und warteten vor dem Stiegenaufgang. Marie sah sie, als sie vorsichtig aus dem Fenster schaute.

Das Versteck, das Marie suchte, fand sie im Entlüftungsschacht der Toilette. Er war breit und lang genug, um einen erwachsenen Menschen aufzunehmen, man konnte sich der Länge nach hinlegen und atmen und sogar etwas bewegen. Es gab ein kleines Fenster, das auf den Hof hinausführte. Nach der anderen Seite war der Schacht von einem Vorhang abgedeckt, unmittelbar dahinter stand ein Wäschekorb, und Marie betete, daß die Frau des Hausmeisters ihn in den nächsten Stunden nicht brauchte. Sie stieg auf die Klosettmuschel, schob den Korb etwas nach hinten und zwängte sich dann in den Schacht. Mit den Füßen schob sie den Korb an den alten Platz. Bald danach hörte sie den Hausmeister im Vorzimmer mit ein paar Männern sprechen. Eine strenge Stimme forderte einen Bericht und erteilte dann Befehle. Der Hof wurde mit Suchscheinwerfern ausgeleuchtet. Ruherufe anderer Hausbewohner, unterdrückte Flüche und das Klappern der Abfallkübel, man suchte auch dort nach ihr.

So eine Nacht, sagte der Hausmeister, die hat es in sich. Die Stimme klang sehr nah.

Vielleicht ist sie in eine Wohnung geflüchtet, sagte die strenge Stimme.

Aber wie denn, antwortete der Hausmeister. Dann müßte eine unversperrt gewesen sein. Und wer sollte . . .

Absuchen, sagte die Stimme. Von Tür zu Tür alles absuchen.

Es wurde ruhiger, auch im Hof wurde es ruhiger.

Später verlangte eine andere Stimme nach dem Telefon und wies den Hausmeister samt Frau aus der Wohnung. Dienstgespräch. Marie versuchte das Klicken auszunehmen, das beim Wählen einer Nummer ausgelöst wurde. Es war ganz unglaublich, aber sie konnte es hören, als stünde sie neben dem Apparat. Dazwischen zählte sie die Zeitabstände. Im Amt hatte man sie das üben lassen. Neun-zwei-null-null, das war die Nummer des Staatssicherheitsdienstes.

Sie ist entwischt, sagte die telefonierende Stimme ruhig. – Ja, wir haben alles abgesucht, sie ist nirgends zu finden. – Nein, sie ist auch in keine andere Wohnung geflüchtet. – Wenn sie die Zugänge zu den Ämtern kennt, ist sie längst über alle Berge. – Ja, das Haus ist abgeriegelt. – Die Hundestaffel kann frühestens in einer halben

Stunde hier sein. – Nein, damit durfte niemand rechnen. – Pause. – In der Wohnung wartet ein Posten. – Jawohl. – Nein. – Für das Verschwinden der Frau gibt es keine vernünftige Erklärung.
Marie unterdrückte einen heftigen Niesreiz. Der Schacht war staubig, in den Ecken hingen Spinnweben. Der Mann wählte wieder. Es war die Nummer des Amtes, und der Bericht fiel ähnlich dem vorigen aus. Wieder eine Pause. Wieder wurde gewählt, aber diese Nummer kannte Marie nicht.
Sie ist entwischt. Weiß der Teufel wohin. Das kluge Kind hat anscheinend das Gerede des Hausmeisters durchschaut. – Nein, ich weiß nicht, warum sie noch einmal zurückkam, offensichtlich hatte sie nicht vor, zu fliehen. – Nein, ich glaube nicht, daß wir sie so bald finden werden.
Mit den Hunden würde man sie sehr rasch gefunden haben. Marie zog die Beine etwas an und suchte in der Handtasche nach der Kapsel. Ehe sie sich lebend da herauszerren ließ, mußte sie sie schlucken. Sie mußte sie schlucken, sie durfte nicht lebend gefaßt werden. Sie durfte nicht . . .
– Der Korporal kommt mit den Hunden, sagte die Stimme, aber das ist kein Problem. – Nein, er gehört nicht zu uns, aber er wird keine Freude mit seinen Hunden haben. – Ja, ich weiß. Alles vorbereitet.
Der Mann wählte ein viertes Mal. Der Habicht hat die Taube verfehlt, sagte er. Das war alles.
Eine Tür fiel ins Schloß. Wenig später ertönte ein Pfiff, Stiefelgetrappel wurde hörbar. Draußen war es nun ganz hell. Aufsitzen, brüllte eine Stimme. Das Einsatzkommando fuhr ab. Es war eine Galgenfrist, bloß eine Galgenfrist. Marie versuchte an irgend etwas zu denken, das schön, groß und einfach war. Jetzt erreichte die Sonne die ersten Stockwerke. Marie lag auf dem Rücken, mit dem Gesicht ganz nah der Luke, die ein wenig offenstand, und sah die Fenster oben im ersten Licht glänzen, ein strahlender Morgen hatte angefangen, man konnte das Licht und den Morgen riechen, an so einem Morgen sollte einen nichts aus dem Gleichgewicht bringen können.
Das Hausmeisterehepaar kam zurück.
Die Hundestaffel muß gleich da sein, sagte der Mann.

An diesem Tag begannen vier Gruppen nach Marie zu fahnden: die Ämter, nachdem Maries Überwacher sich nicht vom Außendienst zurückgemeldet hatte, der Staatssicherheitsdienst, eine Spezialabteilung der Polizei, da ein Antrag auf Zwangseinweisung in eine Nervenanstalt vorlag, und die IAS. Unmittelbar nach Johns erstem, kurzem Bericht hatte man sie ins Lager nachholen wollen, aber da war sie nicht mehr in der Wohnung gewesen. Nach Maries Rückkehr war das Haus schon umstellt gewesen, und die beiden Männer, die sie holen sollten, konnten nicht mehr zu ihr. Von ihrem Versteck aus beobachteten sie, wie eine Ambulanz in den Hof fuhr, Alarm gegeben wurde, die Einsatztruppe nach gut einer Stunde wieder abzog. Danach hatten sie ihren Beobachtungsplatz verlassen.

Vier Männer machten sich zusätzlich auf eigene Faust auf die Suche: der Oberbrigadeführer, Gellert und Roland in Johns Begleitung. Alle vier hatten das gleiche vor. Sie wollten Marie finden, ehe die anderen sie fanden. Gellert trommelte alle Leute zusammen, denen er noch traute. Der Oberbrigadeführer nahm sich Maries Eintragungen vor, vor allem die aus der letzten Zeit, John und Roland saßen im Führerhaus eines Kranes, hoch über den Dächern der Stadt, und sammelten Funksprüche.

Um acht Uhr dreißig kam die Meldung, daß ein Arbeitskollege Johns verhaftet worden war. Die Anklage lautete auf Beihilfe zur Flucht, aber es handelte sich um keinen IAS-Mann. Die zweite Meldung kam zwanzig Minuten später. Im Hafen war es zu einer Schießerei gekommen. Eine Doppelstreife der IAS, die den Auftrag bekommen hatte, die Werkzeugschuppen nach Marie abzusuchen, war mit der Hafenpolizei zusammengestoßen.

Willem ist tot, sagte Roland. Dem zweiten Mann war die Flucht gelungen.

John zuckte abwehrend mit den Schultern. Und deine Frau, fragte er. Ist dir klar, daß deine Freunde sie umbringen wollten?

Hör auf, ich wußte es nicht. Wir haben erst seit zwei Wochen ein gemeinsames Aktionskomitee.

Oh, ja, zurücklassen mußten wir sie auch.

Ich war noch nicht zurück, als deine Flucht notwendig wurde.

Sonst noch Ausreden, fragte John böse. Sie hat so auf dich gewartet, weißt du, sie hat so auf dich gewartet.

Die nächste Meldung kam. Sie betraf die Verhaftung eines Trafikanten aus der Straße der Nation. Der Untergrund hatte sein Geschäft als Briefkasten verwendet. Roland funkte in die Zentrale, daß er angesichts der Verhaftungswelle dafür sei, alle Aktionen vorläufig einzustellen und die vorgesehenen Schlupfwinkel aufzusuchen. Zehn Minuten später kam das Okay der Zentrale, und er packte unter Johns vorwurfsvollen Blicken das Funkgerät ein. Von Marie fehlte noch immer jede Spur.

Marie lag noch immer im Entlüftungsschacht der Toilette. Die Hundestaffel war da gewesen und nach gut einer Stunde unverrichteter Dinge wieder abgezogen worden. Eine ganze Stunde Herzklopfen und dann das Kommando zum Gehen. Sie wußte, daß es Sprays gab, mit denen man den Hunden die Fährten verderben konnte, bloß, wer hatte das getan? Und mit wem hatte der Mann, den sie telefonieren gehört hatte, gesprochen – mit Gellert, mit Leuten von der IAS? Sie schaute auf die Uhr. Neun. Der Hausmeister arbeitete im Hof. Solang er sich auf der gegenüberliegenden Seite bewegte, konnte sie ihn sogar sehen, wenn er sich aufrichtete. Seine Frau war jetzt bei den Kindern im Kindergarten, dessen Räumlichkeiten sich im zweiten Hof befanden. Bis zum Mittagessen kam sie nicht hierher zurück. Marie kroch vorsichtig aus ihrem Versteck und benützte die Toilette, dann ging sie in die Küche. Auf dem Tisch lag Brot, aber sie rührte es nicht an. Sie trank Wasser, trocknete das Glas ab und stellte es wieder an den alten Platz zurück. Es war eine unerwartete Chance, die sie bekommen hatte, und wenn sie nicht die Nerven verlor, kam sie vielleicht doch noch aus dem Haus. Nachts, wenn alle schliefen. Sie konnte mit den Beinen voran durch die Luke kriechen und sich fallen lassen, die Luke war etwa zweieinhalb Meter über dem Boden, das ging. Sie durfte nur nicht die Nerven verlieren. Ein Fuchsbau, ein richtiger Fuchsbau. Vier aneinandergrenzende Höfe und drei Ausgänge. Wahrscheinlich gab es auch eine Verbindung zum Amt, aber die war vermutlich nicht zu finden. Es wäre der einfachste Weg hinaus gewesen. Und der tollkühnste, vielleicht auch der sicherste. Ob die Kinder in Sicherheit waren? Vermutlich. Sonst würde man nach ihr nicht so verbissen suchen. Mit den Kindern in der Hand als Faustpfand hätte man eine Meldung lanciert und sie gezwungen, sich freiwillig zu stellen.

Sie kehrte in ihr Versteck zurück. Gegen elf Uhr kam der Hausmeister und besetzte die Portiersloge. Er hörte Radio. Mittagsglocken. Zwölf Uhr und Nachrichten. Die Frau des Hausmeisters kam. Sie redeten über die vergangene Nacht. Marie hörte die Stimmen klar und deutlich, und dann entdeckte sie endlich, wieso. In einer Ecke neben dem Wäschekorb, von Spinnweben überdeckt, war ein kleines Empfangsgerät. Durchtrieben, so was von durchtrieben. Man ließ die Hausbewohner in der Portiersloge warten, wenn sie etwas wollten, ging schnell auf die Toilette und hörte dort zu, was geflüstert wurde.

Die Zeit nach dem Mittagessen verging ziemlich rasch. Der Hausmeister hörte wieder Radio, und Marie bekam die neuesten Meldungen mit. Ein Arbeitskollege von John war wegen Beihilfe zur Flucht verhaftet worden, das hieß, daß die Flucht geglückt war. Dann wurde es ruhiger. Marie versuchte sich ein bißchen zu bewegen, gerade da aber kam die Frau des Hausmeisters und fing an, die Clomuschel zu waschen. Es dämmerte im Hof, nur der Himmel war noch hell. Marie hörte die Schritte der Heimkehrenden über das Kopfsteinpflaster hallen, dann wurde es still. Sie nickte ein und fuhr erschrocken hoch. Jetzt durfte sie nicht schlafen, nicht jetzt. Sie versuchte, Geräusche zu hören. Später begann sie sich Gedichte vorzusagen, die sie einmal gelernt hatte, aber es fielen ihr nur mehr Anfänge ein und die Schlußverse. Noch später versuchte sie es mit Kopfrechnungen. Sie war niemals in ihrem Leben völlig allein gewesen, ohne irgendeinen Menschen in ihrer Nähe, als Kind nicht und später auch nicht. Und dann waren die Kinder da gewesen. Anscheinend brauchte man für alles Übung. Jetzt wurde auch das Licht am Himmel dunkler. Der Hausmeister schaltete die Abendnachrichten ein. Zwanzig Uhr. Nun gingen die Kinder zu Bett, wenn sie eines hatten. Die Finsternis stieg steil im Hof auf.

Um einundzwanzig Uhr hörte Marie den Hausmeister seine Runde durch die Höfe machen und die Haustore versperren. Der Rundgang dauerte eine Viertelstunde und wurde mit der Inspektion der Wohnung abgeschlossen. Als er die Toilette betrat und mit der Taschenlampe gegen die Decke leuchtete, stockte Marie der Atem. Es war aber nur ein Nachtfalter, der seine Aufmerksamkeit erregt hatte.

Danach wurde es ganz ruhig.

Roland schickte John allein zum Stützpunkt zurück. Den Tag hatten sie im Hafen verbracht, wo man, wenn die Kähne mit Frischgemüse und Obst ankamen, für einen Tag Arbeit bekommen konnte, ohne daß viel gefragt wurde. Die Kähne kamen zweimal in der Woche mit Obst und Gemüse, jeder in der Stadt wußte das. Und

wenn man nicht ganz früh dort war, bekam man keine Arbeit mehr, aber wenn man Freunde dort hatte und etwas vom Lohn an den Vorarbeiter abgab, bekam man auch später noch Arbeit. Und man riskierte nicht einmal viel. Unter den Dockarbeitern waren die Ämter unbeliebt und der Staatssicherheitsdienst verhaßt.
Laß Therese grüßen, sagte Roland, als sich John zum Weggehen herrichtete.
John nickte mürrisch.
Man wird dich darum beneiden, daß du deine Frau bei dir hast.
Geschenkt, sagte John.
Sie kocht gut.
Geschenkt, wiederholte John. Was soll ich ausrichten?
Ich sehe mich noch in der Stadt um. Wenn ich morgen nachts nicht zurück bin, ist entweder etwas passiert oder ich habe irgend etwas gefunden. Nachricht bei Charly oder Francis.
Bei Charly? Das gibt es doch nicht.
Nicht mit seinem Einverständnis, sagte Roland. Er weiß nichts, aber es ist dort immer so voll. Sieh zu, daß du die Zeit genau einhältst.
John nickte. Man konnte nur zweimal in vierundzwanzig Stunden ins Lager, gegen zehn Uhr abends und gegen drei Uhr morgens. Da wartete jeweils jemand mit einer Taucherausrüstung und schleuste einen durch den wassergefüllten Stollen, der ins Innere des Höhlensystems führte. Es war phantastisch. Nach den Karten der Stadt gab es die Anlage nicht mehr. Am Ende des letzten Krieges war der Eingang zur Grotte gesprengt worden. Danach hatte es geheißen, daß auch drinnen alles zusammengebrochen war, aber das stimmte nicht. Wenn man das Wasser hinter sich hatte, den Stollen und den See, fand man gut ausgebaute Räume vor, ziemlich groß und ganz ordentlich eingerichtet. Sie hatten sogar Strom, den sie von einer Überlandleitung bekamen, die Roland angezapft hatte, und Frischluft durch ein System enger Röhren, die alle ans Tageslicht führten, aber zu eng waren, um einen Menschen durchzulassen. Die Stromleitungen und das Röhrensystem waren noch während des Krieges angelegt worden, Roland hatte bloß die Verbindung zur Überlandleitung gebastelt. Die Einrichtung der Räume stammte ebenfalls noch aus der Zeit des Krieges. Wasser war kein Problem, aber die Versorgung mit Nahrungsmitteln war eines. Großeinkäufe wären aufgefallen, und so mußten die Verbindungsleute in der Stadt dafür sorgen, daß sie genug Konserven bekamen. Das

andere Problem waren Medikamente. An Medikamente kam man fast gar nicht heran. Die Diakonissinnen spendeten manchmal welche, aber die Diakonissinnen wurden immer strenger überwacht. Wenn eine der Schwestern das Spital verließ, wurde sie verfolgt. Und wenn man ins Spital ging, konnte man nicht gut mit einem Karton wieder herauskommen, ohne daß das auffiel.
John trabte los.
Vergiß nicht, du hast einen Termin beim Zahnarzt, rief ihm Roland nach, falls man dich aufhält. Adresse steht auf einem Zettel, in deinem Paß.
Ich bin ja kein Idiot, pfauchte John zurück, dann ging er endgültig.
Roland suchte die U-Bahnstation Hauptstraße – Gartengasse auf. Dort betrat er die Toilette, wartete, bis die dritte Kabine frei war, und ging dann hinein. Hinter dem Behälter der Wasserspülung schraubte er eine Platte los und zog aus dem Hohlraum dahinter einen Sack. Er enthielt Kleidung und einen Paß, der ihn als Vertreter für Zeitschriften auswies. Roland zog sich um, steckte die Bauarbeiteruniform in den Sack und schob alles in die Wandnische. Dann schraubte er die Platte fest. Zehn Minuten nachdem der Gelegenheitsarbeiter Robert Sill die Toilette betreten hatte, verließ sie der Vertreter Richard Sorvey. Roland blickte sich um. Er sah die Schlußlichter eines abfahrenden Zuges. Wieder einmal geschafft. Er zündete sich eine Zigarette an, aber sie schmeckte nicht. Marie. Von dem Verbindungsmann, der bei der geplanten Verhaftung dabeigewesen war, wußte er, daß sie weder der Staatssicherheitsdienst noch die Polizei, noch die Ämter gefaßt hatten. Im Hafen war sie auch nicht aufgetaucht, und sonst gab es in dieser weiten Stadt keinen einzigen Schlupfwinkel für sie. Es mußte sie ganz hoffnungslos gemacht haben, als die anderen abgeholt wurden und man ihr sagte, daß sie unerwünscht war. Aber sie war nun einmal auf diesem verdammten Film zu sehen gewesen, und Paul war tatsächlich verhaftet worden. Zum Teufel, warum war sie nicht das kleine Mädchen geblieben, das er kennengelernt hatte, voll Gefühl für alles, was lebte; ein Mensch, zu dem man zurückkehren konnte, wenn man von der Welt für eine Weile genug hatte und es draußen nicht mehr aushielt. Und jetzt wurde sie gejagt, weil sie zuviel wußte, anscheinend sogar etwas von den geheimen Zugängen zu den Ämtern. Und John sagte, daß sie wußte, daß es zu viel war, was sie wußte.

Am Ende der Rolltreppe warf Roland die Zigarette weg. Er fühlte sich elend. Er hatte nicht gewollt, was geschehen war, aber es war geschehen, und das, was er wünschte, geschah nicht. Er hatte bloß eine kleine, eine winzig kleine Chance gesehen und sie nicht wieder vergeben wollen, man konnte nicht ein Leben lang nur zusehen und warten.

Aber mehr oder weniger kann man wohl immer für alles, dachte Roland und ging rasch in Richtung Zentrum.

Schliefen sie, oder schliefen sie nicht. Im Hof und in der Wohnung war es still, aber Marie traute sich noch immer nicht aus ihrem Versteck. Sie hatte keine Ahnung, wie spät es war, in der Finsternis konnte sie das Zifferblatt der Armbanduhr nicht sehen. Mitternacht war eine gute Zeit, sich davonzumachen. Angeblich schliefen die meisten Menschen dann am tiefsten, vorausgesetzt, daß sie zu einer vernünftigen Zeit zu Bett gingen. Sie wartete noch eine Weile, aber das Warten wurde jetzt immer schwieriger. Sie war im Kopf alle Gedichte durchgegangen, und das große und das kleine Einmaleins und die Vorschriften des Amtes, die Hausordnung hier, sämtliche Telefonnummern, auch den Stadtplan, jetzt fiel ihr nichts mehr ein. Sie begann zu zählen, einfach zu zählen. Bei zweihundert wollte sie es versuchen. Sie mußte die Luke ganz aufbekommen, wenn sie hinaus wollte. Es gab ein furchtbar lautes, quietschendes Geräusch, als sie es endlich probierte, das vom Echo im Hof verstärkt wurde, und Marie mußte den Versuch aufgeben, auf diesem Weg aus dem Schacht zu kommen. Am liebsten hätte sie losgeheult. Zuerst hatte sie überhaupt keine Chance gehabt, dann eine unerwartete bekommen, die eigentlich keine war und dann doch eine wurde, und nun saß sie wieder fest. Sie kroch nach der anderen Seite aus dem Schacht und kauerte sich auf den Fußboden, die Hände um die Knie gespannt. Ruhig atmen. Nachdenken. Nicht aufgeben. Sie starrte in die Finsternis, und allmählich legte sich die Panik. Es gab keinen Grund, warum sie nicht versuchen sollte, einfach zur Tür hinauszugehen.

Sie stand auf und schüttelte sich ein bißchen, bis sie genug Gefühl in den Beinen und im Körper hatte, und schlich dann in die Portiersloge. Die Tür zum Wohnzimmer war geschlossen. Das Hausmeisterehepaar schlief im Kabinett dahinter, sie konnten sie also kaum hören, aber Licht wagte Marie doch nicht zu machen. Man hätte es vom Gang aus sehen können. Sie tastete im Finstern her-

um, bis sie die Stablampe fand, die der Hausmeister auf seinen späten Rundgängen immer bei sich trug. Mit der Stablampe ging es leichter. Die Schlüssel zur Wohnung steckten an der Tür. Sie sperrte auf und schlüpfte ins Stiegenhaus. Niemand. Im Hof war es noch immer ruhig und völlig finster. Ein Blick hinauf in den vierten Stock. Erst jetzt wurde Marie klar, ganz klar, und es gab kein Ausweichen mehr, daß jede Verbindung zu den Kindern und Roland abgerissen war.
Sie ging in die Toreinfahrt, sperrte das Haustor auf und verließ das Haus.

Es war schon spät, als der Oberbrigadeführer Maries Aufzeichnungen weglegte. Er hatte mehr erwartet, aber in diesen Berichten stand nichts über die Person, nichts über Vorlieben, Abneigungen. Ein Phantom. Wie ein Phantom war sie verschwunden, und alle Spuren, die man von ihr zu haben glaubte, erwiesen sich als unwirklich.
Er dachte nach. Immerhin war sie ein Mensch aus Fleisch und Blut und mußte essen, schlafen und die Zeit überbrücken. Freunde hatte sie in der Stadt mit ziemlicher Sicherheit keine, sonst wäre sie mit den Malbots fortgegangen und nicht allein in der Wohnung geblieben. Der Oberbrigadeführer schaute die Fotos an, die es von Marie gab. Nie das gleiche Gesicht in ihrer Nähe, kein Hinweis darauf, ob das, was sie sah, sie interessierte oder abstieß oder freute. Nur Augen, die schauten und schauten und schauten, auch noch, wenn alle anderen Augen der Welt aufgehört hatten zu schauen. Er hatte Menschen am Amt zerbrechen gesehen oder sich unterwerfen. Es gab überhaupt nur diese zwei Sorten von Leuten: die freiwillig kamen und sich unterwarfen oder die zerbrachen. Mit etwas Übung konnte man sehr bald erkennen, zu welcher Sorte die Leute gehörten, die man vor sich hatte. Marie Savari gehörte zur dritten Sorte, die es gar nicht wirklich gab. Augen, die schauen konnten, so daß man sich fragte, ob das noch menschliche Augen waren.
Wohin ging so ein Mensch, wenn er keine Freunde hatte? Die meisten würden, wenn sie allein und unglücklich waren, dorthin gehen, wo es laut war und viele andere Menschen gab. Auf den Rummelplatz vielleicht, aber ging Marie Savari auf den Rummelplatz? – Er wählte eine Fotomontage, auf der sie wie ein Flittchen aussah. Die Erfahrung lehrte, daß man leichter Auskunft bekam über

Menschen, auf die jene, die man fragte, herabsehen konnten. Es war ein gemeines Foto, unten im Keller aufgenommen, mit dem Körper eines Stripgirls versehen. – Und wo fing er mit der Suche an? – Er brauchte sie im Moment mehr als irgendeinen anderen Menschen in der Stadt. Er mußte wissen, was sie machte und wo sie war, alles andere war egal. Er mußte es wissen, bevor es die anderen erfuhren, sonst erfuhr er nichts mehr. Der Staatssicherheitsdienst reagierte seit der Panne bei der Festnahme hysterisch wie ein Haufen kriegspielender Schuljungen, denen man plötzlich sagte, daß es ernst geworden war. Und die Polizei lachte sich ins Fäustchen. Gellert probte den Aufstand gegen die Ämter. Keine internen Informationen ohne schriftliche Anfrage, keine Weitergabe von Akten ohne richterlichen Antrag. Alles völlig korrekt, völlig legal. Seinen Adjutanten hatte er gefeuert, vom Nachfolger wußte man nur, daß ihn Gellert selbst eingeschult hatte. Von Anfang an. Blieb noch die Hoffnung auf die Bürgerwehr – und auf Roland Savari. Hatte er ihn, hatte er alle. Dann durfte die Frau ruhig entkommen. Ihr Überleben würde den Mann so demütigen, wie ihn der Mann über die Frau gedemütigt hatte.
Der Oberbrigadeführer griff zum Telefon und wählte die Nummer seiner neuen Sekretärin.
Sind Sie allein, fragte er ohne Umschweife.
Ja, kam die zögernde Antwort.
Schicken Sie ihn weg und machen Sie sich fertig. Ich hole Sie in einer halben Stunde ab.
Zwei Augenpaare sahen mehr als eines. Und eine Frau konnte einer Frau überall hin nachgehen.
Eine halbe Stunde später fuhr er vor dem Haus Hauptstraße 65 vor. Es war knapp nach elf Uhr.

Als Marie ins Licht der Straßenbeleuchtung trat, sah sie, daß sie sich um gut eine Stunde verschätzt hatte. Es war dreiundzwanzig Uhr und auf dem Platz vor der Kathedrale ziemlich viel los. Man baute in aller Eile ein Podium für eine Massenkundgebung auf. Der Würstelstand hatte offen, und die Vorgärten der Cafés gegenüber waren besetzt.
Im Grunde war es jetzt gleich, wohin sie ging, sie mußte nur gehen. Im Haus hatte sie es sich leichter vorgestellt. Sie war von dem Wunsch, hinauszukommen, so besessen gewesen, daß sie keine einzige Minute an nachher gedacht hatte. – Es war nicht egal, wo-

hin sie ging. Sie hatte zwei Tage und eineinhalb Nächte nicht geschlafen, sie brauchte einen Platz, wo sie etwas schlafen konnte. Vielleicht nahmen die Diakonissinnen sie auf, wenn es ihr gelang, ungesehen ins Spital zu gelangen. Am besten, sie rief Gellert an, möglicherweise erreichte sie ihn. Wenn er noch der war, den sie kennengelernt hatte, würde er versuchen, ihr zu helfen.
Neben dem Würstelstand war eine Telefonzelle. Marie ging ein paar Schritte die Hauptstraße hinauf, wenn sie sie weiter oben überquerte, mußte sie nicht in den Lichtkegel der Arbeitsscheinwerfer.
– Zehn nach einundzwanzig Uhr. Der Oberbrigadeführer schaute auf die Uhr. Genau eine halbe Stunde. Er sah eine Frau auf den Wagen zukommen. Gut. Die neue Sekretärin war pünktlich, obwohl sie sonst log. Selbstverständlich war sie nicht allein gewesen, als er sie angerufen hatte. Er beugte sich zum Beifahrersitz, um die Tür aufzustoßen. Verblüfft ruckte er mit dem Kopf in die Höhe. Das war, Himmel, das war . . .
In diesem Moment entdeckte ihn auch Marie. Sie hatte hinter dem Wagen die Straße überqueren wollen. Aus, dachte sie. Was für eine Dummheit. Sie war sicher, daß der Oberbrigadeführer seit ein paar Monaten nicht mehr oben in der Stadt gewesen war, aber in diesem Augenblick war er da.
Guten Abend, Frau Savari, sagte er. Nett, Sie einmal privat zu treffen.
Marie schaute ihn ernst an. Sie hatte in den vergangenen achtundvierzig Stunden eine ununterbrochene Lektion erhalten, wie eine Hoffnung nach der anderen kaputtging, aber bald danach durch eine völlig andere, überraschende ersetzt worden war, die dann wieder kaputtging. Sie hatte keine Lust mehr, dieses Spiel weiterzuspielen.
Guten Abend, sagte sie, auch wenn dieses Zusammentreffen weder nett noch privat ist. Wir sollten endlich aufhören, einander etwas vorzumachen.
Das Gesicht des Oberbrigadeführers wurde hart. Sollte meine Entscheidung im Amt ein Fehler gewesen sein?
Es war alles ein Fehler. Daß wir leben, sterben, wünschen, nicht wünschen. Wollten Sie mich eben zu einer Spazierfahrt einladen? Ich bin so müde, daß ich eine solche Einladung annehmen würde. Vielleicht.
Der Oberbrigadeführer schaute sie prüfend an.

Lassen Sie sich durch mich nicht überraschen, sagte Marie. Ich bin verrückt.
Sie sind nicht verrückt.
Nein? Aber man wollte mich in eine psychiatrische Klinik bringen.
Besser dort als tot, antwortete er. Im Rückspiegel suchte er nach verdächtigen Personen, nach Freunden von Marie, nach seinen Feinden. Sie fühlte sich so sicher.
Im Augenblick werden Sie offensichtlich beschützt, sagte er, aber geben Sie sich keinen Illusionen hin. Letzten Endes haben die Ämter immer den längeren Arm. Sie sind nicht verrückt, sagte er dann. Sie sind gut geschult und gefährlich und haben mich lang getäuscht.
Und nun täusche ich Sie wieder. – Davonlaufen ging nicht mehr. Es ging überhaupt nichts mehr. Marie setzte sich auf den Beifahrersitz. So spricht es sich leichter, sagte sie.
Und worüber wollen wir sprechen?
Fragen Sie. Vielleicht habe ich eine Antwort.
Er nickte und griff nach Zigaretten. Auch eine?
Marie verneinte und lehnte sich zurück.
Ich wollte Sie finden, sagte der Oberbrigadeführer, ich wollte wissen, was Sie tun – ich habe Sie gefunden, und ich weiß, was Sie tun. Sie sind müde – oder?
Marie kam es vor, als habe sie das alles schon einmal durchgemacht, ein Gefühl wie in einem Alptraum, wo alles immer wieder von vorn anfing. Eine Frau kam auf das Auto zu.
Meine Sekretärin, sagte der Oberbrigadeführer. Ich wollte sie hier abholen.
Sie ist hübsch. Hübsch und jung.
Die Frau trat ans Wagenfenster.
Sie können wieder gehen, Fräulein Mertens, sagte der Oberbrigadeführer. Sie sind zehn Minuten zu spät.
Die Sekretärin wollte sich entschuldigen.
Morgen, unterbrach sie der Oberbrigadeführer. Er startete den Motor.
Wohin, fragte Marie.
Ganz nach Ihrem Wunsch.
Oh. Sie dachte nach. Ich möchte das Barackenlager sehen, sagte sie.
Wie bitte?

Ich möchte den Überfluß sehen, in dem die Leute dort leben. Es muß unbeschreiblich sein. Lebensmittel, die nicht allererste Qualität besitzen, kippt man lieber in den Fluß, als sie diesen Menschen zuzumuten.
Der Oberbrigadeführer stellte den Motor wieder ab. Einzelheiten, Bedingungen, sagte er. Vielleicht läßt sich eine Übereinkunft erzielen.
Worüber? Der Hausmeister sagte, daß Sie Ihr Arrangement mit Roland schon getroffen haben.
Danke, ich kenne das Tonband.
Marie sagte nichts.
Frau Savari, ich kann jede Information erzwingen.
Drohungen? Marie preßte die Tasche an sich. Wissen Sie, das ängstigt mich nicht mehr. Ich bin mein halbes Leben bedroht worden. Entweder man überlebt es, oder man überlebt es nicht. Es ist wie mit den Kinderkrankheiten. – Sagten Sie.
Der Oberbrigadeführer musterte sie von der Seite. Sie war die dritte Sorte von Menschen, die sich nie einordnen ließen und auf die man nur alle heiligen Zeiten traf. Sie war müde und verzweifelt, und sie würde sich lieber umbringen als sich beugen. Er haßte Folter und Tote und die ekelhaften Lösungen, in denen es Blut und Schmutz gab.
Na schön, sagte er, gehen wir in ein Café, und dann fahren wir meinetwegen irgendwohin, wohin Sie wollen.
Sie stiegen aus und gingen zu Manolas, dessen Lokal gleich hinter dem Platz vor der Kathedrale lag, und der Oberbrigadeführer war sehr höflich und bestellte eine Kleinigkeit zu essen und dann Kaffee.
Ich dachte, Sie gehen nie nach oben in die Stadt, sagte Marie.
Es reizt mich nicht sehr. Es lenkt von den klaren Linien ab. Aber manchmal möchte man abgelenkt sein. Ich habe Sie gesucht.
Oh ja. Wenn Sie mich nicht in den Griff bekommen, bin ich Ihre erste Niederlage.
Wie das klingt. Der Oberbrigadeführer winkte Manolas herbei, der abends selbst bediente, und fragte Marie, ob sie etwas Süßes wolle.
Baklawa?
Marie nickte abwesend. Eine gepflegte Feindschaft.
Man darf es nicht so persönlich nehmen. Wenn man es persönlich nimmt, wird es falsch.

Man kann es *nur* persönlich nehmen, sagte Marie.
Ja, Sie.
Sie hörten, wie eine größere Gruppe Jugendlicher über den Platz vor der Kathedrale marschierte, und als sich Marie vorbeugte, konnte sie sie sehen. Sie marschierten in einer Art Kolonne und sangen. Es war ziemlich genau Mitternacht.
Wollen wir gehen, fragte Marie.
Der Oberbrigadeführer zahlte und half ihr auf. Sie gingen zum Auto zurück. Wohin?
Ich sagte es: ins Lager.
Noch immer? Der Oberbrigadeführer startete und fuhr tatsächlich in Richtung Osten. Zwei Gassen weiter gerieten sie in eine Demonstration.
Sie ziehen zur Kathedrale, sagte der Oberbrigadeführer.
Es ist Mitternacht vorbei.
Er verzog den Mund und bog ab. Die nächste Quergasse war ebenfalls verstopft. Wieder so eine Horde singender, junger Burschen. Der Oberbrigadeführer fluchte leise. Marschiert denn die ganze Stadt heute nacht?
Sie marschiert und sie brennt, sagte Marie. Sehen Sie nicht, wie sie brennt? Sie dachten, selbst wenn alles in Schutt und Asche versinkt, bleibt Ihnen noch immer der Keller des Amtes. Aber dieses Feuer wird in die Kanäle fließen, die Schächte entlangkriechen. Ihr Name ist Timo Bruck, nicht wahr?
Der Oberbrigadeführer trat abrupt auf die Bremse. Woher wissen Sie das?
Ich las einmal eine Liste, die so unterschrieben war. Sie haben die Aktion in der Gartengasse geleitet. Sie wußten, daß die beiden Jungen tot waren, während ihr Vater noch immer auf die Forderung ihrer vermeintlichen Entführer wartete.
Wer informiert Sie?
Marie schwieg eine Weile, dann begann sie zu lachen.
Hören Sie auf zu lachen.
Warum? Ist Ihnen noch nie der Gedanke gekommen, daß es über den Ämtern noch ein Amt geben könnte? Eines, das eingerichtet wurde, um herauszubekommen, wie weit es Menschen mit sich kommen lassen, wenn man ihnen lang genug sagt, daß sie keine Menschen sind? Ein Amt, das herauszufinden hat, wie sehr eine Stadt verkommen kann. Man hätte nur die Flüchtlinge hier und anderswo fragen brauchen. Jeder einzelne von ihnen weiß das.

Die Straße vor ihnen war jetzt wieder frei, und der Oberbrigadeführer fuhr weiter. Sie fuhren in Richtung Hafen. Eine Quergasse vor der Brücke stellte er den Wagen ab.
Wir sind da, sagte er. Da drüben ist das Lager. Steigen Sie aus.
Ein Sturz über die Brücke?
Vielleicht. Er verließ den Wagen, sperrte die Fahrersitztüre ab und öffnete Marie dann den Wagenschlag auf der anderen Seite.
Bitte, sagte er.
Marie schaute ihn an. Was haben Sie jetzt vor?
Sie wollen mich heute nacht um Kopf und Kragen bringen, und ich muß zusehen, wie ich das verhindern kann. Im Amt dachte ich, daß ich Sie kenne. Heute, bei Manolas, dachte ich es wieder. Jetzt frage ich mich, wer Sie sind.
Wer fragt, erlaubt anderen die Herrschaft über uns.
Ihr Mann? Er kann uns tatsächlich schaden. Er könnte uns ebenso nützlich sein. Daran bin ich noch immer interessiert.
Marie stieg aus. Tun wir also so, als verstünde jeder vom anderen, was er sagt. Die Nacht ist klar, vom Wasser weht eine kühle Brise, und wenn wir wollen, können wir die Sterne sehen.
Sie gingen ein Stück Uferstraße in Richtung zu den Docks und dem Gebäude der Hafenpolizei und schwiegen.
Ich mache Ihnen einen Vorschlag, sagte der Oberbrigadeführer, als sie so weit gegangen waren, daß man von der Brücke nur mehr die Leuchtspur der Scheinwerfer sah. Ich besorge Ihnen einen neuen Ausweis auf einen anderen Namen. Ich bringe ihn überall hin, wohin Sie mich bestellen. Stellen Sie einen Kontakt zu Ihrem Mann her. Im gegenwärtigen Stadium der Entwicklung sind die Ämter imstande, jede Amnestie zu gewähren. Ich will einmal mit ihm sprechen.
Und John Malbot?
Amnestie auch für John Malbot.
Für jeden, der mitkommt.
Marie antwortete nicht.
Sie glauben mir nicht.
Nein.
Das ist Ihr gutes Recht, obwohl es töricht ist.
Warum töten Sie mich nicht?
Die Ämter töten nicht. Sie warten.
Worauf?
Daß Menschen schuldig werden. Auch Sie werden schuldig werden.

Sie standen da und schauten über den Fluß, auf dem das Mondlicht schaukelte. Es roch nach Öl und Fisch und Ferne und leeren Zimmern.
Sie haben mich beinah in der Hand, sagte der Oberbrigadeführer.
Wir sind alle in irgendeiner Hand. Manchmal liegt sie flach da, dann tanzen wir. Dann wieder ballt sie sich zur Faust, niemand weiß, warum.
Fürs erste genügt mir, wenn Sie niemand anderer auf seine Seite bringt. Gehen Sie also ins Lager hinüber. Es ist eine Sperrzone für alle. Ich zeige Ihnen, wie es geht.
Er hielt Marie einen Schlüssel entgegen.
Sie können mit diesem Schlüssel den Bootsschuppen der Hafenpolizei aufsperren. Es gibt auch weibliche Beamte. Die Patrouillen fahren in Zweistundenabständen auf den Fluß hinaus. Ein Boot ist immer unterwegs. Meistens kommen die Beamten eine Viertelstunde vor Abfahrt in den Schuppen. Die übrige Zeit sitzen sie in den Aufenthaltsräumen. In den Bootshäusern sind Spinde. Sie können sich dort eine Uniform besorgen. Die Boote sind leicht handzuhaben. Darüber hinaus bin ich sicher, daß man Ihnen den Umgang mit solchen Fahrzeugen beigebracht hat. Nehmen Sie.
Warum sollte ich das tun?
Sie mögen die Ämter nicht, ich weiß, Sie hassen mich wahrscheinlich, aber im Augenblick bin ich der einzige Schutz für Sie.
Solang, bis Sie bekommen haben, was Sie wollen.
Keine Garantie für später. Jetzt will ich, daß Sie leben.
Marie nahm den Schlüssel. Der Oberbrigadeführer faßte sie am Arm und führte sie am Haupteingang des Polizeigebäudes vorbei zu den Bootshäusern. Vor dem dritten Schuppen hielt er an. Hier, sagte er.
Marie sperrte auf, und sie gingen hinein. Im Vorraum waren Spinde, und Marie sperrte sie der Reihe nach auf, bis sie eine passende Uniform fand. Sie zog sich um, packte ihre Kleider zusammen und ging zum Boot, wo der Oberbrigadeführer wartete. Er hatte einen Handscheinwerfer eingeschaltet und beleuchtete sie.
Ich möchte noch einmal mit Ihnen schlafen, sagte er nach langem Schweigen. Und ich möchte, daß Sie das gleiche wünschen.
Marie antwortete nicht.

Na schön, sagte er, kommen Sie. Er knotete die Leine los, reichte Marie den Handscheinwerfer und zog das Boot entlang des Steges ins tiefere Wasser. Rudern Sie ein Stück, ehe Sie den Motor anlassen. Die Paddel stecken irgendwo an der Seite. Lassen Sie sich dann bis zum Ölhafen abtreiben, werfen Sie den Motor erst dann an und fahren Sie flußaufwärts und gleichzeitig nach Osten. Die Landestelle, die Sie finden müssen, ist nicht gekennzeichnet. Orientieren Sie sich an den Bauten des Westufers. Wenn Sie die Höhe des Gemüsekais erreicht haben, müssen Sie aufpassen. Dort irgendwo ist die Stelle, die Sie finden sollen.
Marie setzte sich hinter das Steuer und versuchte Einzelheiten zu erkennen. Sie spürte, wie die Strömung am Boot zu zerren anfing. Der Oberbrigadeführer wurde sehr schnell ein dunkler Schatten.
Versuchen Sie nicht, mich zu betrügen, rief er ihr nach. Wenn Sie mich betrügen, wird es keinen Platz geben, an dem Sie bleiben können, denken Sie daran. Ich kann mich jederzeit an Ihnen rächen, und bei Gott, ich würde es tun.
Marie trieb lautlos stromabwärts. Sie war so müde, daß sie kaum mehr klar denken konnte. Es war so töricht, in diesem Boot zu sitzen, das sie nicht bedienen konnte. Sie hatte noch nicht einmal den Starter gefunden. Ein Lastkahn, der sich stromaufwärts quälte, kam ihr gefährlich nahe. Sie trieb direkt auf ihn zu, der Scheinwerfer erfaßte sie, und das Signalhorn buhte, und sie fand endlich das Schloß für den Startschlüssel, aber in der Aufregung brachte sie ihn nicht in die Öffnung. Das Signalhorn tutete ganz nah, jemand schrie über das Wasser, da erfaßte ein Strudel den Bug des Bootes und drehte es ab. Der Ölhafen kam in Sicht. Sie holte ein paar Male tief Luft und versuchte es dann noch einmal mit dem Schlüssel. Jetzt ging es. Links neben dem Lenkrad war der Gashebel. Sie bewegte ihn hin und her, und der Motor sprang endlich an. Sie drehte am Lenkrad, das Boot änderte seine Richtung. Etwas mehr Gas. Wie war das damals gewesen. An Stelle der Hochzeitsreise hatten sie eine Bootsfahrt gemacht. Fackeln am Bug. Ein Zug von Ruderbooten auf dem Bachfluß, der breiter als ein Bach und kein Fluß war ... Die Strömung. Gegensteuern. Langsam stemmte sich die Schnauze des Bootes flußaufwärts. Der Lichtkegel einer Polizeistreife fraß sich durchs Dunkel. Marie stellte sofort den Motor ab und trieb augenblicklich in Richtung Ölhafen ab. Der Lichtkegel tanzte an ihr vorbei, ohne sie zu streifen. Sie starte-

te das Boot ein zweites Mal. Im Grunde wollte sie nichts, nur schlafen. Das Boot tuckerte langsam weiter. Am Westufer tauchten die Schuppen des Gemüsekais auf, aber der Abstand zum Ufer war noch zu groß.
Sie fuhr ein Stück weiter stromaufwärts und dann in Ufernähe zurück. Büsche neigten sich in den Fluß. Dahinter öffnete sich eine kleine Bucht, in der das Wasser nahezu bewegungslos ruhte. Das erste Anlegemanöver mißlang. Alles nochmals von vorn. Der nächste Anlauf. Schlingpflanzen oder Äste verfingen sich in der Schraube, der Motor begann zu stottern. Das Ruder. Marie stellte den Motor ab und versuchte sich mit dem Ruder gegen den Strom zu stemmen. Das Boot schürfte über festen Boden, zitterte, blieb dann stecken. Schlafen, irgendwo schlafen . . .
Sie wußte später nicht mehr, wie es ihr gelungen war anzulegen, das Boot festzumachen und an Land zu klettern. Dunkel hatte sie in Erinnerung, daß sie durch Gebüsch gestolpert war. Ihre Kleider waren bis in Hüfthöhe naß. Es war schon hell, und sie hörte Hunde kläffen, dann tauchten Kinder auf, viele kleine Kinder. Kinder und Hunde, die sie verfolgten. Irgend jemand fing sie auf und legte sie zu Boden.
Als sie wieder erwachte, schaute sie geradewegs in die farblosen Augen einer alten Frau.
Na, sagte sie, ausgeschlafen?
Ich habe ein Boot gestohlen, sagte Marie an Stelle einer Antwort.
Sie phantasiert, sagte die alte Frau. Gib den Wasserkrug her.
Marie setzte sich langsam auf. Sie war in einer Wellblechhütte und saß auf einem Haufen getrockneter Blätter, und zu ihren Füßen stand ein Mann, der einen Wasserkrug in der Hand hielt.
Na, wie sind *Sie* denn hierhergekommen, fragte er.
Mit einem Boot, sagte Marie. Mit einem gestohlenen Polizeiboot, es ist tatsächlich so.
Oh, Mann. Daß man bei uns hier den Verstand verliert, ist üblich. Aber Sie haben, scheint mir, nichts mehr zu verlieren.
Marie stand auf und schüttelte die Blätter aus ihren Kleidern. Die Hütten schauten erbärmlich aus, und es roch übel hier.
Wie lange habe ich geschlafen?
Einen Tag und eine Nacht, jetzt ist es Mittag. Schauen Sie auf die Uhr, Sie haben ja eine.
Es war halb zwölf. Marie fühlte sich ganz gut, nur etwas steif. Sie

trat aus der Hütte und schaute sich um. Es gab eine Reihe solcher Hütten, sie schätzte an die fünfzig. Und Kinder. Und Hunde.
Wenn Sie ein Boot haben, haben Sie etwas zu essen mitgebracht, fragte die alte Frau.
Marie verneinte.
Früher wurden wir von der Stadt aus regelmäßig versorgt. Später wurden die Lieferungen unregelmäßig. Jetzt bleiben sie ganz aus.
Ich weiß, sagte Marie. Sie kippen alles, was über die Brücke kommt, lieber in den Fluß, als es ins Lager gelangen zu lassen.
Mein Gott, und das sagen Sie auch noch? Was sind Sie für ein Mensch. Der Mann stellte den Wasserkrug auf den Boden. Wollen Sie uns verhöhnen? Was machen Sie überhaupt hier?
Ich bin auf der Flucht, antwortete Marie.
Seit wann flieht man in ein Gefängnis?
Er hatte recht. Es war vollständiger Wahnsinn; daß man sie hatte gehen lassen und, daß sie gegangen war. Und daß nun alles zu weit weg schien, um noch wirklich zu sein. Etwas mehr als vierundzwanzig Stunden, und alles war weit weg. Marie ging auf den freien Platz zu, um den die meisten Hütten herumgebaut waren. Männer und Frauen saßen im Schatten der Unterkünfte. In der Mitte des Platzes waren die Reste einer Feuerstelle. Dahinter stieg das Gelände leicht an, von dichtem Gebüsch überwuchert. Marie fand einen schmalen Pfad und ging ihn weiter, bis sie vor einem Steinwall stand. Er war nicht besonders hoch, und sie kletterte hinauf, bis sie darüberschauen konnte. Eine weite Ebene lag vor ihr, und die Luft flirrte in der Hitze. Wie eine Fata Morgana erhob sich in der Ferne ein Gebirge. Es waren keine Wachen zu sehen und keine Absperrungen. Marie erklomm die Mauer vollständig und schaute von oben über das Land. Man konnte hier meilenweit laufen, ohne auf ein Hindernis zu stoßen, und wenn man lang genug lief, vergaß man wahrscheinlich alles. Man ging geradeaus, immer geradeaus, und man nahm die Sonne mit und ging weiter, immer geradeaus. Und abends saß man an einem Fenster und hörte, wie die Geräusche allmählich in den Schlaf hinüberglitten. Und die Stadt war ein großer, böser Traum, aus dem man endlich erwacht war.
Es war schön, sich das auszumalen, man durfte nur nicht in den Graben hinunterschauen, der auf der anderen Seite des Walles verlief. Marie beugte sich vor. In diesem Augenblick peitschte ein

Schuß auf. Das Geschoß verfehlte sie, aber sie spürte den heißen Luftzug, den es verursachte, auf ihrer Schläfe und ließ sich fallen. Gleichzeitig ertönte eine Lautsprecherstimme. »Verlassen Sie das Gelände, das Betreten der Grenzanlagen ist verboten. Verlassen Sie das Gelände, das Betreten . . .«
Marie kollerte den kurzen Abhang hinunter und blieb mit dem Gesicht zum Boden im Gebüsch liegen. Na, schön, jetzt wußte sie, wie es hier war. Drüben konnte man leben, aber man durfte nicht hin. Und dort, wo man hindurfte, konnte man nicht leben.
Eine Hand berührte sie. Der Mann von vorhin beugte sich über sie.
Sind Sie verletzt, fragte er. Können Sie gehen?
Sie setzte sich auf und schaute ihn an.
Sowas von verrückt. Warum haben Sie das gemacht?
Ich wußte nicht, daß hier geschossen wird.
Er zog sie hoch. Der Wall ist die Grenze nach drüben. Was glauben Sie, warum wir noch hier sitzen, wenn es eine Chance gäbe, hinüberzugehen.
Er putzte an ihr herum. Haben Sie tatsächlich ein Boot?
Marie folgte ihm den Weg zum Lager zurück. Ich weiß es nicht. Als ich losfuhr, hatte ich eine gestohlene Polizeiuniform an, jetzt trage ich wieder meine alten Kleider. Ich kann mich nicht daran erinnern, daß ich mich umgezogen habe. Ich weiß gar nichts.
Vielleicht hat man Sie hergebracht. Er blieb stehen und musterte sie aus schmalen Augen. Vielleicht sind Sie . . .
Was?
Ach, was, ist egal. Wir haben nichts zu verlieren, also werden wir das Boot suchen. So viele Möglichkeiten, am Ufer anzulegen, gibt es nicht. Eigentlich nur eine. Unterhalb der Brücke ist das Ufer steil und glatt, und direkt bei der Brücke stehen Posten. Sie schießen sofort und ohne Vorwarnung. Wen sie nicht treffen, dem hetzen sie Hunde nach.
Wie bei uns zu Hause, sagte Marie.
Wie, wo?
Im Norden. Posten, Hunde und Gewehre, die leicht losgehen und immer treffen.
Sie sind aus dem Norden?
Wir sind Flüchtlinge, sagte Marie. Wir dachten, hier lebt man anders.

Den Morgen des fünften Juni begann Gellert mürrisch und in Sorge. Von Marie Savari gab es noch immer keine Spur. Sie war drei Nächte und zwei Tage fort, und mit jeder Stunde, die er sie nicht fand, wuchs die Chance der Ämter, sie zu fassen.
Vor dem Haus stand ein Verbindungsmann der IAS. Gellert schaute in den Himmel und wartete. Wenn der Agent auf ihn zuging und um Feuer bat, hatte die IAS eine Spur von Marie Savari. Aber der Mann drehte sich bei Gellerts Anblick weg und schaute in eine Auslage.
Also nichts. Wenn die Ämter die Frau schon hatten, mußte er ganz schnell die Stadt verlassen. Er ging die Straße hinunter, kaufte eine Zeitung und blätterte sie oberflächlich durch. Wenn die Ämter ebenso ratlos waren wie er, machte er sie allerdings durch eine Flucht auf seine Freunde aufmerksam. Man lief ein Leben lang und lief und lief und glaubte, daß es irgendwie weiterging, aber man drehte sich bloß im Kreis. Die Schwalben flogen an diesem Morgen hoch. Sieben Uhr fünfzehn. Etwas hatte er noch Zeit, zehn Minuten, vielleicht eine Viertelstunde, aber es war beinah unmöglich, eine vernünftige Entscheidung zu fällen. Er drehte sich um, ging zum Auto zurück und fuhr los.
Der tägliche Morgenbericht brachte vorerst nichts Neues. Die Nacht war ruhig verlaufen, keine Demonstrationen, keine Verhaftungen, auch keine Abgängigkeitsanzeigen. Gegen neun kam der Bericht der Wasserpolizei. Man hatte in der vergangenen Nacht drei Leichen aus dem Wasser geborgen, einen Mann und zwei Frauen. Bei der Leiche des Mannes handelte es sich um einen Matrosen, der betrunken von einem der Lastkähne gestürzt und ertrunken war. Seine Identität stand fest. Auch die der einen Frau war bekannt. Eine Selbstmörderin, die einen Abschiedsbrief am Ufer hinterlassen hatte. Von der dritten Frau wußte man nichts, ihre Beschreibung paßte allerdings nicht auf Marie.
Gellert legte die Berichte zur Seite. Der Morgen verlief ruhig, zu ruhig. Er ließ seinen Adjutanten kommen und sagte ihm, daß er zum Hafen fahren wolle, die weibliche Leiche begutachten. Er fuhr zum Fluß, ließ den Wagen weit entfernt vor den Docks stehen und ging ein Stück zu Fuß. Es war ein heißer, klarer Sonnentag, sehr, sehr heiß für Anfang Juni. Flußaufwärts glänzte das Licht so stark, daß man nichts auseinanderhalten konnte, weder Wasser noch Himmel, noch Ufer. Man zeigte Gellert die nicht identifizierte Frauenleiche. Wer immer, Marie Savari war es nicht. Mit den

Ermittlungen bezüglich der Schießerei vor zwei Tagen war man nicht weitergekommen. Gellert wußte, daß der Tote Willem hieß, mehr wußte die IAS von ihm auch nicht, und daß der zweite Mann leicht verletzt in Sicherheit gebracht worden war. Was den Einbruch in der Nacht danach betraf, war man ebenfalls nicht weitergekommen. Er nahm die Karte mit den Fingerabdrücken mit und sagte zu, sie mit der Zentralkartei vergleichen zu lassen. Dann schaute er sich ein wenig in den Docks um.
Gegen Mittag war er wieder im Büro. Der Staatssicherheitsdienst wollte einen Bericht über zwei neue Angestellte in seiner Abteilung, und die Ämter forderten Unterlagen über bestimmte polizeiliche Ermittlungen. – Er lehnte beides ab, rief seinen Adjutanten und übergab ihm die Fingerabdrücke. Er war nicht mehr so unruhig wie am Morgen. Solange die Ämter und der Staatssicherheitsdienst ihn mit Anfragen bombardierten, war alles in Ordnung. Dann kam ein Anruf des Polizeipräsidenten persönlich, der wissen wollte, warum die Zusammenarbeit mit den Ämtern nicht klappe und weshalb die geforderten Auskünfte nicht weitergegeben worden seien. Gellert sagte ja und selbstverständlich, aber der Instanzenweg und dann die formalrechtliche Seite, und Personalakte weiterzugeben, ohne Angabe besonderer Gründe, dürfe er nun einmal nicht, und ohne richterlichen Beschluß sei da nichts zu machen. Der Polizeipräsident fragte, ob Gellert wisse, was er da mache. Der Oberst sagte ja, legte auf und ging essen. Die Ämter wußten gar nichts, das stand nun fest. Er aß ausgiebig und trank eine halbe Flasche italienischen Landwein.
Als er zurückkam, erwartete ihn sein Adjutant mit dem Ergebnis aus der Zentralkartei.
Sie wollten sofort Meldung haben, wenn wir Spuren einer gewissen Marie Savari finden. Da. Der Adjutant legte eine Karte mit Fingerabdrücken auf den Schreibtisch. Sie hat vorgestern nacht den Einbruch im Hafen begangen.
Irrtum ausgeschlossen, fragte Gellert betroffen.
Völlig ausgeschlossen.
Gellert verglich beide Abdrücke und nickte. Wissen Sie, sagte er dann, das ist möglicherweise eine Katastrophe. Hat irgend jemand etwas mitbekommen?
Niemand. Ganz sicher niemand. Ich hab die Karte einfach so eingesteckt.
Gellert nickte wieder. Lassen Sie alles da bei mir. Dann sagte er

nochmals: Wissen Sie, das ist möglicherweise eine Katastrophe. Haben Sie überhaupt eine Ahnung, wovon ich rede?
Der Adjutant verneinte.
Was zu trinken? Gin Tonic?
Tonic pur.
Sie wissen nicht, worum es geht?
Doch, sagte der Adjutant, ich glaube schon, aber ich will nicht darüber reden. Eine harte Nuß für die Ämter.
Die meisten Jungen in Ihrem Alter stehen ganz woanders.
Ich habe eine Schwäche für verlorene Dinge, sagte der Adjutant.
Gellert trank aus. Na, dann behalten Sie ihr Faible, und passen Sie auf, daß Sie nicht eines Tages deshalb Ihr einziger Fan sind.
Der Adjutant ging, und Gellert betrachtete die Karten mit den Fingerabdrücken. Marie Savari als Einbrecherin, das hätte ihn kaum interessiert, aber der Einbruch war mit einem Generalschlüssel durchgeführt worden. Hin und wieder gab es Tage, die man aus dem Kalender streichen können sollte. Generalschlüssel dieser Art hatten die Wasserpolizei – und die Ämter. Gellert zündete sich eine Zigarette an, rauchte ein paar Züge, dämpfte sie aus, zündete sich die nächste Zigarette an. An beide Schlüssel war nicht heranzukommen, außer die IAS hatte einen Agenten bei der Wasserpolizei. Verflucht, dann wußten sie doch, wo Marie Savari war, und brauchten ihn nicht durch die Gegend zu hetzen. Vielleicht trauten sie ihm nicht. Vertrauen forderte mehr als bloß gemeinsame Interessen. Er nahm sich noch einen Gin Tonic und schüttete ihn nach dem ersten Schluck weg. Er brauchte einen klaren Kopf. Wenn ihm die IAS mißtraute, benutzte sie ihn als Informationsquelle und versuchte ihn gleichzeitig möglichst im unklaren zu lassen. Ja, man lief und lief . . . Und wenn Marie Savari nun mit den Ämtern zusammenarbeitete? Die Zwangseinweisung in eine psychiatrische Anstalt sprach dagegen, aber irgendwann brach jeder Widerstand zusammen. Bloß, es paßte nicht.
Er setzte sich zum Schreibtisch und ließ sich die neuesten Meldungen hereingeben. Nichts. Gegen Abend war ein Treffen mit einem IAS-Menschen vereinbart. Was für ein erbärmlicher Krieg. Im Krieg hatte es eine Front gegeben, und es war ganz klar, wo die Freunde standen und von wo ab Feindesland begann.
Du bist ein Dummkopf, sagte Gellert laut zu sich, du bist einfach ein gottverdammter Dummkopf. Das mit der klaren Linie hatte er so lange geglaubt, bis er einmal hinter die Front auf die andere

Seite geraten war und gesehen hatte, was die Granaten der eigenen Leute anrichteten und daß die Getroffenen ganz genauso schrien und man die Schreie nicht besser aushielt, bloß weil man wußte, daß dies Feinde waren. Solche Kriege würde es nie mehr geben. Jetzt gab es andere, und man war bald da und bald dort und hatte das Gefühl, man müßte sogar bei Selbstgesprächen flüstern. Früher hatte er sich zugetraut, Menschen richtig zu beurteilen. Alles hing davon ab, daß man in einem einzigen Augenblick das Wesentliche begriff, die Schwächen und die Stärken. Marie Savari paßte nicht zu den Ämtern. Vielleicht hatte ein Beamter den Schuppen offenstehen lassen und konnte es nicht zugeben, und diese Frau war an das Boot geraten, ohne recht zu wissen, wie sie dazu kam. So was von Zufall. Die Sekretärin kam mit der Postmappe, und er las alle Schriftstücke aufmerksam durch, ehe er sie unterschrieb. Dieser Einbruch ließ ihn nicht los. Und er mußte ihn klären. Er mußte wissen, was da passiert war. Konnte sein, daß die Frau jetzt drüben im Lager saß, sozusagen vom Regen in die Traufe gekommen, und nirgends mehr hin konnte.
Er rief seinen Adjutanten zum dritten Mal an diesem Tag zu sich. Gemeinsam verließen sie das Polizeihauptquartier. Sie fuhren in Gellerts Wagen und tauschten unterwegs die Plätze. An einer Baustelle verließ Gellert das Auto rasch, der Adjutant fuhr weiter. Er hatte den Auftrag, mindestens eine Stunde ziellos durch die Stadt zu gondeln und dann in ein Café zu gehen. Sie hatten dieses Spiel schon ein paar Male gespielt, es hatte bis jetzt immer funktioniert.
Gellert ging auf den üblichen Umwegen zu seinem anderen Wagen und fuhr nach einer Weile los. Ein Stück vor dem IAS-Checkpoint, wie er den Treffpunkt spöttisch nannte, stieg er aus und ging zu Fuß weiter. Er trug jetzt keine Polizeiuniform mehr, hatte eine Perücke auf, und der erwartete Agent würde ihn nur am Codewort erkennen.
Der Agent war eine Frau. Er musterte sie kühl. Frauen konnten fabelhafte Agenten sein und großartige Freunde, aber diese da mochte er nicht. Wenn Frauen fanatisch waren, waren sie das Schlimmste, was einem passieren konnte. Wenn sie sich von allem trennten, was zu ihnen gehörte, waren sie richtige Maschinen, die überhaupt nichts mehr fühlten. Wenn Männer fanatisch waren, fühlten sie auch nichts, außer Haß, aber sie mußten sich nicht von so vielem trennen, um dort hinzukommen. Männer wurden dazu

erzogen, an einem Punkt auszuharren und doch nirgends zu bleiben. Man lief einem Duft nach und dann wieder einem anderen, das war lang her.
Er gab unwillig und knapp seine Wünsche bekannt. Marie Savari hat wahrscheinlich den Einbruch im Hafen begangen, Sie wissen schon. Wie das möglich war, ist unklar, muß aber rasch geklärt werden.
Die Frau nickte.
Und sagen Sie Ihrer Zentrale, daß man aufhören möge, mir Anweisungen zu erteilen. Meinen Sohn aus dem SD-Gefängnis zu holen, lag mindestens so sehr in Ihrem Interesse wie in meinem. Sagen Sie weiters, daß ich hier niemanden mehr treffen werde.
Wo dann?
Ich will Roland Savari sprechen. Er soll zusehen, wie er an mich herankommt. Wenn nichts Unvorhergesehenes geschieht, werde ich in den nächsten Tagen meine Gewohnheiten nicht ändern. Er weiß also jederzeit, wo ich zu finden bin. Den Mann, der in der Früh vor meinem Haus wartet, ziehen Sie besser ab und ersetzen ihn auch nicht durch einen anderen. Keine weiteren Kontakte. Nur Roland Savari.
Was befürchten Sie, fragte die Frau.
Nichts, antwortete Gellert mürrisch. Oder alles, das ist das gleiche.

Das Boot

Sie hatten beschlossen, das Boot zu suchen, fünf Mann und Marie. Jetzt warteten sie, daß es dunkel wurde. Die Dämmerung brauchte endlos lang, bis sie dichter wurde. Sie saßen beim Lagerfeuerplatz und schwiegen verbissen. Was an Vorbereitungen möglich gewesen war, hatten sie getan. Die Taschenlampe war da, es mußte nur noch finster werden.

Gut, daß der Boden in Ufernähe weich ist, sagte der, den sie Ingenieur nannten. So haben wir eine Chance, ihre Spur zu finden.

Neben ihm saß ein dunkelhäutiger Mann, den alle im Lager Indianer riefen, die anderen drei hatten weder Namen noch Spitznamen.

Jetzt, sagte der Indianer. Dunkler wird es in solchen Nächten nicht.

Sie standen auf und gingen los, immer zwei und zwei, der Indianer mit Marie. Er kannte das Gelände ziemlich gut. Er lebte in den Auen, seit es das Lager gab, und stellte Fallen und baute Fischreusen, in denen sich manchmal tatsächlich Fische verfingen. Er war ein guter Jäger und wurde deshalb Indianer genannt.

Sie gingen einen sehr schmalen Pfad entlang, der in vielen Windungen auf das Ufer zuführte. Als das Gebüsch niedriger wurde, krochen sie auf allen vieren weiter. Die Anlegestelle für das Boot, die sie suchten, war so nahe der Brücke, daß die Suchscheinwerfer beinah bis dorthin reichten, und wenn die Wachen Schatten sahen, schossen sie aufs Geratewohl. Ein paar Male blieb der Indianer stehen und untersuchte den Boden und schüttelte den Kopf.

Wissen Sie, sagte er, wenn Sie da gegangen sind, müßte man irgend etwas finden, seit dem letzten Regen war keiner von uns hier. Es steht noch Wasser in den Rillen, das ergäbe gute Abdrücke. Waren Sie denn hier?

Marie wußte es nicht. Sie erinnerte sich an überhaupt nichts, und nach einer Stunde Suche, nachdem sich der Ingenieur bis ans Wasser herangepirscht hatte, machten sie Pause.

Hier ist nichts, sagte der Ingenieur. Erinnern Sie sich denn an gar nichts?

Marie verneinte.

Tja, wo suchen wir dann?

Ich glaube, daß die Spur nach Süden führt, sagte der Indianer.

Aber dort kommt man nicht mehr die Böschung hinauf.
Irgendwie war alles höher, sagte Marie.
Dann müssen wir flußabwärts suchen.
Sie krochen ein Stück, bis das Gebüsch wieder höher wurde, und gingen dann einen Pfad entlang, der ganz nah am Ufer vorbeiführte. Man konnte die Wellen hören und das Wasser riechen. Und manchmal sah man den Scheinwerfer eines Patrouillenbootes aufleuchten.
Die suchen genauso wie wir, sagte der Ingenieur.
Das Boot kam näher, fuhr dann flußabwärts, drehte bei und ließ sich langsam ganz nah am Ufer abtreiben.
Licht aus, sagte der Indianer. Die schießen sofort.
Der Bodenscheinwerfer begann das Ufer auszuleuchten. Sie warfen sich alle sechs auf den Boden und warteten. Das Boot wendete und kam nochmals zurück.
Wenn sie etwas finden, wird es für uns kritisch, sagte der Ingenieur. Wir können gar nichts machen, nicht einmal rennen.
Der Scheinwerfer glitt wieder tiefer aufs Wasser. Es waren vier Mann Besatzung zu erkennen, und zwei von ihnen legten Schwimmwesten an. Dann war ein klatschendes Geräusch zu hören und noch eines. Das Boot stand mit der Schnauze stromaufwärts und versuchte seine Position zu halten.
Ich hab's, rief eine Stimme.
Was ist es?
Ein Frauenschuh.
Nur einer? Such weiter.
Muß angeschwemmt worden sein, es ist sonst nichts zu sehen.
Dann komm zurück.
Leine, sagte eine andere Stimme. Hol schon ein.
Wenig später hörten sie den Motor aufheulen, und das Boot schoß volle Kraft voraus davon. Als es nur mehr aus der Ferne zu hören war, knipste der Indianer die Lampe wieder an.
War knapp, sagte er. Hier könnte man auch anlegen.
Aber dann ist das Boot längst weg.
Bäume, sagte Marie plötzlich. Ich erinnere mich an Bäume. Wo gibt's hier welche?
Das ist noch ein Stück flußabwärts, aber dort ist die Böschung an die vier Meter hoch und hängt über. Der Indianer schaute sie ratlos an. Sie sollten sich ein bißchen genauer erinnern können.
Ist es sehr weit?

Zwei-, dreihundert Meter. In der Dunkelheit hat man für Entfernungen kein Gefühl.
Versuchen wir es, fragte Marie.
Die anderen drei, die keinen Namen hatten, waren dafür. Sie brauchten in der Dunkelheit ziemlich lang für die Strecke, eine Wolkenbank schob sich vor den Mond, und man sah zeitweise gar nichts.
Hier, fragte der Indianer zweifelnd. Er trat ganz nahe ans Ufer und leuchtete aufs Wasser hinunter. Das sind mindestens vier Meter.
Marie setzte sich nieder und schaute ans gegenüberliegende Ufer. Die Ausladestelle für Frischobst und Gemüse lag etwas stromaufwärts. Sie hatte genau gegenüber zu landen versucht, war aber immer wieder abgetrieben worden.
Es muß hier sein, sagte sie schließlich, und es muß hier eine Höhle geben.
Einer der Männer begann den Boden zu untersuchen und dann die Stämme der Bäume.
Die Wurzeln reichen zum Teil bis zum Wasser hinunter, sagte er. Vielleicht ist dahinter tatsächlich eine Höhle.
Sie zogen Hemden und Hosen aus und knüpften sie aneinander. Es wurde eine ganz brauchbare Leine, und einer ließ sich zum Wasser hinunter. Sie hörten ihn herumrudern, dann entspannte sich die Leine.
Ich hab's, rief er. Er machte eine Pause und stieß zischend die Luft aus. Es gibt hier eine Höhle. Und das Boot ist auch da.
Sie waren zuerst so überrascht, daß sie minutenlang schwiegen. Dann sagte der Ingenieur: Mein Gott, wir könnten tatsächlich hinüber?
Marie schaute auf die Uhr. Wenn wir uns beeilen, sogar noch heute nacht. Die nächste Wachablöse erfolgt erst in einer Stunde. Jetzt befährt die Wasserpolizei den unteren Teil des Flusses, wir haben also mindestens eine halbe Stunde Zeit.
Können Sie sich vorstellen, was das für uns bedeutet? Übrigens: Mein Name ist Diego Hall.
Rouvy, sagte der Mann neben ihm.
Francis.
Arno.
Ich heiße Marie Savari, sagte Marie.
Indianer. Ich bin's so gewohnt. Er schaute über den Fluß, hinauf zur Brücke und stromabwärts, wo das Patrouillenboot fuhr, und

dann zum gegenüberliegenden Ufer, zu den erleuchteten Kais.
Ein gestohlenes Polizeiboot, sagte er. Marie, ziehen Sie Ihre Schuhe aus. Drüben besorgen wir Ihnen neue. Die alten werfen wir in den Fluß. Vielleicht findet man sie. Dann wird man Sie für tot halten.
Ja, tun Sie das, sagte Diego.
Und wer fährt, fragte Rouvy. Alle sechs wäre Unsinn.
Marie zog die Schuhe aus und schaute wieder auf die Uhr. Ist das nicht egal?
Nein, das ist es nicht.
Doch, sagte Marie, es ist völlig egal.
Na, hören Sie, protestierte Francis.
Lassen Sie, sie hat recht. Der Indianer nahm die Schuhe und schleuderte sie in hohem Bogen ins Wasser.
Was meint er, fragte Rouvy.
Daß es für keinen von uns die Möglichkeit zur Flucht gibt, sagte Diego. Komm, wir losen.

Bis elf Uhr arbeitete Roland am Gemüsekai, dann schickte ihn der Vorarbeiter weiter hinunter in Richtung Ölhafen, wo man Leute brauchte, die gut tauchen konnten. Ein kleiner Frachter war gekentert, und man wollte die Ladung heraufholen, ehe der Kahn gehoben wurde. Es war jetzt der dritte Tag nach Maries Verschwinden, und noch immer gab es keine Spur von ihr. Roland ging mit ein paar anderen Gelegenheitsarbeitern zum Kahn. Er hatte sich entschlossen, in der Stadt zu bleiben, und eine entsprechende Nachricht bei Charly deponiert. Er mußte Marie finden, und dann wollte er das Angebot annehmen, mit ihr und den Kindern in den Süden zu gehen. Man konnte nicht aufhören, aber man konnte vielleicht abspringen. Ihm war noch nicht ganz klar, was er tun wollte, es war alles zu schnell gekommen.
Als sie beim Frachter ankamen, hieß sie ein Matrose in einer Reihe aufstellen. Sie sollten hintereinander ins Wasser springen und nach einer Büchse tauchen. Brachte man sie hinauf, wurde man ein paar Meter weitergeschickt, wo ein Beamter der Hafenbehörde einen kleinen Vortrag über Redlichkeit hielt, und daß keiner etwas von dem behalten dürfe, was er emportauchte. Er war sehr jung und glattrasiert. Er glaubte offensichtlich an das, was er sagte, und verachtete die Männer, zu denen er sprach.
Jetzt kam der Mann vor Roland an die Reihe und sollte »vortauchen«. Er plumpste ungeschickt ins Wasser und schaffte es nicht,

den Kopf voran unten zu bleiben. Schließlich ruderte er, mit den Armen wild um sich schlagend, zum Ufer zurück und hielt sich an einer Planke fest. Die Matrosen auf dem Pier lachten ihn aus und stießen ihn ins Wasser zurück. Roland schaute ihnen zu und hörte, was der Hafenbeamte sagte, und dachte: Scheißkerl. Es war wieder sehr heiß, und die Reihe der Männer stand in der Sonne und schwitzte und wartete darauf, daß sie sich ins Wasser stürzen durften, während der Beamte im Schatten stand und redete und zwischendurch einen Schluck aus einer Thermosflasche nahm.
Der Mann hinter Roland steckte sich eine Dose unter das Hemd, für den Fall, daß er nicht tief genug hinunterkam. Er hielt auch Roland eine Dose hin, aber der nahm sie nicht. Es machte ihm nichts aus, wenn man ihn wegschickte, er hatte bloß nicht nein sagen können, als ihn der Vorarbeiter auf den tollen Job aufmerksam gemacht hatte. Wenn man ihn wegschickte, konnte er stehen und schauen, ohne aufzufallen. Jetzt kam er dran. Das Wasser war kalt, und die Strömung kostete eine Menge Kraft. Roland tauchte und kam ein gutes Stück weiter abwärts, als er gedacht hatte, wieder an die Oberfläche. Er hatte nichts in der Hand. Der Matrose winkte ihn trotzdem zur anderen Gruppe, die darauf wartete, daß man sie nun zum gekenterten Frachter brachte, der mit dem Heck einige Meter vom Ufer entfernt aus dem Wasser ragte.
Das geht schon, sagte der Matrose, du darfst nur nicht direkt auf das, was du haben willst, draufspringen, sonst wirst du weggetrieben, ehe du dran bist.
Roland nickte und stellte sich zu den anderen und schaute auf den Fluß. Es war viel Treibholz da, und sie sollten auch Treibholz einsammeln und alles, was sonst noch anfiel. Ein Schuh flog durch die Luft und landete neben Roland. Er bückte sich und hob ihn auf. Der Schuh war handgenäht. Roland wollte ihn schwungvoll wegwerfen, schaute ihn dann nochmals an. Er war geflickt, und das eingesetzte Leder paßte nicht ganz in der Farbe. Und innen war ein verblassender Stempel zu lesen. Und die Größe stimmte auch. Es konnte mehrere solche Schuhe in der Stadt geben, aber Roland wußte, daß das nicht stimmte. Es gab ein einziges Paar, das so aussah, und es gehörte Marie.
Sie sind dran, sagte der Beamte. Haben Sie mir vorhin zugehört?
Roland nickte automatisch.
Dann steigen Sie ein.
Ein Sechsmannboot hielt vor ihm, es brachte die Taucher zum

Frachter. Roland legte den Schuh aus der Hand und stieg ins Boot. In ihm war plötzlich alles ganz stumm und ganz tot. Sie wurden zum Frachter gerudert und sollten springen. Roland sprang und tauchte, bis er es unter Wasser nicht mehr aushielt, dann tauchte er auf, legte sich auf den Rücken und ließ sich abtreiben. Er hatte jetzt nichts als Sonne in den Augen und schaute weder zum Schiff zurück noch zum Ufer. Es war nicht einmal unangenehm, sich so plötzlich tot zu fühlen. Die Geräusche nahmen ab. Sie hatte ihn so sehr beschworen, nicht wegzugehen, und er hatte nicht sagen können, warum er es tun mußte. Das erübrigte sich nun. Es war ganz einfach. Wenn man lang genug wartete, mußte man nichts mehr erklären.
Ein Polizeiboot fischte ihn aus dem Wasser.
Wolltest wohl in den Süden abhauen, was? Name, Alter, Beruf?
Roland schaute den Polizisten an und schwieg.
Name!
Ich heiße Roland Savari, gehöre zur IAS und werfe Bomben.
Mann, warum sagen Sie denn das?
Weil es wahr ist.
Nun hören Sie, das ist doch kein Spaß. Was ist los mit Ihnen? Der Polizist nahm seine Kappe ab und wischte sich die Stirn. Ohne Kappe sah er alt aus. Er hatte graue Haare und vorn links und rechts tiefe Winkel. Wenn Sie einer von denen wären, hätten wir jetzt große Schwierigkeiten, ich würde für unser Leben nicht mehr viel geben. Wir hätten Sie dann auch nicht aus dem Fluß gefischt, sondern Sie hätten das Boot gekapert. Kommen Sie noch einmal an Deck, und sagen Sie mir, was ich wissen will, und die Geschichte ist erledigt.
Roland stand auf und folgte ihm. Es war verrückt. Er hatte eben die Wahrheit gesagt, aber man glaubte ihm nicht. Es war auch verrückt, die Wahrheit zu sagen.
Nun?
Ich weiß es nicht. Meine Frau ist tot. Nehmen Sie mich mit, dann muß ich es den Kindern nicht sagen.
Das war es, sagte der Polizist. Wie alt sind die Kinder?
Zweieinhalb und fünf.
So klein? Wir setzen Sie am Ufer ab. Wenn Sie Arbeit brauchen, melden Sie sich beim Vorarbeiter in Dock zwei.
Er nahm nochmals die Kappe ab, wischte sich die Stirn, setzte die Kappe wieder auf und ging nach vorn, zum Bootsführer. Roland

sah, daß er zu ihm etwas sagte. Der Bootsführer nickte und fuhr einen Steg an.
Der Polizist kam zurück. Wir setzen Sie hier ab. Gehen Sie da quer durch.
Roland nickte und wartete, bis das Boot abfuhr, und ging dann den Weg, der ihm gezeigt worden war.

Im Lager erwartete ihn John. Er hatte vom Auftrag der Zentrale an einen gewissen Belorm gehört, der Marie töten sollte, und zu pakken begonnen. Therese saß auf einem Koffer, die Hände in ihrem Schoß gefaltet, und wartete. Sie waren wieder einmal dabei, fortzugehen.
Du traust dich hierher, fragte John. Und Marie? Weißt du, was sie hier beschlossen haben?
Marie ist tot, antwortete Roland mit müden Augen.
Schon? Das ging ja rasch. Wie hast du es erfahren?
Am Ölhafen hat einer ihren Schuh aus dem Wasser gefischt. Erinnerst du dich? Wir haben damals die Schuhe gemeinsam repariert: deine, die von Therese, von Marie, alle mit dem gleichen Stück Leder.
John ließ sich auf das Bett fallen. Mein Gott, sie ist tot? Er begriff es erst jetzt. Ein Schuh, und?
Nichts sonst. Sie muß in den Fluß gestürzt sein.
Sie muß in den Fluß gestürzt sein, wiederholte John. Wie praktisch. Jetzt seid ihr alle Verantwortung los. Es war ein Unfall. Bravo. Dieser Belorm hat keine Arbeit mehr.
Sie haben ihr Belorm nachgeschickt?
Das wußtest du auch nicht? John steckte die Fäuste in die Hosentaschen und fixierte Roland böse. Wenn es um Marie ging, hast du anscheinend nie etwas gewußt.
Roland ließ sich aufs Feldbett zurücksinken. Ich kenne nur die Befehle der Zentrale, die mich betreffen. Das gehört zur Methode des Überlebens. Je weniger wir voneinander wissen, desto . . .
Geschenkt. Das ist mir egal. Wir wollen mit den Kindern ins Lager am Ostufer des Flusses. Sag nicht, daß du der Vater bist. Marie hat sie uns übergeben, also werden wir uns um die Kinder kümmern. Was dich betrifft, kannst du mitgehen oder bleiben, es interessiert mich nicht.
Er stand auf und verließ den Raum, und Roland schaute ihm nach.

Männer. Therese vergrub ihr Gesicht in den Händen. Zuerst hast du ihm Marie genommen, jetzt dich selbst. Er wollte, daß du stark bist, wenn er versagte. Er wollte einen Grund haben, dich zu vergöttern, damit er dir Marie ohne Neid überlassen konnte. Nun ist sie tot. Und ob du daran Schuld hast oder nicht – ihren Tod wird er dir erst verzeihen, wenn er dich zerbrochen hat.

Zwei Tage später hatte Roland ein Boot beschafft, eine alte Fischerzille, die schwerfällig war und morsche Aufbauten hatte, aber der Unterboden war noch in Ordnung. Man konnte mit ihr den Fluß übersetzen und sie dann versenken oder abtreiben lassen. Er hatte sie einem Fischer abgekauft, der lieber den Fluß beobachtete als hinausfuhr. Es gab ohnedies kaum mehr Fische. Flußaufwärts stand ein Kraftwerk, und in der Stadtnähe war das Wasser wie tot.

Roland vereinbarte, daß er das Boot irgendwann abholen werde, und ließ es am Pier. Es war eine Flucht, die er vorbereitete, und John und Therese wußten, daß es wiederum eine Flucht war. Sie wußten es, ohne darüber zu reden. Sie redeten auch sonst nicht miteinander. Roland pendelte zwischen der Stadt und der Höhle hin und her. Er kam wenigstens einmal am Tag, aber er blieb nie lang. Er sollte Gellert treffen und war noch nicht an ihn herangekommen, und er wollte John und Therese und die Kinder wegbringen, obwohl das völlig verrückt war. Vom Lager in den Flußauen wußte er nur, was man in der Stadt darüber munkelte und was John erzählt hatte. Und es war tatsächlich unsinnig, daß ein Mensch freiwillig dorthin wollte, aber es war nichts dagegen zu machen, und schließlich gab die Zentrale ihr Okay.

Es war eine ruhige Nacht, als Roland alle zum Boot brachte und da stand und schaute, bis der Schatten der Zille auf dem Wasser nicht mehr zu sehen war. Er wartete, bis das vereinbarte Lichtzeichen die geglückte Landung am anderen Ufer anzeigte, und ging dann in die Stadt zurück.

Als Marie erwachte, war es schon dunkel. Das Lagerfeuer brannte. Der Widerschein tanzte über den Boden und beleuchtete die Hütte. Sie war aufgeräumt, trockene Kleider lagen da, und ein Blechteller mit gebratenem Hühnerfleisch stand neben der Schlafstelle. Marie griff nach einem Stück, ehe sie sich ankleidete. Das Fleisch war noch warm.

Katharina, rief sie. Katharina?
Die Alte kam sofort. Was ist, mein Täubchen, ausgeschlafen? Sie hockte sich vor Marie auf den Boden und schaute ihr beim Essen zu. Hab ich für dich aufgehoben. Schade, daß du so spät aufgewacht bist. War ein richtiges Fest. Ja, ein Fest.
Sie lächelte, und Marie sah, daß sie keine Zähne mehr hatte.
Du hast eine halbe Nacht und einen ganzen Tag geschlafen. Ich dachte schon, du wachst nicht mehr auf, aber der Ingenieur sagte, Schlaf ist das Beste, was dir passieren kann.
Ist er tatsächlich ein Ingenieur?
Er sagt es. Kam eines Tages hierher und dachte, er könnte sich das Lager wie ein Museum anschauen. Sie haben ihn nicht mehr über die Brücke zurückgelassen, obwohl er einen Ausweis von einer Botschaft hatte. Er sagt: Schlaf stärkt die Nerven.
Marie stand auf und begann sich anzukleiden.
Geprügelt haben Sie sich auch deinetwegen.
Mit wem und warum?
Oh, nur so. Katharina nahm den Teller und stellte ihn weg. Die Herren sind heikel auf dich. Weißt du, es ist unglaublich. Keiner hat gedacht, daß ihr zurückkommen würdet. Ich meine: freiwillig. Und jetzt haben alle zu essen. Marie, weißt du, was das für uns bedeutet?
Warum haben sie sich geprügelt, fragte Marie.
Katharina schaute weg.
Komm schon, sag es. Sie sollen sich nicht prügeln.
Zieh dich lieber fertig an. Ich hole dir inzwischen einen Apfel. Oder willst du lieber einen Pfirsich? Wir haben es ja plötzlich zum Aussuchen.
Marie machte einen schnellen Schritt auf Katharina zu und faßte sie am Handgelenk. Was war los?
Na, na, sagte Katharina und befreite sich. Du kannst ganz schön zupacken.
Bitte, sag es.
Ist mir nur so rausgerutscht. Katharina trat von einem Fuß auf den anderen. Der Ingenieur sagte, daß du's nicht wissen brauchst.
Wie soll man leben können, wenn man nicht weiß . . .
Ist ja schon gut. Mußt dich nicht fürchten. Von drüben braucht sich hier keiner mehr sehen zu lassen.
Von drüben?
Es waren zwei Kerle von drüben da. Sie sind mit einem Fischerboot

gekommen, haben ganz harmlos getan. Bitte, verrat mich nicht, ich soll's nicht sagen.
Und, fragte Marie.
Sie haben herumgefragt. Klang, als interessierten sie sich für dich. Wollten uns wohl aushorchen, aber Rouvy hat ihnen Beine gemacht, und als der eine nach seinem Gewehr greifen wollte, haben sich die anderen eingemischt. Mädchen, sind die beiden da gelaufen. Ohne Gewehr, versteht sich, und ohne Munition. Das haben wir jetzt. In den Auen kann man gut jagen, sagt mein Neffe. Muß ihn dir einmal vorstellen. Karl heißt er, und ein Stinktier ist er, aber wenn's ums Raufen ging, war er immer groß. Wäre sonst nicht so oft gesessen. Er sagt, daß er den einen vom Gefängnis her kennt. Ein Killer, ein richtiger Killer.
So, sagte Marie.
Das hätte ich wohl nicht sagen sollen.
Katharina schwieg betroffen, und Marie trat vor die Hütte und schaute ins Lagerfeuer und auf die Lagerbewohner, die herumsaßen.
Rouvy sagt, daß du die ganze Überfahrt zurück davon geredet hast, daß man die Hütten aufräumen muß und das Wasser abkochen und die Speisereste vergraben und die Kinder unterrichten . . .
Das Amt, fragte Marie.
Wer weiß, sagte Katharina. Bitte, laß es.
Die IAS?
Haben die auch etwas gegen dich?
Marie nickte. Die Ämter, die IAS, die Polizei. Wo ist der Ingenieur?
Weiß nicht. Wahrscheinlich richtet er alles für die nächste Fahrt.
Sie fahren heute wieder? Ich will mit. Marie ging über den Platz vor den Hütten zu Halls Behausung.
Katharina lief ihr nach. Warum denn? Überleg dir das. Hier bist du sicher. Der Indianer hat Wachen eingeteilt. Wer immer hierherkommt, wir kriegen ihn. Du huschst in eine Hütte und . . .
. . . dann leise und den Atem anhalten, das kenne ich bis zum Überdruß. Ich will hinüber. Ich habe drüben noch etwas zu tun.
Katharina drängte Marie in den Schatten der Hütte und stellte sich vor sie. Du bist erst ganz kurz hier, und wir wissen fast nichts von dir, aber wir haben plötzlich eine Chance. Man braucht das, jemanden, den man anschaut und sich dabei denkt: Das ist es. Es ist

wie eine Wohnadresse haben.
Ich will hinüber, sagte Marie.
Na schön, dann geh. Katharina trat einen Schritt zurück. Sie sind in der vorletzten Hütte auf dieser Seite. Und erwarte kein Mitleid, wenn dir etwas zustößt.
Marie ging zur Hütte und sagte, daß sie mitwolle, und die Männer schauten sie an und erwiderten nichts. Dann sagte Arno: Gut, ich bleibe hier.
Sie schlichen zum Boot und seilten sich in die Tiefe ab. Der Himmel war bedeckt, und Marie dachte, daß es nicht wieder werden durfte wie früher, das Elend und die Mutlosigkeit, aber oft würden sie diese Fahrten nicht machen können. Vielleicht ein paarmal noch, dann mußte es auffallen. Es gab nicht so viele Orte, an denen man bleiben konnte, obwohl es viele Orte gab, an denen man hätte bleiben können.
Der Indianer stand ganz vorn beim Bug und beobachtete angestrengt das gegenüberliegende Ufer. Irgend etwas war anders als sonst. Er schien beunruhigt. Auch Rouvy starrte angespannt über den Fluß, eine Hand am Steuer. Unterhalb des Ölhafens leuchteten mitten im Fluß Positionslichter.
Ein gekenterter Kahn, sagte der Indianer später. Das kommt vor.
Warum kommen so viele Schiffe nachts, fragte Marie.
Damit man in der Stadt nicht so genau weiß, was alles entladen wird, sagte der Indianer. Bestimmte Schiffe warten außerhalb des Stadtgebiets darauf, daß es dunkel wird, und fahren dann erst weiter. Seit gut eineinhalb Jahren werden Unmengen von Waffen in die Stadt gebracht. Er hielt den Zeigefinger in die Luft und prüfte die Windrichtung. Es wird regnen, sagte er.
Marie horchte dem Klang seiner Stimme nach. Er sprach die Landessprache gut, aber zwischen den Vokalen vibrierte ein fremder Ton.
Sie sind nicht aus dem Norden und nicht von hier, sagte sie. Von wo?
Von drüben, Sie haben das Land gesehen. Nach der Ebene, hinter dem Gebirge, fast schon an der anderen Grenze war ich zu Hause.
Die ersten Regentropfen fielen. Rouvy fluchte.
Sie kommen von drüben, fragte Marie. Von dort drüben? – Ich dachte, das Land ist ein gutes Land.

Der Indianer richtete sich auf. Das Land ist immer gut oder schlecht oder keines von beidem. Woran denken Sie?
Wir haben das Boot, aber für wie lange? Diego ist Ingenieur. Wir hätten einen Tunnel graben können.
Und hinüberkriechen? – Vielleicht.
Der Regen wurde stärker, und Rouvy meinte, daß sie, falls es noch stärker regnen sollte, Wasser schöpfen müßten. Er drückte jedem ein Gefäß in die Hand und richtete die Nase des Bootes steiler gegen die Strömung.
Es wäre schon wieder eine Flucht, sagte Marie.
Wie oft sind Sie denn geflohen, fragte Diego.
Oft, aber es ging nie. Man versucht eine Grenze zu überschreiten, aber die Grenze weicht zurück und bleibt. Zuerst haben wir auf ein anderes Land gewartet und gehofft, dann haben wir es aufgegeben oder verloren. Schau, wo du hintrittst, hat man uns zu Hause gesagt, und wir haben die Augen aufgerissen. Weder Schlaf noch Tränen konnten uns daran hindern, zu schauen und zu schauen. Aber irgendwann hat man zuviel Angst und verliert alles.
Wenn es ein paar Tage so regnet, sagte Rouvy, bekommen wir Hochwasser, dann ist das Boot wertlos. Wenn es Hochwasser gibt, kann man nirgends dort anlegen, wo wir uns hintrauen dürfen.
Ein Patrouillenboot schoß ziemlich nah an ihnen vorbei. Es war außerhalb der üblichen Zeit unterwegs und fuhr zu dem gekenterten Kahn.
Wir haben nicht mehr viel Zeit, sagte Marie. Wir müßten uns rasch entscheiden.
Ja, sagte Diego. Vielleicht sollten wir es tun.

Als sie anlegten, war es schon nach Mitternacht, aber in den Docks war trotzdem einiges los. Ein Mann löste sich aus dem Schatten der Lagerhallen und vertäute wortlos das Boot.
Der Indianer nickte ihm zu. Ein Freund, sagte er. Ich habe ihm gestern eine Nachricht hinterlassen. Ich kenne ihn von früher. Er wird uns behilflich sein. Vielleicht kommen wir an Werkzeug.
Wofür?
Wollten Sie nicht einen Tunnel bauen?
Marie versteckte ihre Haare unter einer Dockarbeitermütze und schlüpfte dann in einen Drillichanzug, den ihr der Fremde reichte. Er hatte für alle solche Anzüge besorgt und verteilte sie. Dann fuhr er einen Ladestapler zum Boot. Rouvy fing sofort an, abzuladen.

Der Indianer half ihm, der Ingenieur ging weg, um sich in den umliegenden Hallen umzusehen. In den Anzügen konnten sie sich jetzt freier bewegen. Sie waren im Docksperrgebiet, in das man von der Landseite nur mit Spezialausweisen gelangte. Drinnen wurde kaum kontrolliert, von der Wasserseite erwartete man niemanden, der nicht hergehörte.
Plötzlich bog eine Hafenstreife in den Pier ein. Sie war noch weit weg, aber sie machte Anstalten, das ganze Stück abzuwandern.
Schnell, sagte der Fremde, ziehen Sie den Drillichanzug aus. Runter damit und weg von hier. Er zog Marie in den hellerleuchteten Teil des Piers und legte eine Hand um ihre Schultern. Als die Streife so nah war, daß sie sie sicher sehen konnte, sagte er: Küssen Sie mich. Oder tun Sie wenigstens so. Er zog Marie an sich und umarmte sie.
Muß Liebe schön sein, sagte eine tiefe Männerstimme. Aber hier ist kein Puff. Hier wird gearbeitet.
Nur keinen Neid, sagte der Fremde. Er drehte sich um und lachte den Streifenführer breit an. Ich borg sie dir später, wenn du magst, nicht wahr, Lilli?
Lächeln, flüsterte er ihr ins Ohr. So lächeln Sie schon.
Marie drehte ihren Kopf den Männern zu und versuchte es. Lippen spannen, Mundwinkel anheben, Zähne entblößen.
Macht, daß ihr weiterkommt, sagte der Streifenführer. Und laßt euch nicht im Schuppen erwischen. In einer Stunde will ich euch nicht mehr sehen.
Der Fremde zog Marie in den Schatten einer Lagerhalle. Drehen Sie sich um und winken Sie.
Marie drehte sich um und winkte.
Schauen sie uns nach?
Nein, sie gehen flußabwärts. Das Boot haben sie schon passiert.
Der Indianer sprang aus dem Boot und kam gelaufen. Wo ist Diego?
Noch nicht zurück.
Verflucht.
Er sucht Medikamente. Wir brauchen Medikamente und Seile und noch viel mehr Decken.
Ja, aber . . . Sie warteten eine Weile, und es regnete wieder stärker. Sie waren naß bis auf die Haut, als der Ingenieur um die Ecke bog. Er trug einen schweren, großen Karton und keuchte.
Nehmen Sie, sagte er zum Indianer. Es ist Milchpulver. Wir haben

so viele Kinder, sie brauchen Milch oder wenigstens Milchpulver. Ich habe noch einen Karton hergerichtet. Es sind Medikamente.
Soll ich Ihnen helfen, fragte der Fremde.
Sie liefen im Schutz der vorstehenden Dächer weg und kamen lang nicht, und Rouvy fluchte. Er sah wieder patrouillierende Boote auf dem Wasser, die normalerweise um diese Zeit nicht da waren, und viel, viel Treibholz, das in die Schraube kommen konnte, wenn das Boot zu schwer beladen war und vorn nicht mehr in die Höhe kam. Wenn das Boot zu flach im Wasser blieb, kam die Schraube nicht tief genug.
Sie hätten ihm das sagen sollen, sagte der Indianer.
Es macht aber nichts, sagte Marie. Ich möchte heute nacht hier bleiben.
Das ist doch Blödsinn, protestierte Rouvy. Dann lassen wir eben diese verdammten Kisten hier.
Es ist nicht wegen der Überladung. Ich habe in der Stadt alle meine Freunde, und die Kinder sind auch hier. – Und Roland, dachte sie.
In diesem Augenblick kamen der Ingenieur und der Fremde zurück.
Sie will bleiben, sagte Rouvy.
Diego stellte die Kiste ab. Haben wir das Boot überladen?
Nein, sagte Marie. Ich will einfach dableiben. Ich habe hier noch etwas zu erledigen. Ich kenne einen Schuppen, in dem ich bleiben kann.
Ich verstehe es nicht, sagte der Indianer, aber wenn Sie es tun wollen, müssen Sie es wohl tun. Sehen Sie die gelben Lichter? Er wies mit der Hand in eine bestimmte Richtung. Wir werden morgen versuchen, dort anzulegen. Ungefähr um die gleiche Zeit.
Marie nickte und trat einen Schritt zurück. Das Boot legte ab. Die Nacht war plötzlich sehr kalt und sehr dunkel, und Marie dachte, daß sie den Tunnel bauen sollten, aber nicht ohne die Kinder und nicht ohne Therese und John, vor allem nicht ohne Roland. Sie nickte dem Fremden zu und ging zu den Werkzeugschuppen, die sie kannte, eine Decke, eine Plane und den Drillichanzug über die Schulter geworfen.

Roland ging durch die Innenstadt, an der Kathedrale vorbei und über den weiten Platz, auf dem noch immer eine Rednerbühne stand für die großen Reden und eine kleine Bühne für die kleinen

Reden, und drehte noch eine Runde, ehe er sich entschloß, sein Untermietzimmer aufzusuchen, wo er als Vertreter Richard Sorvey lebte und eine Wirtin hatte, die nicht viel fragte und verstand, daß er nur gelegentlich kam und sonst unterwegs war.
Er wußte jetzt, wann und wo er Gellert treffen konnte, die Ämter hatten offiziell Maries Tod bekanntgegeben, John mit Therese und den Kindern das Lager erreicht, das war alles geklärt, alles geregelt, jetzt konnte er nur mehr warten.
Leise schlich er in sein Zimmer. Seine Wirtin ging gewöhnlich zeitig zu Bett und schlief schon. Für ihn war es noch zu früh. Er stellte sich ans Fenster und schaute auf die Straße hinunter. Sie war fast menschenleer. Gegenüber lag das Café, in dem er sich mit Marie getroffen hatte. Die Fenster im ersten Stock waren erleuchtet, und auf dem Taxistandplatz warteten zwei Wagen, aber es kam niemand, der sie brauchte. Er machte Licht, setzte sich an den Tisch und studierte die Pläne der Hafenanlage. Es war gut, wenn man sie genau im Kopf hatte, aber er konnte sich auf die Zeichnung nicht konzentrieren, stand nach einer Weile auf, löschte das Licht aus und stellte sich wieder hinter das Fenster. Einmal hatte er von hier aus Marie vorbeigehen gesehen. Zweimal war sie ihm auf ihren Rundgängen entgegengekommen, und er hatte Mühe gehabt, rasch zu verschwinden. Er wußte, daß sie beobachtet wurde.
Im Norden, ehe er in den ersten Einsatz fuhr, hatte er sein Testament gemacht und geschrieben: Für den Fall meines Todes möge man . . . Er hatte eine lange Liste von Kleinigkeiten geschrieben und all seine Freunde bedacht, und als er nach dem ersten Einsatz nach Hause gekommen war, hatte er das Testament zerrissen und ein neues geschrieben, in dem er alles Marie vermachte. Er war immer sicher gewesen, daß sie ihn überleben würde. Noch später hatte er dem Testament einen Brief beigelegt, in den er geschrieben hatte, was sie ihm bedeutete und welch wundervolle Zeit er mit ihr verbracht habe und andere Gedanken. Er war völlig sicher gewesen, daß sie noch eine ganz wundervolle Zeit vor sich hatten und hatte darüber geschrieben, ehe sie da war, damit sie nicht verlorenging und Marie später etwas in der Hand hatte, das es ihr möglich machte, ihn zu verstehen. Und jetzt war sie tot.

Ob Menschen weniger litten, wenn sie genau wußten, worum es ging? Die meisten litten dann eher mehr, aber Therese hatte gesagt,

daß Marie die Trennung ganz krank gemacht hätte, weil sie sie nicht begriff. Doch als sie sie begriff, hatte sie das auch ganz krank gemacht.
Es gab immer für alles eine Erklärung, die Frage war, ob sie ausreichte und einen von dem freisprechen konnte, was man sich manchmal sogar selbst verschwieg. Er hätte ihr sagen müssen, daß er es nicht aushielt, zu sehen, wie sehr sie an dem Leben litt, in das er sie hineingestoßen hatte. Er hatte sie von Kindheit an gekannt, wie man Menschen so kennt, war dann fortgegangen, hatte sein Diplom gemacht, ein paar Frauengeschichten hinter sich gebracht, alle so, daß die Trennung von vornherein feststand. Und dann kam plötzlich der Punkt, an dem er alles nicht mehr aushielt, vor allem die Stadt nicht. Als er ins Dorf zurückkam und Marie sah, wußte er: Sie war es. Er erzählte ihr alles, was er hinter sich gebracht hatte, und sie las seine Bücher. Und irgendwann, ohne daß sie beide es gespürt hatten, hörte sie auf, zum Dorf zu gehören. Aber sie gehörte danach trotzdem nicht zu seinem vergangenen Leben.
Man konnte so vieles nicht sagen, vor allem das nicht, was wirklich wichtig war. Im Café, als sie einfach an ihm vorbeigegangen war, hatte er gedacht, er müßte ihr nachlaufen, sofort, aber am schlimmsten war es gewesen, als er sie vom Fenster aus gesehen hatte, wie sie über die Straße ging und im Gedränge verschwand und er nicht einmal sicher wußte, ob sie es gewesen war.
Roland legte sich aufs Bett, stand wieder auf und suchte im Kasten nach der Schnapsflasche, die er John weggenommen hatte. Im Lager duldete man keine Betrunkenen. Was getan werden mußte, mußte nüchtern und klaren Verstandes getan werden. Eine verfluchte Sache, die er da begonnen hatte, und das Verfluchteste daran war das Wissen, daß er in der gleichen Situation wieder das gleiche tun würde und daß das gleiche herauskommen würde. Er entkorkte die Schnapsflasche und goß das Zahnputzglas halb voll. Er machte sich nichts aus Alkohol und trank das Glas in einem Zug aus, nur um betrunken zu werden. Er füllte das Glas nach, leerte es und trank dann weiter aus der Flasche. Als sich alles zu drehen anfing, war ihm etwas leichter, und als ihm übel wurde, fühlte er sich trotzdem irgendwie wohl. Er hatte jetzt seine Strafe, wenigstens ein bißchen, und er war zu betrunken, um zu sehen, wie kindisch solche Gedanken waren.
Nachdem er erbrochen hatte, versuchte er weiterzutrinken, aber er erbrach wieder. Er hatte trinken wollen, bis er nicht mehr denken

konnte, es ging nicht. Sein Magen wollte den Schnaps nicht behalten, und Roland lag auf dem Bett und dachte weiter nach. Jetzt war er bei den Dingen, über die er sich niemals Rechenschaft abgelegt hatte. Es war lächerlich, das nun zu tun, aber er glaubte plötzlich, daß er für alles, was er bekommen hatte, bezahlen mußte. Weit nach Mitternacht schlief er ein.
Roland wachte auf, als die Wirtin an die Tür klopfte und fragte, ob er mit ihr Kaffee trinken wolle. Er rief durch die Tür ja und wartete, bis er sie weggehen hörte. Dann ging er rasch unter die Dusche. Es war früher Nachmittag, und die Wirtin hatte wohl gedacht, daß er arbeitete. Er stellte das Wasser zuerst ganz kalt ein und dann ganz heiß, und dann wechselte er nochmals. Nach einer Viertelstunde etwa ging es. Er hatte keine Übung im Trinken, das war es.
Er war noch immer etwas schwindlig, als er bei seiner Wirtin an die Tür klopfte. Sie hatte den kleinen Tisch bei der Couch gedeckt und schaute ihm mit ihrem faltigen Altfrauengesicht entgegen. Der Kaffee war heiß und sehr stark und machte Roland endgültig nüchtern. Die Wirtin schenkte ihm eine zweite Tasse ein und wollte ihm etwas erzählen, aber Roland entschuldigte sich bald. Er wollte noch etwas schlafen, ehe er Gellert gegenübertrat. Er konnte nicht. Er lag auf dem Bett und schaute auf die Zimmerdecke und konnte weder denken noch schlafen.

Als Treffpunkt war ein kleines Kellerlokal in der Nähe des Stadtparks vereinbart, wo Schach und Bridge gespielt wurde und wo man an kleinen, runden Tischen saß und sich wenig umeinander kümmerte. Gellert hatte die Räumlichkeiten genau beschrieben, auch sich selbst. Trotzdem war Roland überrascht, ihn so selbstverständlich zu erkennen.
Sie nickten einander wie alte Bekannte zu, und Roland setzte sich. Sie sagten eine Weile nichts, dann kam der Ober und nahm die Bestellung entgegen.
Als sie den Tee und den Wein bekommen hatten, sagte Gellert: Sie wissen, daß Ihre Frau tot ist?
Roland nickte.
Aus der Zeitung?
Roland rührte im Teeglas und sagte dann: Nein, vom Hafen. Gellert wollte wissen, wieso, und Roland erzählte es ihm. Die Geschichte mit dem Einbruch verstand Gellert jetzt noch weniger. Sie

rieten eine Weile herum, fanden keine befriedigende Erklärung und schwiegen wieder.
Wissen Sie, sagte Gellert dann, ich bin so einem Menschen noch nicht begegnet. Ich habe nie verstanden, daß Sie sie nicht mitgenommen haben, wenn Sie schon solche Dinge tun. Sie war einfach unglaublich.
Ja, sagte Roland.
Sie hat meinem Jungen vermutlich das Leben gerettet. Ich meine, sie hat geschwiegen, obwohl es ihr eigentlich egal sein konnte, was mit ihm geschah, und Ihre Leute hätten sie dafür beinah umgebracht.
Ja, sagte Roland. Ich wußte es nicht.
Und dann diese entsetzliche Bombe. Ihre Frau sagte, daß sie an diesem Tag die Kinder hatte mitnehmen wollen.
Was hätten wir tun sollen, fragte Roland. Bitten?
Hören Sie, sagte Gellert, ich habe nicht vor, Ihnen einen Vortrag zu halten, was meiner Meinung nach Menschen etwas bedeuten sollte. Es gibt nicht viel, woran ich in meinem Leben wirklich geglaubt habe: an die Utopie des Rechts, zum Beispiel. Wir haben Gesetze nicht zum Spaß. Mein Sohn sagte mir, sie wären bloß Übereinkünfte, kündbare Übereinkünfte. Er hat mich nicht verstanden, und ich verstehe diesen Widersinn nicht, der darin liegt, daß man zuerst einen Haufen Menschen umbringt, damit gerade das nicht mehr geschieht. Ich bin Praktiker. Wenn man Praktiker ist, sieht man, daß die Methode meistens auch schon die ganze Sache ist. Na ja. Ein bißchen viel auf einmal.
Roland winkte den Ober herbei, bestellte Wein und fragte dann ganz ruhig: Und die Alternative?
Wo? Hier? Haben Sie sich in der Stadt umgesehen? Es gibt keine Alternative.
Wenn Sie . . .
Nein, unterbrach ihn Gellert. Ich wollte nicht darüber diskutieren. Ich bin zu müde dafür.
Der Ober brachte den Wein, und sie tranken schweigend. Roland schaute sich um. An zwei Tischen wurde Schach gespielt. Gellert folgte dem Blick und nickte. Roland stand auf und holte ein Spiel. Gellert stellte die Figuren auf. Die beiden Damen legte er sofort zur Seite.
Wir müssen den Umständen Rechnung tragen, sagte er. Die stärkste Waffe steht uns nicht mehr zur Verfügung. Dame bedeutet Herz

– oder?
Roland schaute auf die Figuren. Dann werden wir auch nicht um die Farben losen.
Und wir werden nicht schlagen, ohne einander vorher aufmerksam zu machen, welchen Fehler wir begangen haben.
Machen werden, sagte Roland.
Oh, nein, entgegnete Gellert. Wir haben all unsere Fehler schon begangen. Ich werde es Ihnen genauso wenig erklären können wie meinem Sohn, wie sehr ein Haufen alter Narren darauf angewiesen ist, daß ihre Geschichte von der Zukunft rehabilitiert wird oder außer Kraft gesetzt oder bewältigt. Wir konnten sie nur überleben. Verstehen Sie mich? Nein? Es ist auch nicht zu verstehen.
Er schob beide Eckbauern vor und entblößte solcherart die Flanken.
Roland antwortete mit dem gleichen Zug. Was wollen Sie von mir, fragte er.
Nichts, sagte Gellert. Nur reden. Mir tut's noch immer um jeden Toten leid. Irgendwo gibt es für jeden einen Menschen, der weiß, wen er begräbt. Aber Sie haben Ihre Frau ja nicht begraben.
Er zog den Königsbauern um zwei Felder vor.
Roland forcierte sein linkes Roß. Revolution ist keine Utopie, sagte er. Natürlich ist sie utopisch, aber sie ist trotzdem etwas durch und durch Reales. Wir haben nur das Wie nicht begriffen oder den Zeitpunkt falsch gewählt. Wir hätten . . .
Keine Konjunktive, bitte. Gellert entblößte den König vollends. Und keine Rückblicke. Wissen Sie, für Revolution gibt es nur eine einzige Zeit: das Jetzt. Und sie hat auch kein Gewissen. Sagen Sie also nicht: Wenn wir gewußt hätten. Das ist keine Sache der Information.
Er zog seinen weißen Läufer aus der Deckung und bat Roland, ihn zu schlagen.
Sie meinen, wir hatten von Anfang an keine Chance?
Mit den Schlagworten der Ämter? Einigkeit macht stark und so? Ich habe das von meinem Sohn. Und dann Disziplin. Das kommt von Ihrer Zentrale. Auch ein offizielles Schlagwort. Das Schlimme an der Sache ist, daß die Ämter gerade die Entwicklung, die jetzt im Gang ist, brauchen. Es gibt eine Menge Haß.
Mit dem nächsten Zug zerstörte Gellert mutwillig die Deckung seines Turmes.
Also hatten wir keine Chance, fragte Roland nochmals.

Gellert lehnte sich zurück und schaute auf die Fenster, die in Höhe des Straßenniveaus lagen. Man konnte die Schuhe und ein kleines Stück von den Beinen der Vorübergehenden sehen. Er sah Stiefel, eine ganze Kolonne Stiefel.
Da, sagte er. Was soll man dazu noch sagen.
Roland drehte sich um. Er saß mit dem Rücken zu den Fenstern, dafür hatte er die Hintertreppe im Auge. Im Norden gab es keinen Widerstand, als die Fremden kamen, eine Menge Leute haben ihnen sogar zugejubelt, weil sie etwas Neues erwartete, eine Verbesserung oder so. Was sie bekommen haben, waren Stiefel.
Oh ja, ja, sagte Gellert. Wir sind uns damals sehr gut und sehr überlegen vorgekommen, als das passierte, aber es hat nicht erst damals begonnen. Es fing viel früher an. Mit einer Vergangenheit, die wir nicht bestanden haben, als wir jung waren.
Eben, sagte Roland. Wenn man bedenkt, daß mehr als die Hälfte der Bewohner dieser Stadt . . .
Bitte, keine Statistiken.
Also, was hätten wir tun sollen: Warten und bitten und alles laufen lassen?
Gellert griff in die Innentasche seines Sakkos und holte ein Taschentuch hervor. Sie sind ein Narr, Savari, so wie ich einer bin. Bitten. Was soll's. Wen? Entweder man hält sich in aller Demut an das, was ist, und versucht das Bestmögliche daraus zu machen, oder . . . Hören Sie, Revolution muß so tun können, als ob es keine Geschichte gäbe. Sie dachten wohl, sie hätte mit Fortschritt zu tun. Oder man könnte beides miteinander verbinden: Fortschritt und revolutionäre Zukunft. Aber Revolution hat kein Gedächtnis, und eigentlich muß sie jeden Fortschritt ablehnen. Sie ist so etwas wie die sprunghafte Mutation menschlichen Wesens. Wie wollen Sie das machen? Eine solche, ungeheuerliche Kopfarbeit. Alles andere wäre bloß Wiederholung. Wie etwas da ist, muß man es verneinen. Man kann nur ja sagen zu dem, was nicht ist, das versuchen Sie einmal: Ja sagen zu etwas, das es nicht gibt.
Roland wandte sich dem Brett zu und versuchte die Antwort zu finden, die es vielleicht nicht gab. Er zog einen Stein und verlor ihn. Gellert zog, Roland schlug. Neben dem Brett häuften sich die Figuren. Bald würden die Könige einander allein gegenüberstehen.
Wir hatten nur die Sprache, die wir hatten, sagte er.
Sie hätten ihre eigene erfinden müssen, neue Worte, andere Verbindungen, und Sie hätten alles im Augenblick des Erfindens über den

Haufen werfen müssen. Aber Ihre Freunde haben bloß Revolution gesagt und Macht gemeint. Davon verstehen die Ämter mehr. Der Macht verdanken sie ihre Existenz. Ohne Macht kein Amt.
Ohne Macht kein Tod, dachte Roland und wischte mit einer einzigen Handbewegung alle noch verbliebenen Figuren vom Brett. Aus, sagte er, Sie wußten es. Er war zornig geworden. Wozu dieses Spiel, dieses Treffen. Sie wußten es die ganze Zeit: aus. Und Sie spielen.
Beruhigen Sie sich. Gellert nahm die Figuren und begann sie wieder auf dem Brett zu ordnen. Diesmal nahm er die schwarzen. Wir wollen herausbekommen, wer als erster keine Steine mehr besitzt und sich erster Verlierer nennen darf.
Roland schaute ihm achselzuckend zu und wartete.
Natürlich müssen Sie sich fragen, wozu dieses Treffen in all dem Zynismus, sagte Gellert. Hoffnung ist eine verrückte Sache, aber man kann sie nicht aufgeben, und . . .
Der Ober trat an den Tisch. Es ist bald elf, sagte er und wies mit der Hand auf die Uhr an der Wand. Wenn die Herren mit dem Spiel . . .
Gellert hob den Kopf. Die Herren sollen gehen, also gehen wir. Er bezahlte auch für Roland, erhob sich abrupt, ließ das Schachbrett stehen, wie es war, und trat auf die Straße. Draußen faßte er Roland am Ärmel. Wohin?
Roland wußte es nicht.
Sie standen eine Weile unschlüssig vor dem Lokal. Eine Polizeistreife kam auf sie zu und verlangte Ausweise. Gellert zog seinen Dienstausweis aus der Tasche und schickte die Beamten weg.
Gehen wir zu mir, sagte Roland. Ich wohne nicht weit von hier. Meine Wirtin ist sehr verschwiegen, und um diese Zeit schläft sie schon.
Gellert nickte, sie gingen die Straße der Nation nach Süden, und Roland dachte die ganze Zeit über, die sie langsam in die Dunkelheit hineingingen, daß er John hätte begleiten sollen, daß es nichts Wichtigeres zu tun gegeben hätte.

Als sich Marie aus dem Schatten der Lagerhallen löste, war es Mitternacht, das Boot fertig beladen und schon wieder abfahrbereit, nur der Indianer stand noch am Pier und schaute und wartete. Sie hatte vier Tage im Hafengebiet verbracht und jeweils gegen elf Uhr dort, wo Lebensmittel von den Schiffen gebracht wurden, nach

Roland gesucht, aber er war nicht da gewesen. Wahrscheinlich kam er nur unregelmäßig hierher. Oder er kam gar nicht mehr. Oder, was das Schlimmste beim Warten gewesen war, man hatte ihn vielleicht irgendwo gefaßt.
Rouvy begrüßte sie fast zärtlich, der Indianer drückte sie stumm an sich, und der Fremde, den sie ein paarmal im Hafen gesehen hatte, wie er Kähne entlud, holte aus den Taschen seines Overalls eine Thermosflasche.
Ich versuchte Sie im Hafen zu finden, aber Sie waren so leise, daß ich dachte, Sie hätten ihn verlassen.
Ich habe Sie gesehen, sagte Marie und nahm einen Schluck Tee. Jeden Tag wenigstens einmal.
Im Boot lagen trockene Kleider.
Von Katharina, sagte Rouvy.
Marie schaute die Männer überrascht an. Woher konnte sie wissen, daß ich heute . . .
Konnte sie auch nicht, sagte Diego. Wir hätten bloß ohne Sie heute nacht kaum mehr zurückkommen dürfen. Wir brauchen Sie.
Marie schlüpfte an Stelle einer Antwort verlegen in den bereitgelegten Pullover. Die erste Nacht habe ich mich kaum schlafen getraut, dann ging's. Ich habe meinen Mann gesucht. Er arbeitet manchmal hier. Als ich ihn am ersten Vormittag nicht fand, wollte ich es am nächsten versuchen, und als ich ihn da auch nicht traf, am übernächsten. So sind vier Tage daraus geworden. Viel länger hält man es nicht aus. In der Nacht horcht man und tagsüber traut man sich kaum geradehalten. Man bekommt so einen krummen Rücken, daß jeder, an dem man vorbeigeht, merken muß, daß etwas nicht stimmt.
Wenn die Leute hinschauten, sagte der Fremde. Sie tun es zum Glück so selten. Fahren Sie jetzt. Es wäre eine gute Zeit zum Übersetzen.
Sie stiegen alle ins Boot, und der Fremde gab ihm einen Stoß, damit sie ohne Motorkraft ablegen konnten.
Es ist gut, daß Sie wieder da sind, sagte der Indianer, als sie draußen auf dem Fluß waren. Er spähte wie gewohnt über das Wasser, während Rouvy das Boot führte.
Marie setzte sich auf den Boden, lehnte sich gegen die Bordwand und schloß die Augen. Diego legte eine Decke über ihre Beine.
Wir hatten solche Angst, daß wir Sie nicht wiederfinden könnten.

Damit mußte man schon rechnen, sagte Marie. Der Tod ist etwas sehr Gegenwärtiges.
Aber, bitte, Sie sind noch so jung.
Nicht mehr allzu jung. Im Norden heiraten die Mädchen früh und sterben bald. Die Wüsten gerben ihre Augen gelb, die Kinder machen sie müde. Hat man einmal das Haus vom Sand freigeschaufelt, ist von einem Menschen nicht mehr viel übrig. Die Kinder müssen das früh lernen. Auch, daß ihre Haut wund bleibt, wenn sie sie nicht abhärten und den Mund schließen. Wir haben ihnen Märchen erzählt, die lauteten: Einmal war das Land grün, aber wir konnten es nicht besiedeln. Auf die Frage, wer es bewohnt, wußten wir immer nur: nicht wir und niemand, den wir kennen.
Wir haben davon gehört. Die Wüsten rücken immer weiter vor.
Marie, unterbrach der Indianer. Sie sollten heute an etwas anderes denken. Im Lager wartet eine Überraschung für Sie. Ich bin sicher, daß Sie glücklich sein werden.
Was ist es?
Dann wäre es keine Überraschung mehr. Warten Sie.
Sag's ihr doch, sagte Rouvy.
Nein, nicht. Marie stand auf und stellte sich neben ihn. Das Geheimnis von Festen besteht darin, daß man nicht weiß, welche Geschenke es sein werden, und daß man wartet. Lang. Als Kinder konnten wir das. Wir haben eigene Kalender gebastelt und jeden Tag abgestrichen.
Man hatte das Gefühl einer weiten Reise, sagte der Ingenieur. Und wenn man dann den letzten Tag abstrich, wußte man: Jetzt bist du angekommen. Und alles wird gut werden.
Sie hatten auch einen solchen Kalender?
Hat den nicht jeder einmal gehabt?
Ich nicht, sagte der Indianer. Ich hab's erst hier gelernt.
Sie waren nun schon in Ufernähe, und Rouvy hupte leise. Als Antwort kam ein Lichtzeichen, und als sie in der Bucht das Boot vertäut hatten, wurde eine Strickleiter heruntergelassen.
Beinah so gut wie ein Aufzug, sagte Rouvy. Sie zuerst. Wirklich. Sie zuerst. Er spannte die Strickleiter, und Marie kletterte hinauf.
Oben stand John.
Marie, oh Gott, Marie. Du lebst tatsächlich. Wir konnten es nicht glauben. In der Stadt hieß es, daß du ertrunken seist.
Er wirbelte sie durch die Luft.

Langsam, sagte Marie außer Atem. Langsam. Sie haben mir nicht gesagt, daß ihr da seid. Ich muß es erst begreifen.
John hob sie hoch und trug sie ein kleines Stück, dann stellte er sie hin, baute sich vor ihr auf und sagte: Ist zum Anfassen. Alles echt. Alles original John. Und im Lager wartet Therese mit den Kindern.
Jetzt verstehe ich, wieso ich Roland nicht finden konnte, sagte Marie. Ich habe ihn drüben gesucht.
Roland? John machte eine wegwerfende Handbewegung. Roland ist nicht mitgekommen. Was hätte er da verloren. Er muß doch in der Stadt Widerstand leisten. Außerdem glaubt er, daß du tot bist.
Roland ist nicht hier? Marie blieb stehen und schaute John verzweifelt an. Er ist nicht hier?
Marie! Die Kinder sind da. Wir haben bereits mit dem Bau des Tunnels begonnen. Spätestens in ein paar Wochen sind wir drüben. Ich habe vorsichtig über die Mauer geschaut. Drüben sieht es fast wie zu Hause aus, ehe die Wüsten angefangen haben vorzudringen. Du wirst alles haben, was du wolltest, nur, vergiß Roland.
Marie schwieg. Man müßte so etwas einfach hinnehmen können: daß ein Leben zu Ende war und ein anderes anfing. Wichtig war, daß ein anderes anfing, aber sie hatte sich die Kinder nie ohne Roland vorstellen können. Sie hatte sich niemals vorstellen können, Mutter zu sein, ohne gleichzeitig daran zu denken, daß sie seine Frau war. Dieses Leben war jetzt vorbei. Es war wie eine Krankheit. Man konnte erst genesen, wenn man anfing, die Krankheit hinzunehmen.
Sie gingen schweigend weiter, und John nahm ihre Hand und drückte sie fest, und als sie ihn von unten anlächelte, war ihm wieder leichter.
Im Lager war es sehr ruhig, nur Katharina war noch wach und ein paar Männer, die beim Entladen des Bootes halfen. Sie machten das immer in der Nacht. Katharina führte Marie in eine Hütte, die neu aufgestellt worden war, und sagte: Sie sind da drinnen. Und Marie ging hinein.
Sie schliefen. Therese hatte die Köpfe der Kinder auf ihre Brust gebettet und hielt sie. Marie kniete nieder und küßte alle drei der Reihe nach auf die Stirn. Sie schliefen völlig ruhig, und Marie schaute ihnen lang beim Schlafen zu. Es wurde schon hell, als sie sich endlich neben Therese niederlegte.

Die folgenden Wochen waren heiß und trocken. Marie spielte viel mit Isabelle und Pierre und machte weite Ausflüge in die Auen. Sie sammelten Kräuter und Brennholz und fingen an, eine Schule einzurichten. Sie bestand im wesentlichen aus einem völlig ebenen Platz unter einem Wellblechdach, das gegen die Sonne schützte, wo der Boden glatt und festgetreten war, so daß man mit Holzstäbchen und scharfkantigen Steinen Zeichen einritzen konnte. Der Unterricht begann in der Früh, wenn es noch nicht so heiß war. Pierre saß meistens stumm da und hörte seiner Mutter zu, wie sie die Kinder unterrichtete, und hielt Isabelle auf dem Schoß fest. Er kam sich sehr erwachsen vor. Gegen Abend wanderte Marie regelmäßig zur Mauer, um sich vom Fortschritt des Tunnelbaues zu überzeugen. Pflichtschuldig fast, weil es die anderen von ihr erwarteten, nahm sie Diegos Berichte entgegen, der seine Pläne auf Holzbrettern entwarf. Es gab nirgends Papier.

John glaubte fest daran, daß Marie anfing, Roland zu vergessen. Auch Therese glaubte es. Katharina glaubte es nicht. Als Marie begann, immer öfter allein in den Auen herumzuwandern, wußte sie, daß der Moment nah war, daß Marie wieder mit den Männern hinüberfahren würde und drüben bleiben und suchen und warten, und sie setzte all ihre Hoffnungen auf die Beendigung des Tunnelbaues.

Gerade der zügige Fortschritt beim Bau des Tunnels trieb Marie am Ende der vierten Woche wieder in die Stadt. Jetzt schien alles geregelt, es fehlte nur noch Roland.

Sie begann ihre Ausflüge in der Stadt auszudehnen, kehrte zur vereinbarten Zeit nicht an den gemeinsamen Treffpunkt zurück, trieb sich tagelang irgendwo herum, keiner wußte wo, und niemand traute sich zu fragen. Irgendwann stand sie am Pier oder tauchte hinter einem Stapel Kisten auf. Die Männer nahmen sie jedesmal erleichtert an Bord. Sie fuhr mit und schwieg. Sie ging weg und schwieg, und immer, wenn sie weg war, hatte Katharina das Gefühl, als fehlten mehr als ein Dutzend Leute.

Die Spinne

Ende Juli war die Stadt ein brodelnder Hexenkessel. Zeitweise wurden nächtliche Ausgehverbote verhängt, die regelmäßig von Krawallen durchbrochen wurden. Es gab Fahndungen, Straßensperren und Verhaftungen. Die Polizei kämpfte gegen die Ämter und den Staatssicherheitsdienst, der Staatssicherheitsdienst gegen Ämter und Polizei, die Ämter gegen die Stadt und die IAS gegen alle. Man konnte nirgends hingehen und sich in Sicherheit fühlen, man konnte nicht aus der Stadt hinaus und von draußen nicht hinein. Überall waren Soldaten, und es konnte passieren, daß sie Passanten ohne besonderen Grund mitnahmen. Man konnte in eine Razzia geraten und kam nicht mehr nach Hause zurück, und niemand wußte, wo die Leute hingekommen waren, die nicht wiederkamen. Die Ämter schwiegen und warteten. Sie hatten jetzt Zeit. Das Netz war ausgeworfen.

Irgendwie kam Marie immer durch und davon. Sie wußte zu genau, wer zu wem gehörte, und ihr Gesicht und ihr Name waren von den offiziellen Fahndungslisten verschwunden. Nur der Staatssicherheitsdienst hatte eine endgültige Stellungnahme verweigert. Man wollte eine identifizierte Leiche.

Marie begann zuerst im Hafen nach Roland zu suchen, später im Assanierungsviertel und dann immer häufiger in der Nähe der Ämter und im Zentrum der Stadt, aber er war wie vom Erdboden verschwunden. Es konnte sein, daß er nicht mehr in der Stadt war. Es konnte sein, daß er nicht mehr am Leben war, aber sie war davon überzeugt, daß er noch lebte. Zu Hause im Dorf hatte man daran geglaubt, daß die Uhren stehenblieben, wenn einer starb, den man liebte. Die Uhr ging noch. Manchmal, wenn sie in einen Tumult geriet und es so aussah, als würde sie nicht mehr durchkommen, benützte sie die Geheimgänge der Ämter. Wenn man nicht zu lang unten blieb und bald wieder nach oben ging, begegnete man niemandem. Manchmal kam sie an geheime Informationen. Es genügte oft ein halber Satz im Vorbeigehen, und sie wußte, was passieren würde. Sie schrieb ihre Nachrichten an Haustore, Plakatwände und Säulen. Sie schrieb die Namen von Personen auf, die gesucht wurden, Warnungen und Adressen. Sie wußte nicht, ob das, was sie machte, Sinn hatte oder nicht. Man machte Dinge, die man selbst nicht begriff, und sie waren richtig, und man machte

Dinge, über die man Stunden nachgedacht hatte, immer und immer wieder, und dann waren sie doch falsch.
Die Jungen von Kalera werden sterben, schrieb sie ans Schultor des Gymnasiums nahe ihrer ehemaligen Wohnung, keiner kommt zurück, auch Tanimo nicht.
Kalera war das Stichwort gewesen, das sie im Vorbeigehen gehört hatte, das zweite lautete Tanimo und war der Deckname eines IAS-Mannes. Aber hier war das ungebrochene Einflußgebiet der Ämter, das Zentrum der Bürgerwehr. Hier suchte der Untergrund seine Feinde, nicht seine Verbündeten. Tanimo war eine Falle. Die Jungen von Kalera, sechzehn-, siebzehnjährige Gymnasiasten würden sterben, wenn sie gegen die IAS vorgingen. Und sie hatten etwas ausgeheckt, keine Frage. Einer am Anfang der Gasse, einer am Ende, gelangweilt die Hände in den Hosentaschen, aber mit viel zu unruhigen Augen für Langeweile und jederzeit bereit, einen Pfiff loszulassen. Vielleicht ließen sie sich warnen. Vielleicht rettete die Warnung ein paar Mördern das Leben und kostete das anderer. Diese Jungen bewohnten seit Generationen mit ihren Vätern die Stadtpalais und hatten seit Generationen die Zügel in den Händen, die Peitsche, mit denen Menschen wie John und Therese in Schach gehalten wurden. Sie waren verantwortlich für gebeugte Rücken und zerschlagene Kiefer. Man konnte sie nicht lieben, und man konnte sie nicht einfach die Straße hinuntergehen lassen und mit dem Kopf voran in ihr Unglück rennen sehen.
Im Assanierungsgebiet geriet sie in eine Razzia. Sie war einem Mann nachgegangen, der sie so sehr an Roland erinnert hatte, daß sie nicht begreifen konnte, daß er es nicht war. Sie folgte ihm eine Weile und schaute ihm zu, wie er sich bewegte, und gerade als sie ihn ansprechen wollte, um seine Stimme zu hören, ertönte das Einsatzhorn der Polizei, und ein Wagen bog um die Ecke. Es war eine Spezialeinheit, die dem Staatssicherheitsdienst unterstand. Sie führten Hunde mit und umstellten ein Haus. Im zweiten Stock wurde ein Fenster geöffnet.
Ihr bekommt mich nicht, nicht lebend, rief der Mann oben.
Über Megaphon wurden die Hausbewohner aufgefordert, den Mann herauszugeben. Vom Dach wurde als Antwort auf die Straße geschossen. Die Polizisten zogen sich etwas zurück. Und dann war die Straße auf einmal gleißend hell erleuchtet. Das Haus war in Brand gesteckt worden, ohne Rücksicht auf die Bewohner. An den Fenstern erschienen verschwommene Gesichter. Offensicht-

lich kam man über das Stiegenhaus nicht auf die Straße. Von fern ertönte das Folgetonhorn der Feuerwehr. Ein Körper flog durch die Luft und klatschte auf die Straße. Niemand wagte näherzutreten, nur ein Polizist rannte auf den Gestürzten zu und vergewisserte sich, daß er tot war. Und dann begann die Flucht. Wie auf ein verabredetes Zeichen stürzten die Bewohner der umliegenden Häuser auf die Straße. Sie schleppten Koffer und Bündel mit sich, manche hatten gar nichts in den Händen. Die Menschenlawine riß Marie weiter, aber die Ausgänge der Straße waren bereits gesperrt, man kam nicht mehr durch. Die Feuerwehr traf ein und zog einen Sperrgürtel um das brennende Haus. Mit den Löscharbeiten begannen sie nicht, sie versuchten auch niemanden zu bergen. Sie standen da mit der gleichgültigen Selbstsicherheit von Menschen, die mit dem Tod zu tun hatten, aber wußten, daß sie ihn nicht selbst zu erleiden brauchten.

Löschen, schrie ein Mann, nicht absperren. Der Rauch brannte in den Augen. Man konnte nichts mehr sehen, nur hören. Man hörte das Prasseln des Feuers und Schreie.

Löschen, ihr Schweine, rief der Mann noch einmal. Der ihm am nächsten stehende Polizist packte ihn. Name, Beruf?

Der Mann fragte zuerst aufsässig: warum?, und wurde dann ganz klein und sagte, was der Polizist hören wollte. Man führte ihn trotzdem ab. Plötzlich tauchte das Gerücht auf, daß die Feuerwehr erst eingreifen würde, wenn man den Flüchtling gefaßt habe. Das Feuer drohte die umliegenden Häuser zu erfassen. Über Megaphon wurde der Gesuchte aufgefordert, das Haus zu verlassen.

Ist wohl ein Witz, sagte eine Frau neben Marie. Der ist längst tot. Sie wollen das Viertel hier abbrennen lassen.

Löschen, Löschen, begannen die Leute zu brüllen. Marie stolperte in ein Haustor. Die Menge schickte sich nun an, den Kordon der Polizei zu durchbrechen. Der Rauch war schrecklich. Das Feuer auch, man konnte nicht schauen und nicht atmen und nicht davongehen. Für einen Augenblick sah es so aus, als würde die Polizei in die Menge schießen wollen, dann begannen die Feuerwehrleute auf einmal mit den Löscharbeiten. Sie bauten einen Wasservorhang zwischen dem brennenden Haus und den anderen Gebäuden auf, es regnete Asche vom Himmel und dunkles Wasser und in Wasser gelösten Rauch. Ein Toter wurde zur Seite geschleift.

Dem tut nichts mehr weh, sagte eine Stimme, der hat's überstanden.

Der hat's gut, antwortete jemand, der nicht zu sehen war, weil der Qualm noch immer die Sicht verstellte.
Um Gottes willen, sagte Marie, beneidet man in dieser Stadt schon die Toten?
Jemand berührte sie am Arm. Seien Sie still.
Marie drehte sich um und schaute in das rußgeschwärzte Gesicht einer älteren Frau. Jetzt endlich war das Folgetonhorn der Rettung zu hören.
Seien Sie still, sagte die Frau. Die warten nur auf einen Aufstand, damit sie schießen können. Nichts mehr sagen, es ist nicht zum Aushalten.
Marie nahm die Frau an der Hand. In die Gasse kam Bewegung. Es war nicht zu sehen wodurch, der Rauch war jetzt ganz schwarz und dicht, aber das Feuer schien unter Kontrolle. Dann begannen sich die Menschen auf den Ausgang der Gasse hinzubewegen. Die Rettung hatte den Kordon der Polizei geöffnet, und in diese Lücke strömten nun die Menschen.
Man kann auch hinten hinaus, sagte die Frau, aber ich halte es nicht allein aus. Ich zeige Ihnen den Weg, wenn Sie mitkommen. Nur ein bißchen, bitte.
Gut, gehen wir, sagte Marie.
Sie ließ sich führen. Sie gingen durch den Hausflur, der vorn voll Qualm war, dann in einen Hof. Dort gab es eine unversperrte Eisentüre, die in den nächsten Hof führte. Auch hier war alles voll Rauch, aber nicht so sehr wie auf der Straße. Sie verließen den Hof, gingen in den Flur des angrenzenden Hauses und von dort auf die Straße.
Wohin jetzt, fragte Marie.
Sie schauten einander an, und die Frau sagte, daß sie so rußig nirgends hingehen sollten.
Kommen Sie mit zu mir nach Hause. Dort können wir uns waschen und reden, und ich muß nicht allein sein.
Marie nickte, und sie gingen ein paar Gassen weiter, und noch immer war das Feuer zu hören. Schließlich betraten sie ein niedriges Haus, und die Frau sperrte eine ebenerdige Wohnung auf. Hier, bitte, sagte sie.
Marie trat ein und schaute sich um. Es sah wie bei Milli aus, und während sie darauf warteten, daß das Wasser warm wurde, damit sie den Ruß von der Haut bekamen, hoffte Marie die ganze Zeit darauf, daß diese Frau etwas sagte, das auch Milli gesagt haben

konnte, aber diese Frau war nicht Milli. Was vergangen war, kehrte nicht zurück. Marie saß da und schaute und wartete, und die Gedanken sprangen von einem zum anderen, dann plötzlich waren sie bei Roland, und die Frau kam und sagte: Das Wasser ist warm, wollen Sie zuerst? Wollen Sie nicht überhaupt ein bißchen bleiben?

Der sechste August war der Vorabend des Staatsfeiertages. Sie hatten völlig darauf vergessen. Als sie sich dem Hafen näherten, sahen sie, daß die Anlage taghell erleuchtet war. Bunte Lampions an biegsamen Drähten baumelten bis nahe an die Wasseroberfläche, vom Zentrum der Stadt her tönte Blasmusik, nirgends wurde gearbeitet, nicht einmal die üblichen Wachen waren da. Bloß auf der Brücke und unten beim Ölhafen wanderten Patrouillen mit Gewehren und Hunden auf und ab.
Offensichtlich war die Ausgangssperre aufgehoben worden. Am Vorabend des Staatsfeiertages gab es Umzüge und gegen Mitternacht ein Feuerwerk über dem Fluß, da sollten die Leute auf die Straße können. Rouvy wollte sofort umkehren. Sie hatten nur Medikamente holen wollen, Verbandzeug und ein paar andere Kleinigkeiten, die sie vielleicht auf der Flucht brauchten. – Und Marie. Aber wenn das Feuerwerk losging, lag auch das gegenüberliegende Flußufer im Licht. Und danach würde noch eine Weile eine Menge Unruhe herrschen.
John sagte nur: Weiterfahren.
Hören Sie, sagte Rouvy, wir kommen nicht mehr zurück, wenn wir das tun.
Wir müssen Marie abholen, sagte John. Klar?
Rouvy nickte. Ich verstehe Sie ja, sagte er, aber wir wissen nicht einmal, ob Frau Savari noch kommen kann. Wir müßten es eben morgen noch einmal versuchen.
Heute, sagte John stur.
Sie ist seit über einer Woche nicht mehr gesehen worden. So lang war sie noch nie aus.
Eben, sagte John.
Er hat recht. Der Indianer kam zu ihnen. Vielleicht ging es bis jetzt nicht. Es soll ganz scharfe Kontrollen gegeben haben. Aber heute wird sich auf den Straßen einiges tun, das ist eine gewisse Chance.
Rouvy lenkte an Stelle einer Antwort die Schnauze des Bootes in

Richtung anderes Ufer. Wir suchen sie, sagte er, wir suchen sie ja, wenn Sie mir sagen können, wo. Sie weiß unseren Anlaufpunkt nicht.
Der Indianer sagte: Geräteschuppen, und sie ruderten das letzte Stück, damit man den Motor nicht hörte. Es war sehr schwül, und sie schwitzten, und Rouvy fluchte leise. Gerade als sie anlegten, sagte der Indianer: Sie ist da.
Gott sei Dank, sagte John.
Marie kam aus einem der Schuppen. Sie hatte mehrere Blumengirlanden in der Hand und reichte sie den Männern.
Die Stadt feiert, sagte sie, vor ein paar Tagen hat sie gebrannt. Man kann sich kaum mehr bewegen. John drückte sie stumm an sich, und sie erzählte kurz von dem Brand und daß sie für ein paar Tage bei einer Frau Quartier bekommen hatte.
Rouvy scharrte verlegen mit einem Fuß über die Planken. Wenn sie jetzt gleich losfuhren, ging es sich noch aus. Sie schafften es ganz leicht zurück, ehe der Trubel mit dem Feuerwerk hier losbrach.
In diesem Moment sahen sie eine ganze Flotte Polizeiboote auf den Fluß hinausfahren. Sie waren blumengeschmückt und prozessierten langsam stromaufwärts zur Brücke hin. Es war nichts zu machen. Bis weit nach Mitternacht war nun nichts mehr zu machen, aber der Hunde wegen konnten sie nicht lang im Hafengebiet bleiben.
Was jetzt, fragte Rouvy. In die Stadt?
Marie nickte. Wenn man nicht gesehen werden wollte, versteckte man sich am besten unter vielen Menschen.
Sie schlichen über den Pier in Richtung Zentrum. Die Häuser entlang der Straße der Nation waren geflaggt und manche mit Girlanden geschmückt. An jeder Ecke, die genug Platz bot, standen Musikkapellen. Sie spielten vor allem Marschmusik und alte Soldatenlieder, man konnte genau sehen, wer einmal Soldat gewesen war, wenn man schaute, wer mitsang. Eine Abordnung der Bürgerwehr marschierte an ihnen vorbei, später ein Trupp Veteranen. Sie trugen ganz offen scharf geladene Waffen. Vereinzelt wurden Parolen gerufen, es waren die gleichen, die an den Plakatwänden zu lesen waren.
Rouvy entschuldigte sich, ging weg und kam nach einiger Zeit mit einer Perücke, einem Bart und zwei Papierkappen zurück.
Aufsetzen, sagte er.
Marie bekam die Perücke, John ein Matrosenkäppi, das seine röt-

lichen Haare verdeckte, der Indianer eine Soldatenmütze.
Na, wie fühlen Sie sich als alter Veteran, fragte Rouvy.
Ich heiße Amun, sagte der Indianer. – Für den Fall, daß Sie mich rufen möchten. Er hatte plötzlich das Gefühl, beobachtet zu werden. An einer Ecke stand ein Mann und starrte Marie unverwandt an. Die Perücke, dachte Amun. Die grünen Haare waren etwas auffällig. Er hängte sich in Marie ein und zog sie rasch fort.
An der nächsten Ecke entdeckte er den Mann wieder. Er sagte es John. John drehte sich um, aber er entdeckte niemanden. Sie gingen gemeinsam ein Stück weiter, dann trennten sie sich. Rouvy ging mit Marie zur Kathedrale, John blieb mit Amun zurück. Sie suchten ihren Verfolger.
Auf dem Podium vor der Kathedrale heizte ein Conférencier die Stimmung der Leute an. Die Show gehörte allen. Jeder, der wollte und ein Kostüm anhatte, konnte auf die Bühne und irgend etwas zum besten geben. Straßentheater. Den meisten Darbietungen folgte tosendes Gelächter. Die Zuschauer waren nicht mehr ganz nüchtern, die Schauspieler auch nicht, und es war völlig egal, was auf der Bühne passierte. Man schaute weg und lachte. Man schaute hin und lachte. Manche schauten gar nicht und lachten. Es war sehr schwül auf dem Platz, viel schwüler als im Hafen, und das Gedränge war groß.
Plötzlich war Rouvy weg. Marie sah, wie er wieder zu ihr zurück wollte und gegen die Gehrichtung der Leute ruderte und wie er dabei immer weiter von ihr weg geriet. Eine Weile sah sie seinen Kopf, dann nur mehr die Arme, dann nichts mehr.
Das Gedränge war hier, um die Freilichtbühne, ganz besonders schlimm. Die dichte Nähe so vieler Körper machte Marie benommen. Sie hatte den ganzen Tag nichts gegessen, nur ein paar Schluck Wasser getrunken. Sie zwängte sich an den Schaubuden vorbei an den Rand des Platzes und setzte sich, als sie eine Hauswand erreichte, einfach auf den Boden. Sie sollte sich nach Rouvy umschauen, aber ihr war jetzt zu übel. Sie sollte wenigstens aufstehen, damit Rouvy sie sehen konnte, sie konnte nicht. Irgend jemand stieg ihr auf die Hand. Sie rückte die Hausmauer entlang, bis sie einen Platz in einem Haustor fand. Anscheinend war da schon jemand. Marie entschuldigte sich und rückte etwas ab. Ihr war nun ganz furchtbar übel. Da unten auf dem Boden war die Luft noch stickiger. Dem Menschen neben ihr schien es auch nicht gut zu gehen. Als sie versehentlich gegen ihn stieß, sackte er zur Seite.

Sie legte ihre Hand auf seinen Hals. Es war kein Puls zu spüren, und der Körper rutschte ihr entgegen. Sie versuchte sich zu befreien, hob den Kopf und starrte in die blicklosen Augen eines etwa vierzigjährigen Mannes. Dann merkte sie, daß sie Blut auf der Hand hatte. Von den Zuschauern um die Freilichtbühne herum kam eine Lachsalve und noch eine. Wo war bloß Rouvy. Sie wollte Rouvy oder einen von den anderen da haben. John oder Amun.
Marie stand auf. Es war sehr dunkel in der Toreinfahrt, und gegenüber, bei der Bühne, war es sehr hell. Und dann war da das Blut auf der Hand. Sie brauchte es nicht zu sehen, sie spürte es kleben und dann fest werden und wollte fort. Über dem Fluß ging das Feuerwerk los, und da lag ein Toter. Drüben lachten sie. Man sollte es allen sagen. Man sollte es in das Mikrophon hineinschreien.
Jetzt war sie aus der Toreinfahrt und ein Stück weiter gekommen.
Wollen Sie ein Kostüm, fragte eine seltsame Fistelstimme. Das Männchen war klein und dürr. Für Sie müßte ich noch etwas haben.
Marie schaute ihn erschrocken an.
Als Tänzerin, meine Liebe, als Obst- oder Gemüsefrau, oder, wie wär's damit? Er hielt ihr ein Narrenkostüm entgegen. Es ist ein einfaches Kleid, aber es braucht eine große Begabung.
Es verlangt einen großen Schmerz, sagte Marie.
Dann nehmen Sie es. Die Trauer ist das große Los. Unbezahlbar. Nehmen Sie, in dieser Stadt der Narren kostet das Narrenkostüm nichts, außer das Leben. Beeilen Sie sich.

Zuerst fand Rouvy Amun, der ihn suchte, dann fanden sie zu zweit John in Begleitung des Mannes, der ihnen gefolgt war. Es war Roland.
Es ist ihr Mann, sagte John auf Rouvys fragenden Blick. Er hat zuerst, so wie ich, geglaubt, daß sie tot ist.
Rouvy musterte Roland ungläubig, Amun betrachtete ihn kühl.
Was wollen Sie von ihr, fragte er. Ich meine: Was wollen Sie jetzt noch?
Ich habe sie in der ganzen Stadt gesucht, ich wollte sie finden, antwortete Roland.
Sie haben sie gefunden. Und nun?
Roland dachte, daß es darauf viel zu sagen gab, aber eigentlich hatte er nichts zu sagen. Er hatte sie gefunden. Er hatte zuerst an

ihren Tod geglaubt und dann an ein Phantom, und jetzt hatte er sie gefunden.
Er hat ihre Handschrift auf den Plakatwänden erkannt, sagte John, ich erzähle es später. Sie muß unglaubliche Dinge gemacht haben. Wir müssen sie rasch finden und wegbringen.
Wie, fragte Amun. Sehen Sie doch. Er machte eine Bewegung in Richtung Bühne, an deren vorderstem Rand Marie stand.
Roland folgte seinem Blick. Marie stand in einem Harlekinkostüm da und sah so fremd aus, daß er sie nur an der grünen Perücke erkannte.
Nun, fragte der Indianer. Irgend etwas müssen Sie doch von diesem Wiedersehen erwartet haben.
Ja, sagte Roland. Würden Sie mich mitnehmen?
Es ist so spät, sagte Amun. Wissen Sie, es ist so spät.
Warum macht sie das, fragte John.
Roland drehte sich um, damit er nicht auf die Bühne schauen mußte, dann schaute er doch hin. Irgend jemand hat einmal zu mir gesagt, daß es für jeden Menschen etwas gibt, das nur er tun kann. Niemand sonst, nur er, sagte er.
Der Conférencier bemächtigte sich gerade Maries und hielt ihr das Mikrophon an die Lippen.
Das Losungswort aller Narren, mein Kleiner: Wie heißt du?
Ich bin.
Das ist eine ungewöhnliche Antwort, aber ich denke, daß sie heute nacht erlaubt ist. Weißt du noch mehr solche Antworten? Was kannst du sonst noch?
Der Narr tanzt, antwortete Marie. Er tanzt immer. Er kann sonst nichts tun. – Von oben sah alles noch schrecklicher aus, das Licht, die Menschen, die Dunkelheit. Wenn es jetzt zu brennen anfing.
Der Narr tanzt. Spielt er?
Er spielt.
Was spielt er?
Flöte oder Windharfe. Er wird daran sterben.
Wie traurig. Der Conférencier schob Marie zum Abgang.
Nicht traurig, schlau, sagte sie.
Na, dann viel Glück, kleiner Harlekin. Und vergiß nicht: Kopf ab.
Er drängte sie so ungeduldig die Stufen hinunter, daß sie beinah zu Sturz kam. Der nächste »Schauspieler« gab ein deftiges Lied zum besten. Marie drängte sich durch die Leute bis zum Haustor hin, wo sie den Toten gefunden hatte. Von der Bühne bahnte sich ein

Scheinwerfer den Weg durch die Menge bis zu ihr und verfolgte sie. Der Regisseur hatte offensichtlich dem Beleuchter einen Wink gegeben. Das Licht war sehr grell und blendete stark.
Mein Gott, sagte John, warum hat sie das getan, warum bloß?
Weder bitten noch beten, sagte Roland, verstehen Sie das?
Amun suchte mit den Augen einen Weg zu Marie. Für sie kommt das Recht zu leben von woanders her. Ich kann's nicht erklären. Vielleicht könnte sie es auch nicht. – Wir müssen sie wegholen. Der einzige, der jetzt in ihre Nähe kann, bin wohl ich.
Verdammter Scheinwerfer, sagte Rouvy.
Sie gehen voraus, sagte der Indianer. Treffpunkt beim Boot. Wenn das Boot in Gefahr ist, fahrt los. Treffpunkt dann, wie schon besprochen.
Roland wollte etwas sagen, aber der Indianer schnitt ihm das Wort ab. Nein, sagte er. Wir haben einen Tunnel gegraben. Er ist fast fertig. Wir können dieses Land endlich verlassen. Jetzt geht es nicht mehr um Ihre Vorstellungen. Entweder Sie kommen zu unseren Bedingungen mit, oder Sie bleiben hier.
Sie trennten sich, und Amun versuchte, sich zu Marie durchzuarbeiten. Er wußte jetzt immerhin die Richtung. Der Scheinwerfer wies sie, er brauchte bloß dem Lichtfinger nachzugehen, aber als er ganz nah bei den Häusern war, erlosch das Licht, und Marie war verschwunden. Amun suchte den ganzen Platz nach ihr ab. Es war fast aussichtslos, einen Menschen in diesem Gedränge zu finden. Er konnte nicht zum Informationsstand gehen und sie ausrufen lassen. Er konnte nur herumgehen. Es gab jetzt eine ganze Menge Betrunkener. Der Nachthimmel fing an, heller zu werden, gerade so viel, daß das Schwarz nicht mehr ganz schwarz war. Dann gab es einen Tumult, und plötzlich sah Amun die Schwarzröcke des Staatssicherheitsdienstes auftauchen und lautlos den Platz umstellen. Er zog sich in eine Seitengasse zurück und beobachtete von dort, was weiter geschah. Die waren überall und fingen an, Ausweise zu überprüfen. Er hatte keinen und konnte jetzt gar nichts mehr tun. Deprimiert machte er sich auf den Weg zum Boot. Vielleicht war Marie dort, es wäre das Vernünftigste gewesen, aber er war nicht sicher, daß sie sich darum kümmern würde, was vernünftig war.
Sie war nicht beim Boot.
Ich habe sie aus den Augen verloren, sagte Amun, und während ich suchte, begann man plötzlich den Platz zu umstellen. Vorher gab's

einen kleinen Tumult. Irgend etwas tut sich, aber ich habe nicht herausbekommen, was.
Was ist mit Marie, fragte Roland tonlos.
Ich weiß es nicht.
Sie standen da und waren sehr ratlos. Der Himmel war wieder etwas heller geworden, bald würde die Dämmerung beginnen und die Sonne aufgehen. Auf dem Fluß war es still. Man konnte noch hinüber.
Und Sie meinen, wir sollten übersetzen, fragte Roland, ehe es hell wird?
Es geht nicht nur um uns, wenn wir bleiben.
Die Sicherheit des Lagers. Gut, sagte Roland, fahren Sie.
Und du, fragte John.
Sie haben keine Chance, Herr Savari, sagte Amun. Wenn ein Mensch jetzt noch aus diesem unbeschreiblichen Wirbel herauskommt, dann Ihre Frau, aber allein. Sie kennt sich besser als jeder andere hier aus. Wir würden nur Spuren legen, auch zu ihr.
Roland schaute die Uferstraße entlang. Ein Milchwagen fuhr in Richtung Norden. Die Ämter und die Spitäler werden auch an Feiertagen mit frischen Lebensmitteln und mit Milch versorgt, fragte er.
John nickte.
Gut, das ist es, sagte Roland. Kommst du mit? Gehst du noch einmal mit mir?
Was meinst du?
Du kannst doch einen Milchwagen fahren, nicht wahr?
Oh. John straffte sich. Wir gehen alle bis auf Rouvy. Einer muß beim Boot bleiben. Er kann damit am besten umgehen.
Er stieg ins Boot, kam mit einem länglichen Paket wieder und drückte es Amun in die Hand. Fragend wickelte er Belorms Gewehr aus.
Für alle Fälle, sagte John. Sie sind der beste Schütze.

Das Fest war zu Ende. Verstreutes Papier überall, Papierbecher, zertretene Blüten, verdorrte Zweige und vereinzelt noch Polizei, aber die meisten Einsatzfahrzeuge waren wieder abgezogen worden. Alles ruhig. Keine besonderen Vorkommnisse. Man konnte wieder überall umhergehen. Die Stadt war still und leer, niemand unterwegs, und wenn man den Kopf hob, schaute man in die scheinbare Leere des Morgenhimmels. Er war klar und unbewegt,

der Tag würde heiß und ebenfalls klar werden.
Sie fuhren sehr langsam mit dem Milchwagen. Der Fahrer lag hinten gefesselt und geknebelt bei den Kannen. Im Osten stand die Sonne jetzt als orangegelbe Scheibe, die Dächer der Häuser glänzten im ersten Licht, der Platz vor der Kathedrale war verlassen. Nur bei der Schaubühne stand ein einzelner Polizist.
Marie erwachte. Sie lag am Ende eines dämmrigen Hausflurs, dort, wo die Treppe zum Keller begann, und streckte sich verwundert. Sie hatte ein Harlekinkostüm an, aber sie konnte sich nicht erinnern, es angezogen zu haben, auch nicht daran, wie sie in den Hausflur geraten war. Das Kostüm, die Perücke, der blauweiß gekachelte Boden schauten komisch aus. Sie stand auf. Jetzt sah sie, woher das Licht in den Flur kam. Es fiel durch hohe, schmale Fenster entlang des Stiegenaufganges, in die kleine, bunte Glasscheiben eingesetzt waren. Es mußte früher Morgen sein.
Oh ja, das Fest. Zu Hause war immer jemand bestimmt worden, der danach aufräumte. Er hatte die Blumen einzusammeln, die Girlanden, die Lampions und alles, was noch brauchbar war, auszusortieren. Es waren immer Frauen, die das machten, meist waren sie zu zweit.
Der Hausmeister kam.
Du lieber Himmel, sagte er, habe ich Sie gestern eingesperrt? Ich war nicht mehr ganz nüchtern. Entschuldigen Sie. Ich hätte nachsehen müssen. Er öffnete Marie das Tor.
Sie trat hinaus und schaute über den Platz. Ja, man mußte ihn in Ordnung bringen. Es war ziemlich viel Arbeit, und sie wünschte, sie hätte Therese bei sich oder irgend jemand anderen. Sie bückte sich und begann Papier einzusammeln. Ein Polizist ging an ihr vorbei. Sie stopfte Papierfetzen in die Mistkübel, die am Rand des Platzes aufgestellt waren. Ein Milchwagen fuhr vorüber. Was man brauchte, war eine saubere Stadt. Sie mußte sauber sein. Papier brannte so leicht. Sie ging zur Schaubühne und hob dort die verstreut auf dem Boden liegenden Papierbecher auf. Nach einem Fest hatten die Frauen aufgeräumt, und im Sommer waren sie danach in den Fluß baden gegangen. Man mußte sich nach einer solchen Arbeit gründlich reinigen, damit man das Blut von den Händen bekam. Man mußte mit sauberen Händen zurück ins Dorf. Mit Blut an den Händen konnte man nicht unter die Leute. Es war sehr schwierig, saubere Hände zu haben. Und in ein paar Tagen sollte sie in dieses andere Land. Marie setzte sich nieder. Wenn man

nichts im Kopf hatte, war es einfach, Ordnung zu machen. Man konnte auf dem Boden sitzen und in den Himmel schauen und mit den Zugvögeln träumen, und alles war gut. Aber man konnte nicht auf dem Asphalt sitzen und den Himmel lieben. – Ob man von ihr noch erwartete, daß sie zurückkam? – Es war gut, festen Boden unter sich zu spüren, aber man konnte nicht ohne irgendeine Liebe in ein anderes Land gehen. Man brauchte jemanden, selbst wenn er nicht die gleichen Gefühle erwiderte. – Doch, ein bißchen mußten alle Gefühle erwidert werden, sonst wurde man ganz leer. Man brauchte wenigstens die Hoffnung auf eine Liebe, aber Hoffnung verlangte so viel Kraft. Und man hielt sie nur aus, solang man noch nicht . . .

Marie stand auf und begann erneut mit dem Aufräumen. Der Milchwagen hielt nun in Höhe des Supermarktes.

Was tut sie, fragte John verzweifelt. Sie kann doch nicht den Platz aufräumen wollen.

Der Polizist machte weiter seine Runde.

Nicht wahr, sagte Marie, dies ist eine saubere Stadt, und alle bemühen sich, sie sauber zu halten. Wir feiern Feste, aber wir reinigen uns auch wieder von ihnen. Wir haben große Verbrennungsanlagen, die alles aufnehmen.

Wir müssen warten, bis der Polizist weiter weg ist, sagte Amun. Er öffnete die Beifahrersitztüre. Der Polizist blieb neben Marie stehen. Er plauderte offensichtlich mit ihr.

John trommelte mit den Fingerknöcheln gegen das Lenkrad. Warum macht der Kerl nicht seine vorgeschriebene Runde. Er müßte längst verschwunden sein.

Amun sprang auf die Straße. Fahren Sie, ehe auffällt, daß hier ein Milchwagen steht, der nichts auszuladen hat.

John ließ den Motor an. Gut, fahren wir eine Runde.

Roland schaute zu Marie hin, die nun in der Mitte des Platzes stand und in dem Kostüm sehr klein und sehr unwirklich aussah. Er spürte den Motor des Wagens vibrieren und sah, wie die Häuser an ihm vorbeizufahren anfingen. In diesem Augenblick ertönte ein Knall. Er war nicht lauter als eine Fehlzündung. Marie hielt mitten in der Bewegung inne, richtete sich ganz auf und legte sich die rechte Hand auf die Brust. Sie preßte sie fest gegen die Stelle, wo sie den Schlag gespürt hatte und gegen den Schmerz. Dann sah sie, daß ihre Hand blutig war. Zwischen den Fingern tropfte es rot hervor. Es war sehr viel Blut. Ihre Füße gaben nach, und sie stürzte

vornüber auf die Knie und auf die Hände. Jetzt preßte sie beide Handflächen gegen die Brust, aber das Blut ließ sich nicht stillen. Der Polizist begriff endlich und gab Alarm. Fast gleichzeitig stürzten aus den umliegenden Häusern mehrere Schwarzröcke.
Roland sah alles wie in einem sich wiederholenden Alptraum. Er hatte so viele Menschen schon sterben gesehen: Das Erschrecken. Das Langsam-in-die-Knie-Sinken. Jetzt kippte Marie seitlich und nach hinten um. Der Polizist beugte sich über sie.
Marie fühlte seinen Schatten im Gesicht: Roland?
Ihr Mann? Wir werden ihn sofort verständigen.
Verständigen?
Der Polizist mußte ganz nah mit dem Ohr an ihre Lippen, um sie verstehen zu können. Er kniete sich hin, zog seine Uniformjacke aus und bettete Maries Kopf darauf. Die Ambulanz muß jeden Moment eintreffen.
Das Folgetonhorn der Rettung kam über die Hauptstraße näher.
Mein Gott, sie stirbt, sagte Roland. Stirbt sie? Er wollte aus dem Auto springen, aber Amun war schneller. Der Schlag kam unerwartet und ansatzlos. Roland knickte ein. Amun fing ihn auf und schob ihn ins Führerhaus zurück.
Fahren Sie, John, um Gottes willen, fahren Sie, sagte Amun. Sie müssen jetzt die Nerven behalten. Bitte, fahren Sie und schauen Sie nicht zurück.
John reagierte nicht.
John, fahren Sie. Ich bleibe hier. Versenken Sie das Boot, wenn Sie drüben sind. Warten Sie nicht auf mich.
Wie betäubt gab John Gas. Amun lief mit dem Gewehr zum Hauptportal der Kathedrale und legte sich, die Waffe im Anschlag, auf den Boden. Er schaute dem abfahrenden Milchwagen nach. Fast gleichzeitig trafen der Krankenwagen und eine schwarze Limousine ein.
Jetzt kommt Hilfe, sagte der Polizist. Fest die Zähne zusammenbeißen und durchhalten. Sie werden sehen, Sie schaffen es.
Roland.
Er kommt bestimmt.
Marie lächelte. Die Schmerzen waren ganz erträglich, fast gar nicht mehr zu spüren. Ich schaffe es noch einmal, sagte sie. Ganz bestimmt. – Sie mußte durchhalten. Der Tunnel war beinah fertig, und sie würden in dieses andere Land hinübergehen, und Roland

würde mitkommen. Sie fühlte sich nicht einmal so schlecht, nur sehen konnte sie nicht mehr. Dunkle Flecken standen in den Augen und verdeckten alles andere. Sie mußte durchhalten. Sie wollte in dieses andere Land. Es war ein schönes Land.
So ein prachtvoller Tag heute, sagte der Polizist ratlos. Sie müssen durchhalten. Bitte, halten Sie durch.
Die wächserne Blässe über Maries Backenknochen wuchs.
Ja, sagte sie sehr leise.
Amun sah, wie ein Mann aus dem Fond der Limousine stieg und auf Marie zuging.
Sagte sie noch etwas, fragte der Oberbrigadeführer.
Der Polizist schüttelte stumm den Kopf. Ein hoher Offizier des Staatssicherheitsdienstes trat zu ihnen.
Sie wäre uns fast entwischt. Ich wollte eben meine Leute abziehen, als wir sie aus dem Haustor kommen sahen.
Der Oberbrigadeführer starrte auf Marie hinunter, dann auf den SD-Mann.
Ihr Befehl?
Der andere nickte. Im Gegensatz zu Ihnen habe ich nie an ihren Tod geglaubt.
Ist sie tot?
Der Polizist bückte sich, tastete nach Maries Puls am Hals. Ja, sagte er.
Das wäre also erledigt. Der SD-Mann gab Befehl zum Abtransport.
Erledigt. Der Oberbrigadeführer blickte in Maries Gesicht. So eine Torheit.
Sanitäter kamen und schleiften Maries Körper über den Beton. Ein Einsatzwagen schickte sich an, dem Milchwagen nachzufahren.
Amun lud das Gewehr durch. Der erste Schuß traf den Reifen des davonfahrenden Einsatzfahrzeuges, der zweite den Oberbrigadeführer, mit dem dritten traf er den SD-Mann. Er sah ihn im Zeitlupentempo stürzen, lud das Gewehr nach und schoß, bis er überwältigt wurde.
John hörte die erste Detonation und gab Gas. Nichts wie weg. Gelbes Blinklicht, Gas wegnehmen, nicht auffallen, langsamer fahren, kuppeln, Gas geben, bremsen, den Motor nicht aufheulen lassen, langsam und ruhig, ganz ruhig.
Roland kam zu sich und griff ins Steuer.
Sie ist tot, sagte John, begreif das endlich.

Die Straße der Nation. Der Unionsplatz. Die Straße der Revolution. Das Kriegerdenkmal, die Hafenstraße. In einer Seitengasse stellte John das Fahrzeug ab, ohne sich um den gefesselten Fahrer zu kümmern, und schleifte Roland mit sich.
Rouvy wartete noch.
Rasch, sagte er.
John stieß Roland ins Boot und sprang nach.
Und die anderen? fragte Rouvy.
John antwortete nicht.
Holen wir sie morgen?
Halt den Mund und fahr, sagte John. Marie ist tot.
Rouvys Gesicht wurde spitz und blaß. Tot? Wieso ist sie tot? Er führte das Boot mit halber Kraft in die Strömung. Es ist nicht wahr, nicht? Es darf nicht wahr sein.
Amun hat uns Rückendeckung gegeben. Wir brauchen ihn nicht mehr zu holen. Wenn wir drüben sind, versenken wir das Boot.
Oh, mein Gott. Rouvy drehte den Motor hoch, bis er Johns Hand auf seinem Arm spürte. Er sagte nichts, er schüttelte nur den Kopf.
Diego wartete bei der Anlegestelle. John kletterte über die Strickleiter hinauf, zog Roland mit.
Marie ist tot, sagte John. Helfen Sie mir das Boot versenken.
Gemeinsam kletterten sie wieder hinunter, bohrten ein Loch in den Boden, fixierten das Lenkrad und stießen das Fahrzeug in die Strömung. Dann stiegen sie wieder über die Strickleiter hinauf und zogen sie ein. Von oben schauten sie zu, wie das Gefährt stromabwärts gerissen wurde und sich allmählich mit Wasser füllte. Als es sank, sagte John: An Stelle eines Begräbnisses. Dann gingen sie langsam durch die Auen zum Lager, wo noch alle schliefen. Nur Katharina war bereits auf und fachte das Feuer an. Sie begriff, was geschehen war, ohne daß man es ihr sagen mußte.
Später kam Therese und setzte sich zu Roland. Noch später Diego.
Denken Sie an die Kinder, sagte er zu Roland.
Die Sonne stand jetzt hoch über dem Lager, und der erste Trupp war schon längst beim Tunnel und grub. Es war ein strahlend schöner, heißer Tag.
Zwei, drei Tage noch, und wir sind durch, sagte Diego.
Steine wurden angeschleppt. Aus den Auen drang das Krachen splitternden Holzes, die Sonne wanderte weiter, hell und heiß, Rufe hallten durchs Lager, und Katharina begann zu kochen.

Roland schaute ihr zu und horchte den Geräuschen im Lager nach.
Kann ich irgend etwas . . . fragte Katharina.
Nein, sagte Roland. Niemand kann.

Inhalt

Franke: Der Atem der Sonne. PhB 174. st 1265
– Einsteins Erben. PhB 41. st 603
– Endzeit. PhB 150. st 1153
– Die Kälte des Weltraums. PhB 121. st 990
– Keine Spur von Leben. PhB 62. st 741
– Paradies 3000. PhB 48. st 664
– Schule für Übermenschen. PhB 58. st 730
– Sirius Transit. PhB 30. st 535
– Tod eines Unsterblichen. PhB 69. st 772
– Transpluto. PhB 81. st 841
– Ypsilon minus. PhB 3. st 358
– Zarathustra kehrt zurück. PhB 9. st 410
– Zone Null. PhB 35. st 585
Grin: Der Rattenfänger. PhB 168. st 1239
Gruber: Die gläserne Kugel. PhB 123. st 997
Hodgson: Geisterpiraten. PhB 188. st 1352
E. T. A. Hoffmann: Der Magnetiseur. PhB 190. st 1366
Horstmann: Das Glück von Om-B'assa. PhB 141. st 1088
Jarzebski: Zufall und Ordnung. PhB 180. st 1290
Kellermann: Der Tunnel. PhB 179. st 1283
Kornbluth: Der Altar um Mitternacht. PhB 189. st 1359
– Der Gedankenwurm. PhB 195. st 1434
Lao She: Die Stadt der Katzen. PhB 151. st 1154
Lem: Altruizin und andere kybernetische Beglückungen. PhB 163. st 1215
– Nacht und Schimmel. PhB 1. st 356
– Also sprach GOLEM. PhB 175. st 1266
– Die Astronauten. PhB 16. st 441
– Der futurologische Kongreß. PhB 29. st 534
– Imaginäre Größe. PhB 47. st 658
– Die Jagd. PhB 18. st 302
– Das Katastrophenprinzip. PhB 125. st 999
– Lokaltermin. PhB 200. st 1455
– Memoiren, gefunden in der Badewanne. PhB 25. st 508
– Eine Minute der Menschheit. PhB 110. st 955
– Mondnacht. PhB 57. st 729
– Phantastik und Futurologie. 1. Teil. PhB 122. st 996
– Phantastik und Futurologie. 2. Teil. PhB 126. st 1013
– Die Ratte im Labyrinth. PhB 73. st 806
– Robotermärchen. PhB 85. st 856
– Der Schnupfen. PhB 33. st 570
– Sterntagebücher. PhB 20. st 459
– Die Stimme des Herrn. PhB 97. st 907
– Terminus und andere Geschichten des Piloten Pirx. PhB 61. st 740
– Die Untersuchung. PhB 14. st 435
– Waffensysteme des 21. Jahrhunderts. PhB 124. st 998
– Wie die Welt noch einmal davonkam. PhB 158. st 1181
Über Stanislaw Lem. PhB 36. st 586
Levett: Verirrt in den Zeiten. PhB 178. st 1282

4/2/9.87

Lovecraft: Berge des Wahnsinns. PhB 24. st 220
– Cthulhu. PhB 19. st 29
– Das Ding auf der Schwelle. PhB 2. st 357
– Der Fall Charles Dexter Ward. PhB 8. st 391
– Das Grauen im Museum. PhB 136. st 1067
– In der Gruft und andere makabre Erzählungen. PhB 71. st 779
– Die Katzen von Ulthar. PhB 43. st 625
– Der Schatten aus der Zeit. PhB 184. st 1306
– Stadt ohne Namen. PhB 52. st 694
Lovecraft/Derleth: Die dunkle Brüderschaft. PhB 173. st 1256
Über H. P. Lovecraft. PhB 130. st 1027
de Maupassant: Die Totenhand. PhB 134. st 1040
Das namenlose Grabmahl. PhB 169. st 1240
Phantastische Aussichten. PhB 160. st 1188
Phantastische Träume. PhB 100. st 954
Phantastische Welten. PhB 137. st 1068
Phantastische Zeiten. PhB 185. st 1307
Poe: Der Fall des Hauses Ascher. PhB 27. st 517
Polaris 9. PhB 155. st 1168
Polaris 10. PhB 171. st 1248
Ray: Malpertuis. PhB 165. st 1223
– Das Storchenhaus. PhB 182. st 1299
Schattschneider: Singularitäten. PhB 129. st 1021
Scheerbart: Die große Revolution. PhB 159. st 1182
– Das große Licht. PhB 194. st 1400
– Lesabéndio. PhB 183. st 1300
Seltsame Labyrinthe. PhB 198. st 1443
Slonimski: Zweimal Weltuntergang. PhB 166. st 1229
Smith: Sternträumer. PhB 193. st 1393
Steinmüller/Steinmüller: Der Traum vom Großen Roten Fleck. PhB 147. st 1131
Strugatzki/Strugatzki: Montag beginnt am Samstag. PhB 72. st 780
– Der ferne Regenbogen. PhB 111. st 956
– Fluchtversuch. PhB 89. st 872
– Die gierigen Dinge des Jahrhunderts. PhB 78. st 827
– Die häßlichen Schwäne. PhB 177. st 1275
– Ein Käfer im Ameisenhaufen. PhB 152. st 1160
– Eine Milliarde Jahre vor dem Weltuntergang. PhB 186. st 1338
– Picknick am Wegesrand. PhB 49. st 670
– Die Schnecke am Hang. PhB 13. st 434
– Die zweite Invasion der Marsianer. PhB 139. st 1081
Viktorianische Gespenstergeschichten. PhB 187. st 1345
Wakefield: Der Triumph des Todes. PhB 181. st 1291
Weisser: DIGIT. PhB 90. st 873
– SYN-CODE-7. PhB 67. st 764
Whitehead: Der Zombie. PhB 172. st 1255

4/3/9.87

Wolfkind: Die Boten des Frühlings. PhB 167. st 1230

Wyndam: Wiedergeburt. PhB 192. st 1386

Zondergeld: Lexikon der phantastischen Literatur. PhB 91. st 880

4/4/9.87

suhrkamp taschenbücher
Eine Auswahl

2/1/8.86

2/2/8.86

2/3/8.86

2/4/8.86

2/5/8.86

2/6/8.86

2/7/8.86